热狗 Regou

时代出版传媒股份有限公司
安徽文艺出版社

徐坤，1965年3月出生。《人民文学》杂志副主编，北京作家协会副主席，中国社会科学院文学博士，中国作家协会全国委员会委员，北京市政协委员，享受国务院特殊津贴专家。

1993年开始发表小说，已出版小说、散文、评论作品500多万字，获得国家及省部级奖项及各期刊大奖30余项（次）。代表作有小说《白话》《先锋》《厨房》《狗日的足球》《午夜广场最后的探戈》《八月狂想曲》《春天的二十二个夜晚》等。话剧《青狐》改编自王蒙同名长篇小说，话剧《性情男女》2006年由北京人民艺术剧院上演。长篇小说《八月狂想曲》获中宣部"五个一工程"优秀图书奖，短篇小说《厨房》获第二届鲁迅文学奖。长篇小说《野草根》被香港《亚洲周刊》评为"2007年中文十大好书"。部分作品被翻译成英、德、法、俄、西班牙、日语等出版。

徐坤文集

Xu Kun Wenji

# 热狗

Regou

徐坤 / 著

APGTIME 时代出版

时代出版传媒股份有限公司

安徽文艺出版社

图书在版编目（CIP）数据

热狗/徐坤著.—合肥：安徽文艺出版社，2015.1(2021.10重印)
（徐坤文集）
ISBN 978-7-5396-5232-0

Ⅰ.①热… Ⅱ.①徐… Ⅲ.①中篇小说—小说集—中国—当代 Ⅳ.①I247.5

中国版本图书馆CIP数据核字(2014)第281349号

出 版 人：姚 巍　　丛书统筹：朱寒冬　刘姗姗
责任编辑：刘姗姗　　装帧设计：丁 明

出版发行：时代出版传媒股份有限公司　www.press-mart.com
安徽文艺出版社　www.awpub.com
地　　址：合肥市翡翠路1118号　邮政编码：230071
营 销 部：(0551)63533889
印　　制：安徽新华印刷股份有限公司　(0551)65859551

开本：880×1230　1/32　印张：11.75　字数：280千字
版次：2015年1月第1版　2021年10月第3次印刷
定价：52.00元(精装)

1995年9月,“红罂粟”女作家丛书出版,作者徐坤在石家庄签名售书。

1996年春天或者冬天的北京文采阁,开什么会记不得了,这是记者拍的一张照片。照片上立者二人为张锲、朱晖,坐下从右至左为刘震云、王朔、余华、莫言、徐坤。

1995年 8 月 25 日，北京文采阁徐坤作品座谈会举行。作者与《北京文学》原副主编兴安、付锋合影。

1995年 9 月，“红罂粟”丛书座谈会在石家庄召开(从左至右依次为池莉、范小青、黄蓓佳、叶文玲、徐坤、迟子建)。

1997年夏天，首都师范大学“中日文学对话会”召开（从左至右依次为张燕玲、王干、徐坤、陈染）。

1997年5月15日，青岛小说学会年会召开（从左至右依次为陈福民、张新颖、徐坤、王光东、吴义勤）。

1997年12月，与天津蓟县《小说月报》发奖会合影（从右至左依次为兴安、李敬泽、李师东、毕飞宇、刘醒龙、徐坤）。

1997年夏天，写完《厨房》之后到长春签名售书，旁边戴草帽者为作家海男。

1999年3月社科院文学所的同事们到江南调研，在复旦大学合影。左起：王光东（复旦）、陈福民、孟繁华、张新颖（复旦）、李洁非。摄影及造型策划：徐坤。

在复旦大学门前合影，左起：徐坤、张新颖、李洁非、陈晓明、孟繁华。

# 自序

## 向现在，向未来

“《八月狂想曲》，徐坤写得意气风发，写得波澜壮阔；她有澎湃的叙事激情，滔滔五十万字，她纵情歌唱——站在空旷的、华丽如天上宫阙的体育场，向着即将到来的日子、向着那时的欢腾万众。”

这是批评家李敬泽2008年6月评论我的新著《八月狂想曲》的文章开头。我觉得他的标题“向现在，向未来”极好！到现在，六年时间过去，当一个新的实现中国梦的历史时间段到来时，这样的题目，仍然显得美好，令人振奋，并有无限希望催生。故而我借用这个标题来作为今天我的文集自序的题目。

从1993年发表第一部中篇小说《白话》至今，已经有二十多年时间过去。不知不觉，就从青年写到了中年。二十世纪九十年代初，我刚毕业进入中国社会科学院工作，一身学生气，带着年轻人成长过程中普遍存在的叛逆和冲撞精神。八十年代的结束和九十年代的开始，对于中国的改革开放进程来说，是一段非常特殊的历史时期。刚参加工作不久,我就随社科院的八十几位博士、硕士一起到河北农村下放锻炼一年。远离城市,客居乡间,忧思无限,前程渺茫。在乡下的日子里,我们这群共同承继着八十年代文化精神资源的二十来岁的青年学子,经历浅,想法多,闲暇时喜欢聚在一起喝酒清谈,读费孝通的《乡土中国》,看昆德拉的《生命中不能承受之轻》,播放从中关村淘回来的各种国外艺术片。在高粱玉米深夜拔节声中,在骤雨初歇乡村小道咕吱咕吱的泥泞声里,凌虚蹈空探讨国家前途和知识分子命运,虽难有结论却兴味盎然。回城以后,这个小团体就自动解散。然而,在乡下探讨的问题以及与底层乡村民众打交道时的种种冲突和遭际却一直萦绕我心,挥之不去。终有一天,对世道的焦虑以及对前程的思索,催使我拿起笔来,做起了小说——相比起"板凳要坐十年冷"的做学问方式,激情与义愤喷发的小说更能迅捷地表达作者的情绪。

在1993—1994两年间,我以《白话》《先锋》《热狗》《斯人》《呓语》《鸟粪》《梵歌》等一系列描写知识分子的小说登上文坛,文化批判的锋芒毕现,引起了读者和批评家的广泛关注。我的第一部小说集《热狗》由王蒙先生亲自作序,王蒙文中称"(徐坤)虽为女流,堪称大'侃';虽然年轻,实为老辣;虽为学人,直把学问玩弄于股掌之上;虽为新秀,写起来满不论(读吝),抡起来云山雾罩、天昏地暗,如入无人之境"。

年轻时的写作,十分峻急,仿佛有无数力量催迫,有青春热情鼓荡,所有的明天都是光荣和梦想。仿佛可以乘着文字飞翔,向着歌德《浮士德》中"灵的境界"疾驰。几年以后，做够了知识分子的题目，我又开始尝试女性主义议题。《厨房》《狗日的足球》《遭遇爱情》《女娲》《小青是一条鱼》等等都是这一时期的作品。它们借助于互联网的兴起迅速被盗版疯传。看到网上有评论说，到今天为止，足球小说写得最好的仍然是我在1996年写的以女性为主角的《狗日的足球》。

十几年后，我从社科院出来到北京作家协会当了专业作家，这一干，又是一个十年。作为一名职业作家，对自己的要求与从前自然有所不同，写作的战车开始提速。这期间，有《春天的二十二个夜晚》《爱你两周半》《野草根》《八月狂想曲》几部长篇问世，还写了三部话剧《性情男女》《青狐》（根据王蒙同名长篇小说改编）《金融街》，并有多部中短篇小说集以及散文集出版。短篇小说《厨房》在2002年获得第二届鲁迅文学奖，话剧《性情男女》2006年1月由北京人民艺术剧院上演，由副院长任鸣亲自导演，谷智鑫等几个年轻人主演，在北京和上海演过五十多场，深得年轻观众喜爱。长篇小说《野草根》被香港《亚洲周刊》评为"2007年十大中文小说"，长篇小说《八月狂想曲》2009年获得中宣部"五个一工程"优秀图书奖。

"文章合为时而著，歌诗合为事而作"，这是千古文人必须承担的道义和使命。写到此，不能不回到开头，说说收录到文集里的第一卷《八月狂想曲》。这是我到北京作协当专业作家后的一次奉命之作，写出了全国唯一一部表现中国举办奥运的长篇小说。应该说交上了合格答卷。六年过后，今天再看，仍然可读，本世纪开初那几年、一个时代中国人的集体记忆和情绪，字里行间仍历历可见。这是我写得最艰苦的一部作品，经过四年多的跟踪采访和写作，终于在奥运会开幕前将五十万字的小说完成。

在采访中，给我留下印象最深的是奥运建筑设计和施工团队，从总设计师到工程助理，主力几乎清一色由年轻人组成，基本上是出生于六十、七十年代的一群人。他们有着良好的教育背景，专业技术上过得硬，有吃苦耐劳精神，有跟世界平等交流对话的良好心态和技术资本。他们是如此自信、坚定、昂扬、勇往直前、无所畏惧，遇到困难绝不会绕道走，阐述自己的理想绝不闪烁其词。正是在这一代年轻人的手中，经过几年时间的艰苦打造，一座座奥运场馆拔地而起，老北京的新地标正威严地耸立！

从这些同龄人身上，我感受到了青春，感受到了力量，感受到了蓬勃的朝气，感受到了百多年前，梁启超等仁人志士所憧憬、筹划的少年中国的伟大梦想——“红日初开，其道大光；河出伏流，一泻汪洋；潜龙腾渊，鳞爪飞扬；乳虎啸谷，百兽震惶；鹰隼试翼，风尘翕张”——那些令人心潮澎湃、血脉贲张的伟大想象，如今正在这一代年轻人的手里一一变为现实。

于是，我找到了“青春中国”这个突破口，以建筑设计鸟巢、水立方的60后、70后年轻建筑设计团队为主角展开故事，真实记录当下中国社会的芸芸众生。在《八月狂想曲》一书的卷首语里我这样写道：谨以此书，献给一个时代，献给青春中国。书里有为民请命的年轻有抱负的新一代决策者，也有意志脆弱的受贿下马官员；

有年轻建筑师壮志凌云欲打造出世界顶尖级建筑场馆的豪情，也有民工的辛苦劳作牺牲奉献。有兄弟情谊的砥砺，有爱人的背叛误解，有利益的巨大诱惑，有美色的无端沉迷，有沉痛，有欢笑，有泪水，有无奈……更多的是中华大地上的人民被这一历史机遇给迸发出来的无限激情。

青春中国是令人振奋的。六年以后，2014 年 11 月的北京 APEC 会议上，洋红色的“鸟巢”和宝蓝色的“水立方”又被装点一新重新亮相，梦幻般的色彩重又照亮了北京这座城市的夜空。作为曾经亲历这两座建筑从无到有，曾看着它们的每一根钢筋落地、每一个气泡贴膜的人，此时该是多么感慨！夜风习习，秋叶飒飒。站在这些已被叫作“奥运文化遗产”的巨大建筑前，才能深刻感受到，一个实现中国梦的历史时间段又灼灼闪亮了！

在将《八月狂想曲》收入文集时，我也将当年北京十月文艺出版社出版团队的照片，以及它后续获得的各种荣誉的照片一并收录进来，为我们曾经共同的努力立此存照。也为中国百年不遇的举办奥运会的壮举立此存照。

光阴荏苒，人到中年，便会将脚步贴近大地，内敛与凝重，不断思量文学对社会的担当，思考文字如何才能得以不朽。同时亦想驻足，对着毕生所从事的事业，对大地山川、天空和海洋如浮士德般深情呼唤：“你真美啊，请停留一下！”

最后，我要感谢安徽文艺出版社，几年来他们以磅礴的气势、高端的战略、诚恳的用心，将诸多名家的作品文集收入旗下，其精美的装帧与精益的质量，都十分令人称道。忝列出版名单之中，令我深感荣幸！我还要感谢社长朱寒冬先生，没有他的极富激情和责任心的邀约和敦促，便不能使我除却慵懒与怠惰尽快编成此书。同时我要感谢责任编辑刘姗姗和姜婧婧两位小友，她们为这套文集的付梓做出了很大努力，付出许多辛劳。我感谢她们。

徐坤

2014 年 11 月 28 日于北京以北

# 目录

# 序:后的以后是小说

王　蒙

我以为这几年该少出几位作家了。人们的选择多样化了。如王朔所言,过去,不当作家就只有去当工农兵。也如张贤亮所说,今后只有两种人才会选择文学创作——傻子与天才。

十余年前,我就给《青年报》写过文章:《不要拥挤在文学的小道上》。一些文学青年很不高兴我给他们泼了冷水。

不管文人们前两年怎样惊呼哀鸣商品大潮冲击了纯文学,反正不可否认的事实是:一、中国的职业作家(吃饱了只需写作而不需任何其他蓝领、白领的工作,乃至连写作也不需要)的数量最多;二、中国的纯文学刊物数量最多。仅据此两点就可以断言,中国作家百分之九十以上都是铁心拥护现有的社会主义制度的。如果有人想在中国搞资本主义,我们的作家是一千个不答应,一万个共诛之的。

我还说过这话:“说到底,文学创作是人类的一项业余活动。”一位极好极好的老作家立即对之发出了异议。她认为,文学是很重要很伟大的。王某人对于文学太不敬了。

这几年我又在为“后”这“后”那而纳闷。后现代?后新时期?后××?我为此请教过一个德国人,他告诉我后现代就是把一切看成一个平面。他讲得实在好,可是我却不怎么明白。

还有个学富五车的教授教导我:“后什么就是反什么之意。”他讲得明晰,也许是太明晰了。既然后而不反,怕是有反以外的意思吧。

后什么什么,其实是舶来词,连词的构成也是按照英语。Post-modern是“后现代”,Post-cultrual-revolution是“后文革”,等等。仅仅从语义学上看,“Post”一词只是“以后”的意思,并不意味着反什么什么,但是之所以出现“后”这“后”那的专门名词,当然不仅仅是因为说明时序,而是有它衍生的含义。

最近读了新进学人女作家徐坤的一些中篇小说,忽然有些个了悟。

这个了悟就是:“后”者,过来人的意思。“后”有一种看穿了、疲惫了、丢却了、淡漠了、超越了的意思,进入了又一个新的发展阶段的意思。

这是又一代作家,比我们“后”多了。当然比夏衍、冰心、巴金、曹禺更“后”许多。

他们即将后二十世纪了,当然更是后二十世纪的二十、三十、四十、五十年代。他们后革命。(这里的革命指狭义上的夺取政权的斗争,不是指蓝吉列剃须刀片之类的革命性含义。)后抗美援朝。后中苏友好也后反修防修。后天若有情天亦老。后反右也后“改正”,后意气风发也后三年自然灾害,后父兄也后祖宗,“后文革”也后学潮……

他们什么都“后”过了,便干什么都满不在乎起来。后知青下乡。所以,在徐坤的《白话》里,九十年代的“上山下乡”不再是正剧也不是悲剧,也不再是讽刺型的喜剧。只剩下了调侃,彼此彼此,无悲无喜。伊腾处长与众研究生,调戏了还是没有调戏妇女,“都在一个平面上。”德国博士的话我从徐坤这里找出来了。

后科研。科研云云,到了徐坤这里也只剩下了调侃。甚至梵与佛学,也加入到闹剧式的电影里。这样的电影倒是领教过,香港重拍的《唐伯虎点秋香》,秋香还是巩俐演的;干脆来他个大杂烩,有人认为是胡闹台,我看着倒觉得挺过瘾。艺术家的胡闹台算得了什么?您不看看中东或者波黑或者哪儿哪儿包括我们自己,胡闹台的事还少吗?对酒当歌,人生几何?譬如朝露,去(后)日苦多!何以解忧,唯有“闹台”,呛呛呆呆抗气抗气……嗤!

欣赏一下徐坤小说里这几句闹台吧:

白马寺住持说:“韩退之这人一向以知识分子中的精英自居……专爱与政府作对……”

韩说:“可恨社会科学院的考古专家们,慑于佛教势力强大,不敢坚持真理讲真话……”

住持一旁急得直摆手:“牛郎是男妓的意思,好莱坞经典影片……霍夫曼主演的……”

甚至于可以说是后爱情后性。请看下面:

**那晚上她那样声情并茂,而我却……水缸里涮了一下捞不着底……**

他用自己的形销骨立含泪地微笑，显示自己……宁愿精神出走从此后赤条条来去无牵挂的壮士情怀，阿炳老婆则用自己的无畏捐躯的行动……看着他们壮怀激烈战犹酣……

原来以为恣意调侃是男性的特权，说相声的都是男的嘛！海军里有一个女相声演员，无非表演的时候学着假小子罢了。

不想女作家中也有此类，徐坤便是一位。她描写的对象是硕士、博士、研究员、教授。雅人不雅，雅人难雅，雅人一样地痞与胡闹台，不知道说明的是知识分子与工农相结合的成就还是知识分子本来就俗，装雅也难，或者更“后”一点就是说，我们的博士与痞子、与白痴，诗人与恶棍、骗子压根就是在“一个平面上”。

后出国。出国云云，在她的故事里是多么荒诞可笑呀！

后诗，后古典，后先锋。她的《先锋》与《斯人》等写尽了一代学子又想往前追又没有多少本钱，又想出人头地又找不到门路，又想“领导世界新潮流”又举步维艰，一锅稀粥……想这想那一事无成的尴尬处境。

原来也是一场闹剧！

近百年的中国，近几十年的中国。近十几年的中国，近两三年的中国，变得太快了，什么都过去了，什么都“后”了，什么都时兴过了，什么都不时兴了，什么都成功过了，什么都成功不了了，什么都练过了，什么都练不灵了，什么都闹腾过了，什么都闹不起来啦！

于是剩下了小说。后这后那，后的后后后，什么都“后”了，还剩下了小说。

于是徐坤应运而生。虽为女流，堪称大“侃”。虽然年轻，实为老辣；虽为学人，却把学问玩弄于股掌之上；虽为新秀，写起来满不论（读吝），抡起来云山雾罩、天昏地暗，如入无人之境。

当然，不会总是“后”下去。有许多局部的胡闹台也罢，人生正在后后后后之后前进，社会正在后后后后之后发展。对于年轻人来说，更重要的“后”不是过往的喜剧，而是他们的“以后”，也就是他们的“前”——前景、前途、前瞻。只有汉语在某些情况下，可以将“后”与“前”来回调换着用，汉语里的“前部长”其实就是“后部长”——Post-minister 着实辩证得紧！对嘛！世界是不停地“后”着，又无休地“前”着。后完了生发一点闹剧性变成可以解颐的小说，也许比总是哭哭啼啼得好。但是事关“前”的时候，就得来点真格的啦！他们的以后应该比已经被他们“后”过得好一点吧。他们能无动于衷吗？

如果是玩玩而已，这就已经写得相当可以了。如果当真格的写下去，我们就想在“后”的后边寻找一些更深沉也更隽永的东西。一找，徐坤的小说未免不能叫人满足啦！可不能就是这“同一个平面呀”！就是说，还希望多来一点深一点的，哪怕是闹台于外的骨子里的郑重，以及艺术的感觉与细节的体贴。

江山代有才人出，谁能说文坛寂寞了呢？前一两年的惊呼大潮，如呼“狼来了”，是不是也是一场新的胡闹台呢？

（载于《读书》1995 年第 3 期“欲读书结”）

# 先　　锋

## 废　　墟

废墟早在撒旦他们这些个画家诞生之前就已经废在那里了。百八十年前，英法联军端着洋枪洋炮攻进北京城里，不住地烧杀抢掠，一把火就把好端端的一座宫殿变成了灰秃秃的一堆废墟。大凡能氧化燃烧的物质，全都纵身化了灰，成了有机物。剩下一堆堆点不着的石头瓦砾，则以无机物的形式千疮百孔地撂着，半梦半醒之间，追忆着灿烂荣耀的往昔。从蒙古利亚斜过来的冷风，岁岁年年敲打着复活下来的荒草老树，树枝子呕哑嘈杂不住地怪叫，茅草从子也跟着哆哆嗦嗦抖个不停。泥沼之中逐渐升起了四季不灭的苇子花，盲目地随风跳着没心没肺的舞蹈，全没有一点点国破家亡的忧思。废墟虽是废得不能再废，却时不时让争相繁衍的虫豸水蛭们搅出一片乐园的欢欣。

画家撒旦是在一个秋季的傍晚偶然走到这里来的。那时候严霜还没有降临，刺儿梅的叶子上还残留着一丝夏末的气息。一群群候鸟在这里短暂地憩息之后，将继续朝着南边迁徙。暮色很重地垂落下来，很快就罩住了撒旦瘦长并略微有些驼背的身躯。撒旦已经走得很疲惫了，他不知道自己究竟已在城市里漂泊了多久，依稀能感觉到的，只是自己浑身积满了黄色的灰尘和馊烘烘的汗臭。原来漂泊并非像他所想象的那么简单和轻松，悬垂状态原来也是很累人的。

撒旦在一棵树前停住脚步，把手弯到背后，又顺势延展到身体两侧，做了一个卸下辎重的动作。然后他轻轻捶打着僵直不肯打弯儿的双腿，艰难地坐了下来。水汽飘飘袅袅地升腾，很快就在四周挂起了一道雾帘。城市纷乱的色彩渐次朝后褪去，废墟清冷的芜杂缓缓向前袭来。撒旦吁了一口长气，眯缝起双眼，看见几只惊醒过来的寒鸦，正扑棱棱从宿栖的树上飞起，不情愿地呱呱叫着向灰蒙蒙的远处窜去。那些轻捷的黑炭般的影像激起了撒旦无限的游思，把他黑洞洞的意识之门蓦地给震惊开了。记忆像鲜红的潮水一般汩汩地流出，一点一滴地在血管里漫开。撒旦闭着眼睛，梦游一般张开双手摸索着向前。尖利的树梢、柔曼的草尖、狰狞的朽石一一在他的指尖上划过，给他留下一丝丝冰凉的温暖。那种鲜红的暖意渐渐积贮成完整而深刻的刺激，让他产生一种如临深渊般的狂喜的震颤。他浑身大汗淋漓，遏止不住幸福而又痛苦地狂喊：

“我操！”

尔后他迅速起身，重整衣冠，迈着全新而富有弹性的步伐快速离去，不一会儿就消失在落叶翻飞的秋季城市里，只留下脚步声在空旷的废墟中回荡了许久许久。

那时候，这座城市的大马路和小胡同里，各种各样的艺术家像灰尘一般一粒粒地飘浮着。1985 年夏末的局面就是城市上空艺术家密布成灾。他们严重妨碍了冷热空气的基本对流,使那个夏季滴水未落。干旱一直持续到了秋天。各种传染病相继流行,密云水库水位下降到历史最低点,城市饮用水短缺,工业用水产生危机。郊区的农民更是叫苦不迭,他们悄悄到庙里举行各种祈雨仪式,暗暗诅咒是哪个挨千刀的作孽,得罪了龙王爷。他们万万想不到的是,这竟是因为城里的艺术家太多的缘故,全是让精英密集给闹的。

艺术家们自己也正憋闷得喘不上气儿来。这个夏季实在是燠热难耐,把他们身上裹的水墨蓝的牛仔裤烤得火辣辣的,裆里的活儿给焐得一阵一阵地发炎,去泌尿科检查后得出诊断结果,说是包皮快要给磨烂了,已经有一两个白细胞在尿碱里头英勇出击,全力驱赶来犯之菌。说起来这事儿也难怪,这是一群没有行过割礼,或割过以后又顽强再生了的艺术家,循规蹈矩的现实主义日子是不情愿再过了,总在琢磨着换一个新鲜的活法儿。老式的大裤衩和老头衫什么的虽然透气凉快,却早就让他们瞧不上眼儿了,只是碍着面子,才没敢公开唾弃。招他们喜欢的是那种挺括、硬邦的牛仔粗布,一年四季里不下身地穿。不透气也不要紧,自有办法让它往里灌风,只要在牛仔裤的膝头和后臀尖部位挖出四个小窟窿,这不就全解决了吗?若是再在洞口周围打磨出参差不齐的毛边,就完全是一派浑然天成的意思啦!

稍微有点可惜的是,这毛边一根一根磨得太工整、太精致了,处处都流露出人工仿造的痕迹,以至于它始终都是一种临摹,而永远成不了创作。艺术家们不免有些垂头丧气。

原来这玩意儿也是被人家穿烂了的。有什么能比穿人家穿过的裤子更没劲的呢？尤其是在这么个响晴薄日的天儿里,没劲就显得越发没劲了。焦灼和烦躁让艺术家们痛苦得无所事事,创造之火在地底奔突却没有合适的井口喷涌,艺术家们脸上的痤疮憋得此起彼伏。万般无奈,他们只好蓄起了胡须,留起了长发,试图以一种胡子拉碴不修边幅的废墟面目,把内分泌不畅的粉刺状态刻意遮掩住。

于是这一年夏天,老百姓们只要一出家门口,就到处都能看到许多鼻子不是鼻子脸不是脸的乱蓬蓬的脑袋在大街小巷里游窜。

年轻的画家们在撒旦的煽情指引下,半信半疑、厌厌倦倦地跟着他来到废墟,刚一进去,他们的眼睛就唰地被刺了一下,惊得几乎说不出话来。废墟以那样生动的存在无情地剥落了画家们矫情的伪装,照得他们近乎赤身裸体,立时让他们感到四肢瘫软无力。原来废墟是真实存在着的,是先他们许多年就早已存在着的。它充满着并贯穿了他们诞生与成长的这个世纪。废墟就是废墟,废墟不是他们在脸上刻意修剪出的那种参差不齐、脏兮兮、毛烘烘的玩意儿。废墟成为一种象征和隐喻,昭示着一个古老而又永恒的命题。废墟竟是那么一种有着无尽含义的东西。它存在着,人们却忽视了它,一直都没有去破译这个谜。

画家们静穆地肃立着,用心比照着、揣度着。终于,他们从各个不同的角度获得了最初的真理:

"废墟！火！我！涅槃！"

"废墟！花！你！荒原！"

"废……费厄泼赖！"

"废墟！德漠克拉西！"

……

"废墟画派"成立宣言：

我们都是迷途的羔羊。我们不是荒原狼。孤独不是我们的向往，我们必须成群结队才有力量。

《中华大百科全书·文艺卷·F类》：

F：废，废都，废墟；废墟画派：崛起于二十世纪八十年代中期。代表人物：撒旦、鸡皮、鸭皮、屁特。代表作：《存在》《我的红卫兵时代》《人或者牛》《行走》。影响或者贡献：唱念做打俱佳，呈前卫状，做先锋科。在纯洁的绘画语言方面开创了中国后现代艺术的先河。

（跨世纪出版社，2001年版，第1999页。）

"撒旦""嬉皮""雅皮""痞子一代"（又称"垮掉一代"，the beat generation）这些荣誉称号得益于傻蛋他们自己处心积虑修饰出来的外部包装。傻蛋最初听到有人称自己是撒旦时，内心着实惭愧不已。他在心里头说，我连上帝的毛都还没摸着呢，更别提什么叛逆出卖他老人家了，就因为牛仔裤露膝露腚，就随便拿我和撒旦相媲美吗？这不是空担了一个混世魔王的虚名吗？鸡皮和鸭皮也给叫得惶惶不安，总觉得自己从小到大一直是吃干饭拉稀屎，也没下出过什么真格儿的蛋，没能正儿八经地标一把新立一回异。小屁特就更不用提了，懵里懵懂地不知道自己究竟屁在哪里。据说洋屁特腻烦的是“工业文明”“物欲横流”什么什么的，可是俺们反叛的到底是什么呢？于是就土屁土屁地怀着老大的纳闷儿，像一股气儿似的没有负担，内心却隐藏着带味儿的不安。

不过，从小营养不足，基本功没有练好又有什么关系呢？只要时候一到，锣鼓点儿一敲，撒旦、鸡皮、鸭皮、屁特他们真就敢操家伙，青衣、老旦、小丑、架子花脸噼里啪啦要起棍棒刀枪，“咔嚓”，“扑哧”，一个小卧鱼儿就翻上了场。

撒旦：“孔子——”

鸡皮：“老子——”

鸭皮：“耶稣——”

屁特：“释迦牟尼——”

合：“所有的神，所有的人，

你们都来吧，都来吧！

让我用画框拥抱你们，

用一大堆混乱的颜色

来编织你们。”

《存在》：作者撒旦。画展一进门处，用一堆砖头支起来一个金属画框，一个四方形的巨大空框。从框里往外望去，能看到前来观展的人正鱼贯而入，人流熙熙攘攘。脑袋探进框子里的角度不同，进入视野里的物体也各不统一。往低处看，是大大小小的脚；往高处看，是奇奇怪怪的脸；往平处看，是粗粗细细的腰。背景则是共同的灰灰蒙蒙、幽深莫测的一片废墟。记者们前来采访，每次拍下的《存在》的画面都不一样。报章杂志上就刊出了原生态的各不相同的《存在》。

作者题跋：一切的虚无皆是存在。一切的存在皆是虚无。

《太平洋狂潮》评论综述：

A 类：多么深厚且富有弹性的艺术空框！

B 类：瞎掰。《存在》存在吗？

《我的红卫兵时代》：作者鸡皮。鸡皮从废墟里掘来许多烂泥，一把一把掼到画布上。然后他骑上画框，撒了一泡很长很长的浊尿。一摊黄脓悄无声息地洇过画布，漫延流漓出很大很不规则的图形，很醇，也很臊。

作者画中趣诗：这是我今晨第一泡童子尿。昨晚我头一次没跟女人睡觉。

《太平洋狂潮》评论综述：

A 类：金盆洗手。纯度无可比拟。

B 类：尿的这是哪一壶？

《人或者牛》:作者鸭皮。这是鸭皮熬了几天几夜,用电脑绘制出的杰作。他把维摩诘的人像及毕加索的《死牛》一股脑地输入磁盘,结果机器里就吐出来一幅牛身人面图。一根根曲线交错扭结打着莲花络,好似金蛇盘根交尾,又似在做着滔天欢喜图。

作者画面题诗:吃的是草,射出来的是粪。

评论综述:

A 类:杂交是艺术的最高境界。

B 类:不要脸的骚货。

《行走》:作者屁特。荒郊野老滩中,羊群倒立着四脚朝天地行走。羊儿们浑身溜光,只披着乌突突的羊皮。两头牧羊猪:乌克兰公和乌克兰母,穿着暖暖和和的羊绒坎肩,呼噜噜地啃着白水煮羊头。

画面题诗:羊毛不在羊身上,羊毛全在猪身上。

评论综述:

A 类:二十世纪最深刻的寓言。

B 类:端的羊毛能养猪?

"废墟画派"一出现,首先让那些放过几天洋、见过大世面的评论家们兴奋得睡不着觉。他们一直都在处心积虑地思考着把国内艺术同国外线路接轨的问题。接不上轨就开不出去车,好货就得烂在窝里。这下可好了,“废墟画派”总算把这种疑虑给解决了,沉闷单调的日子总算可以借机捏出个响来了。于是他们赶紧三更半夜地从被窝里爬起来查各个语种的双解词典,要给废墟画家们穿上一件最新款的衣裳,把他们包装、打扮得豁豁亮亮。

好在那时候啥都想接轨都没有接上轨,伯尔尼版权公约和关贸总协定还制约不着中国的文人墨客,进口名词自由入境根本不用上税。评论家们就选用了最潮湿最啃劲儿的“先锋”“前卫”等等名词或形容词,试着往撒旦他们身上比量比量。这多少还带着点大胆的冒险精神,因为过关的时候还要经过检查呢。

果然不出所料,过关时还真就被机器卡住了。原因是海关的信息储存器里,对于“先锋”只存入了这么一条:

> 先锋者,积极要求进步,积极靠近组织,刻苦攻读马列毛主席著作,“又红又专”,热爱劳动,积极主动和同志打成一片之分子是也。

全自动电脑操作系统不知道这等庄严神圣的词儿用在该生撒旦身上是否合适。由于程序一时全乱了套,红绿灯讯号傻子似的乱闪个不停。

机器分辨不清的问题,最终当然要由人来解决。于是关员就说:“先把球踢到下边去,议一议再说吧。”

话题就给引到了球场上。小脑十分发达的运动员们纷纷发表了看法。不仅原来就踢前锋的人对此有意见,就连原来不踢前锋也没打算踢前锋，以及原来不踢前锋但一直想踢前锋却总也踢不上的也都有意见了。

前锋说：“这帮小屁特们也叫前锋，那我们叫啥？我们这前锋不白前锋了？”

打算踢前锋的说：“前锋要是像小屁特他们那样子，那可太让我们失望了，一辈子都白苦苦地争了。”

不打算踢前锋的说：“我原来对前锋多多少少还挺敬佩的，这样一来，就更没啥念想了，趁早拉倒吧。”

也有一直当替补上不了场的，就挺淡然地说：“这有什么呀，矬子里面总得拔出个大个儿来，前锋总得有人踢，谁去踢还不是一样。”

一时间竟有些莫衷一是。

就这么着，从夏末一直议到深秋，霜也下过了，雹子也下过了，紧跟着来的就是冬至。憋了一夏天的水分攒成鹅蛋大小的雪花，劈头盖脸地恶狠狠砸下来，西北风打着旋儿呼呼呼地恨不能一口把废墟卷平。老百姓们不顾严寒，熙熙攘攘地从四面八方拥来，废墟里踏上了亿万只脚。当然这并非想让它永世不得长草，而纯粹是由于人民群众喜爱运动的天性使然，不过是借机会活动活动腿脚罢了。

也有极个别专爱制造热点、爱爆冷门抢独家新闻的记者，也扛上相机大老远地跑来凑热闹。还没进门，老记就在《存在》里头定格住了，足足惊呆了十几秒，才抖落掉身上的雪花，按捺不住地高声咏叹道：“休看它只是一片断壁残垣，却原来姹紫嫣红都开遍。

这妖冶邪性的花儿越来越鲜艳,看来人们放的屁全都成了浇灌它的肥料了。”

“良辰美景奈何天,”老记起了一个兴,举着话筒凑到撒旦他们跟前,“哥几个还有什么进一步的打算吗?都给咱说两句。”

“赏心乐事咱家院,”撒旦守着他的《存在》,沉静地答道,“从来就没有什么救世主,也不全靠我们自己。”

“梅花欢喜漫天雪,浑身是胆雄赳赳。”鸡皮说。

“去留肝胆两昆仑,我以我血荐轩辕。”鸭皮说。

“自古英雄谁无死,我是屁特我怕谁。”屁特说。

老记若有所思地点着头,咔嚓咔嚓地使劲拍照,急着赶回报社发特稿。也不知他的运气怎么那么好,那天他所拍摄下的《存在》,画框里捕捉到的竟是正走红的影视大明星东方美妇人的倩影。稿子第二天就上了头条,这下可更是轰动得不得了,不光光是人民群众,就连平日里一向尊崇“文人相轻”、爱在同行的脚后跟点“二踢脚”的艺术家们也都给招来了。艺术家们伸长了一直龟缩在大衣领子里观风向变幻的脖子,瞪大莫名其妙的眼睛,在《存在》里存在了存在,在尿臊味里做了几个大幅度的深呼吸,又为倒立行走的羊和人与牛的体位倒错所启迪,然后,醍醐灌顶似的,憋在壳里的魂灵立时脱颖而出,附了形体,不再忽忽悠悠地跟肉体分离了。

灵与肉这么稍微一统一,艺术家们上的那些个火立时就败下去了,大便也通畅了,痤疮也不起了,闭起门来就开始造车,推着小车颤颤巍巍地上了道,朝着摸不准的感觉逐渐逼近,最后终于一拨拨地固定到位,在下落的过程中不断把残雪未消的路面扑哧扑哧砸出一个个麻坑。

在洁白的道路上五颜六色地走吧
狗像影子一样不小心闪了腰
空寂的芬芳
冬天来了,春天还会远吗

诗人的这么几句话表达出了艺术家们的共同心声。

记者一看,小稿有了这么大的反响,乐了,赶紧进行追踪连续报道。

记者:“请谈谈当‘先锋’的感觉……”

撒旦:“我傻蛋连撒旦都当了,还在乎当个先锋吗?”

记者穷追不舍:“不要这么简约,请再具体说说。”

撒旦:“已经再具体不过了。先锋就是存在,就是我的红卫兵时代,就是人或者牛,就是行走。”

鸡皮:“先锋就是进口超重低音音响,可接 CD 唱盘,卡拉 OK 功能完美齐全。”

鸭皮:“先锋就是国产特效消炎药,头孢氨苄特糖衣片,Ⅰ号、Ⅱ号、Ⅲ号、Ⅳ号、Ⅴ号、Ⅵ号,败火祛痰。”

屁特:“先锋就是赛场上永远打前场的。我想操谁就操谁。”

一大堆意见反馈到海关关员的耳朵里,搞得他晕头涨脑,有点不耐烦了。关员把手一摆,说:

“这也先锋那也先锋,都先锋了,还先个什么锋!我还有好多重要的事情要做，没时间跟艺术家们缠磨。放行算了，我看没什么大不了的。”

“先锋”就这样大摇大摆地运进来了。

坚冰已经打破，道路且喜畅通。既然连“先锋”都过了关了，那么还有什么能检疫不合格的呢？批评家们敢想敢干，瞅准时机，再接再厉，又用集装箱塞满了成批成批的“主义”，装到远洋货轮上往国内进口。据不完全统计，那一年批发和零售的主义总共有：结构主义（解构主义和建构主义统归这一类）、兽道主义（人道主义和狗道主义统属这一门）、存在主义（包括不存在主义）、正弗洛伊德主义（以及反弗洛伊德主义）、旧权威主义（以及新权威主义）、前现代主义及其后现代主义、上形而下主义和下形而上主义。

……

“废墟画派”给归为“解构主义的普遍原理与中国国情相结合的时代产物”。这下子又让从小到大只听说并忠于过一种主义的撒旦他们感到心里七上八下地不落底。傻蛋变成撒旦，多多少少还沾点边儿，撒旦成为先锋，也恍恍惚惚具备了某种可能，一切还勉强算在情理之中。如今又要苦撑着扛起一门子主义，实在让他们觉得有些吃力。

撒旦说：“大人先生们行行好，别再往前逼我们，好歹也叫几条人命。让我们顶多也就先个锋得了，别再主义行不行？”

评论家劝慰说：“你且把心放回肚子里，好好揣着吧。主不主义都是由我们鼓着噪呢，说你主，你就能主。都先锋起来了，还能不主一种义？如今人们都在主义，你不主义也没道理，显得落伍，成心跟别人过不去似的。”

撒旦说：“那好吧，我们权且主着。多咱看不行了，您趁早换人。”

大张旗鼓地主了一阵子义以后，一点儿惊天地泣鬼神的变化都没有发生。该吃饭还吃饭，该睡觉还睡觉，该画画还画画。中国的政治制度、社会结构、经济体制该向哪个方向滑还向哪个方向滑。弄得撒旦他们心里反倒有些泄气，空落落的，白担惊受怕、趾高气扬地企盼了一场。

撒旦领着儿子小旦坐在游乐园的高空缆车上，用浑浊的目光打量着脚底下的这座乌蒙蒙的大城市。1990 年的城市高高低低，长短不齐。没有打夯机的轰鸣，也听不见搅拌机的歌唱，可一幢幢高楼却在看不见的魔手的支配下，幻影般地照样生长着。

所有的变化都在悄无声息又仿佛井然有序地进行着。在高空缆车慢慢向下滑落时，撒旦止不住又留恋起刚刚逝去的辉煌上升的时代。那首老掉牙的歌曲又在他耳朵边上响了起来：

啊八十年代八十年代八十年代
你比鲜花更加逗人喜爱喜爱
啊八十年代八十年代八十年代
指引我们走向未来走向未来

不管怎么说，1985 年都是艺术和艺术家大放异彩领尽风骚的一个年份。撒旦领着儿子小旦坐在1990年的高空缆车上，追忆起1985年的文艺复兴气象时，泪水甚至几次都差一点打湿了他的眼眶。1985年的情形基本上就是这样，什么都主义又都主不了义，什么都先锋又都先不了锋，什么都存在又都不存在，什么都错了位都变了形，什么都看得懂又都看不懂。人们都瞪大了白色的眼睛在寻找着黑色的光明。

"签名!"

"签名!"

人民大众都满怀着无比激动的心情，把艺术家们团团簇拥在当中，通红的脸孔、热情的手臂、嘶哑的喉咙，如痴如醉地朝拜起新时代的先锋。小旦他娘，那个可人儿朱丽叶不就是在1985年的冬天对撒旦进行狂热崇拜的吗？撒旦在她胸脯上签名的时候（当然是有一层衣服在笔尖和肉体之间作阻隔），能感觉到她的心正像小兔子一样在胸口急遽地跳动。那种过电的感觉每每回忆起来都让撒旦的手指尖感到麻酥酥的搔痒。

在那个艺术的短暂的回光返照时代，艺术家又一次成了公众的图腾。图腾也不是说全部都能图得了腾，那些连包皮也没剩下，给割得不具形状的，就没法成为图腾了，就时不时地发一发牢骚，讲一些怪话，有些在时代车轮滚滚下流离失所的悲怆。有人失落，就有人上升，艺术是艺术家的事，谁也管不着，气死老百姓。但凡正常的就被鉴定为老古董，一切反常的都能成为反英雄。艺术家的瞎眼儿、口吃、秃顶、脚气、癌症，吊儿郎当，流里流气，全都成为一种个性的象征。艺术家重又被捧到一个新高度上，鼻子孔儿朝天，下眼皮儿一个劲儿地朝上翻，牛气哄哄的，不爱理人儿了。他们开始故意把人民大众摒弃到艺术之外，要与老百姓扯开一段距离了。

书上是怎么说来着，凡是脱离了群众，不为老百姓服务的，人民就不买你的票，亏你个十万八万的出场费，让你元气大伤，一蹶不振。

想想吧，历史上，每逢这种情况发生的时候，史家们紧接着将要描述怎样的局面出现呢？艺术的孤芳自赏，穷途末路，全面大溃退，整顿我们的作风，肃清一些流毒和影响，开展批评与自我批评，会员重新登记，清理阶级队伍，吧唧吧唧地在痛打落水狗，费厄泼赖可以缓行。

废墟画派果真未能免俗，紧紧地循了这条颠扑不破的艺术规律去了。就在他们急起直升、扶摇直上的当口，却扑哧一声，一头栽落在 1989 年秋季的全国艺坛大比武中，直跌得腰椎间盘突出外带颈椎弯曲，顷刻之间就瘫痪下去，长期卧床不起。

1989 年艺坛大比武的结局实在出乎撒旦他们的意料。当他们接到通知，待搭不理地从巡回走穴展出的场子来到比武地点时，发现显眼处的位置早被先来报到者占据了。真个是群贤毕至，少长咸集，各个门类的艺术家都把修得的新潮本领拿出来演习操练，跟最初那会儿相比，艺坛的变化简直是翻天覆地！

率先上场的是画家的一奶同胞兄弟——汉字书法家。书法家端了把椅子坐在台上，慢慢脱了鞋袜，露出两只油了抹黑的脚模丫子，把大小狼毫夹到大拇指与二拇哥之间的脚趾缝里。然后，嘴里叼起口琴，手里拉起胡琴儿，两腿齐抖，双管齐下，脚底生皴。一曲《扬基都得尔》奏毕，一幅龙飞凤舞略带些臭咸鱼味儿的脚书也同时完成了。当场裱好，挑在旗杆子上迎风招展，明码标价开始竞卖。

接着来的是小说家。小说家的事业是人类××工程师的事业。小说家一手拿着泥抹子，一手拎着水泥桶，把12345678个阿拉伯数目字儿一层层地往一起码。码完了，还剩一个9，9自手。一条龙上听，推倒，和了。自己连喝几声彩，用帽子转圈向围观者收了那么十几张票子，点了点，还略有个小赚，不由得心满意足。

尔后上台的是诗人。诗人在古典的阳光辐射下纷纷受孕，在遥远的瞎想年代里喝着祖宗的羊水，产下一批批面目模糊的黄种试管婴儿。还未等满月就插上草标急着卖孩子，丫头、小子被贩子们抱走时，诗人还假模假样地大哭小叫，待到人走远了，这才抹抹鼻涕，把钱偷偷掖进了裤腰。

一阵管弦乐器的轰鸣传来，交响乐队排队上场。小提琴轻抽浅送，咯吱咯吱卖弄着技巧，乐队指挥扭着胯骨又蹦又跳。钢琴手把十个指关节来回捏出噼啪噼啪的黑白音响。不这么戕害自己，观众就不给鼓掌。

戏园子里也是一番新气象。演话剧的都不言语而光打哑谜，没有独白不再对话，男男女女在台上眉来眼去，你看我，我看你，勾肩搭背地吊膀子，彼此爱得死去活来，爱得实实在在，爱得不明不白。

京戏里头再也不用唱念做打，西皮、二黄全为某某人 Rap 所代替，一大群龙袍马褂、凤冠霞帔、花赤虎脸，伴着打击乐，嚼着口香糖，在台上一个劲儿喋喋不休地饶舌，涌现出一个又一个的饶舌王。

这下可把"废墟画派"的人给看傻了，眼珠子一眨不眨地难以转动起来了。他们万万没有想到哇，就在自己的部队艰苦跋涉，走出根据地，到处扩大战果的时候，一大群"后先锋"和"后前卫"已经呼啸着打到前场来了！这不明摆着是犯规动作吗？这还了得！不行，得赶紧找赛事委员会的人说理去。

大赛组委会负责人说："规矩都是在事物发展过程中自个儿定下来的，这事儿谁也干涉不着。反正是谁最潮，谁的价码高，谁就能摆在前头。"

废墟画主们忍气吞声，只好在后院的一个角落里设下了展台。没了一进门的显眼位置，《存在》也就失去了存在的意义。那一幅空框吊在墙上，框住的，也不过是一块块斑驳的墙皮。没有人前来观看，画布上的尿臊味自然也就再发挥不沁人心脾的威慑力，熏不着别人，倒全让自己这一伙儿呛进肺管子里去了。

撒旦、鸡皮、鸭皮、屁特他们终日垂头丧气地枯坐着，眼瞅着自己门前冷落车马稀，别人却春风得意马蹄疾，一口窝囊气憋得直蹿向脑门子去了。撒旦上火急得，满头青丝摇摇欲坠，大有刚过而立就秃瓢的意思。鸡皮也浑身上下到处起满了鸡皮疙瘩，鸭皮的鸭蹼上生出了脚气，屁特也重新犯了痔疮，难受得不能坐不能立的。脱离了废墟，他们就仿佛失去了天启。一切的痛苦与幸福、悲怆与激情也都离他们远去。剩下的，不过是无谓的故弄玄虚。

据《二十世纪新浪潮艺术史料》载:1989年秋季,“废墟画派”全体中层以上干部会议在墟里召开。与会成员就共同关心的问题进行了广泛深入的探讨。经过几个回合的论战,可惜最后未能达成共识,没有达到拨乱反正的预期目的。这次会议标志了“废墟画派”的全面解体。

所讨论的生死攸关的重大问题列出如下:

1. 关于由谁来当新画王的问题。

2. 有关朱丽叶本该成为小什么娘的问题。

3. 关于该不该让俞木墩入会的问题。

4. 关于走穴收入分配不均问题。

5. 关于出国名额分配不合理问题。

6. 挂靠成正处级单位后任职不公问题。

上述这些作为问题一条条摆到桌面上以后,首先感到惊诧的就是盟主撒旦,撒旦惊得险些一头栽倒。所有的请问竟全都是冲着自己来的,没有一件是跟艺术,跟这次比武的失败沾边。看来革命队伍内部早已隐伏下了巨大的危机。

此时的废墟画派已经由民间自由结社的艺术团体,挂靠成为艺术研究院下属的正处级国家研究机构,列为美术局废墟处,办公室设在黑石桥路三里沟。处长一名,由撒旦担任;副处长三名,分别是鸡皮、鸭皮和屁特。下设大小科室十个,正副科长二十余人。在编人员共一百零七个,第一百零八人俞木墩属于个人挂靠系列,在职不在编,因为他的户口进城问题不太好解决。

一想到这些显赫成绩，撒旦心里不由得又升起无限感慨，没有我撒旦的鞠躬尽瘁，会产生今天这队伍壮大的奇迹吗？一生功绩，竟谁与说?！如今刚刚遭受一点挫折，革命遇到低潮了，就纷纷想要跳槽，临走，还要把黑都往我一人的脸上抹。艺术家，果然是最不仁义、最不道德、最不团结而只能打击的一堆白眼狼啊！

撒旦静下心来，倒要听听哪个跳出来先说。

鸡皮果然就跳出来说：

“依我看，首先该把这些待遇问题弄清了。要不，我们心里头就总扭着股劲儿，艺术水平呢，也休想上得去。”

“嗯，”撒旦耷拉下眼皮，“说吧。”

鸡皮说：“大哥，我们知道，您有《圣经》做靠山，是正宗，是源。我们这些人都是派生出来的，是旁枝，是杈。但是，您也不能总拿着画框占着显眼位置呀。打个比方说吧，现如今，先锋音响已经不行了，现在已出了大屏幕彩色超立体声环绕新画王……”

鸭皮说：“还有画中画。”

屁特说：“还有王中王。”

鸡皮说：“对。新的出来了这么些，老的该退就退了。”

撒旦说：“你们这是事先合计好了一齐冲我来的吧？傻×你们！先锋就是先锋，先锋不是后先锋，先锋也不是后前卫，先锋更不能被新画王给代替。这个你们懂吗？”

鸭皮接着跳出来说：

“既然让我们说，我就实话实说。朱丽叶的事，我心里一直有看法。当初让大家签名的时候，您在她胸前签完了，就护着她，让我们把名都签到后背上去。您有什么权利这样做？要不是因为此，朱丽叶说不定会成为我们小鸭的娘呢……”

鸡皮说：“成为小鸡的娘……”

屁特说：“成为小屁的娘……”

鸭皮说：“是的，凭什么她单单成了你们小旦的娘？”

撒旦白着脸说：

“瞧你们文化人这点操性，总是图谋朋友妻女，连个兔子都不如。那兔子还不吃窝边草呢。有种，你们勾她去，只要她愿意，我撒旦情愿拱手相让。”

停了一下，人人都把杯子里的水喝了一口。

屁特说：“为什么俞木墩总捎香油给你？”

鸡皮说：“还捎木耳……”

鸭皮说：“还捎蘑菇……”

屁特说：“他总给你进贡是什么原因？一个农村美术爱好者，也能入‘废墟画派’？活活把全处的受教育程度拖下一个档次去。别人入会时，都有两名副教授以上职称者推荐，他可倒好，拎两瓶香油，挎一篮子小枣，就成了会员了，这中间不是明摆着有猫腻吗？”

撒旦说：“猫腻狗腻，喝一壶就知道了。你们有能耐也剪个纸，也剪出个‘猫抓狗抓老鼠抓’连环套，我就服，我就撵俞木墩走。除了挤对人家，说风凉话，你们说你们还有哪个拉过他一把？要不是我不拘一格降人才，俞木墩这个乡土怪诞奇葩就早在乡下憋死了。”

会场内一时静寂得没话说了。

鸡皮见说什么给噎回去什么，不禁心里愤愤的，索性一竿子戳到底：

“出国的事情也不公平，凭什么你总去大地方远地方，留下小地方近地方才让我们去？”

撒旦说：“这个可得问你自己。你鸡皮懂几门外语？安排你和屁特兄弟去港澳台华人地区出访，不冤枉吧？我和鸭皮学历较高，都懂两门以上外语，欧美大（也就是大洋洲喽）跑得勤了些。那些基层干部也有外语好的，还没能轮上呢，你说你还委屈个啥？”

鸭皮说：“收入分配问题也应该增加透明度。”

撒旦说：“一看你就是一脸知识分子穷酸相，出国还紧啃方便面。缺钱花不要紧，大哥我多拉点赞助，再多派你出去几次，美元不就攒下了吗？何必在乎国内走穴那点小钱呢？”

屁特说：“那么挂靠的事又怎么讲？为什么就你一个人正处，哥几个都是副的？”

撒旦啪啪地拍胸口窝：“你丫的还懂不懂点人心了？我挖门盗洞地找路子，挂靠上一个国家机关容易吗？我让大家伙都有了固定工资和公费医疗，反倒落了一身的不是。一百零八人的废墟处，一个正处、三个副处、二十个正副科，还少哇？不少了。要不你们说怎么办？你们都当正的，我当副的？”

众人不再说话，各自拾掇拾掇细软，打点好行装走出门去，呼啦啦地作鸟兽散。

只剩了撒旦一人守着 1989 年深秋的废墟默默地发呆。

## 归去来兮

1990年到来的标志，就是艺术家脏兮兮的长发一夜之间全换成了油乎乎的秃头。锃光瓦亮的秃头不分白天黑夜地在大街小巷里尽情地照耀，夜与昼的界限顷刻间模糊了。无论是奶秃、脂溢性脱发、杨梅大疮还是一本正经的削发剃度，凡是叫个艺术家的都想尽办法千方百计地把自己弄秃。一脑袋瓜子秃瓢才适合佩戴最新最美的假发，才能化装成商人、官人、头人、鸟人、闲人、袭人，挤进黄道、红道、黑道、白道、绿道上去装模作样地混事儿。

画家撒旦的秃法有点与众不同。撒旦是在一夜梦醒之后发现自己被鬼剃了头的。他用双手在脑袋顶上一摟，滑腻腻、湿滚滚的，枕上除了留下一个青皮脑瓜，缕缕长发早已无影无踪，不知去向。撒旦不由得悚然一惊：

“没根了。可算是六根清净了。”

撒旦不住地喃喃自语。包装成“撒旦”和“先锋”的那个披头散发的小子一夜之间就不见了，剩下的，只是一个面色苍白、圆咕隆咚的倭瓜形大号傻蛋。

“唔，是傻蛋。是从前的自己回来了。”

撒旦感慨万端。“撒旦”还没当几天就进了绝境，洋技巧好像刚刚开了个头就已练到了顶。剩下的还有什么呢？难道非得从头操练，把祖祖先先走过的道再重新走一遍不可吗？

撒旦心烦意乱地把这个叫家的地方四下里仔细打量了一遍。锅碗瓢勺，小旦和他娘，外加一副画框。只有储满回忆的东西，没有能惹起留恋的地方。

“走吧。是该走了。是时候了。”

撒旦对着镜中的秃瓢吻了一下，然后，扛起画框，蹑手蹑脚地迈出了家门。

“砰!”

世俗生活被他象征性地隔绝在了身后。

走了几步，撒旦又回转身来，掏出兜里的十几元钱塞进门缝，留作小旦这个月的牛奶钱。

“傻蛋，这一大清早你又要到哪里疯去?”

背后传来朱丽叶的责问。朱丽叶穿着睡衣，蓬头垢面地站在阳台上。

“寻根去了。归隐去了。”

撒旦头也不回地边走边说。

“寻根寻根，你寻个鸟根!”朱丽叶尖着嗓子，用花腔女高音嚷着，“归隐归隐，你归个屁隐！放着老婆孩子你不养，又要寻根，又要归隐，我看你天生就是神经不正常。听着傻蛋，有本事，你就一辈子都别回这个家。”

朱丽叶歇斯底里的喊声，在清晨的雾水中震颤着穿过，分裂成细密的白色粉粒，呛得撒旦睁不开眼睛。他到底也弄不懂，那个喜欢追星、柔婉纯情的浪漫少女哪里去了？怎么忽然之间就变成了尖酸刻薄、絮絮叨叨的管家婆了？鸡毛蒜皮庸俗透顶的婚姻生活可把他们俩给磨坏了。艺术已经给人生磨坏了。现代快要被现实给磨坏了。

困在城里的撒旦就像一条被揭了鳞的鱼，失去了往日璀璨的灵光，再也无法自由自在地呼吸。

“走吧，”撒旦嘴里嘟嘟囔囔，“走出去，就得救了。”

撒旦不住地自言自语。他扶了扶肩上歪歪斜斜的画框，一直朝北走，朝着看不见的城市边缘行进下去。太阳升起之前，他想，他一定得走出城。

每一扇窗口都放射出几缕枯黄的温馨或柔情，雾霭中飘来女妖悠久迷人的歌声。秃头撒旦正在苍茫的路上踽踽独行，神不再为他提着那盏指路的红灯。他只能用秃头为自己释放灰色的光明。

艺术的旺季在上一个秋天就已经彻底结束，春天的苹果树正在远处无望地开着一片片淡季的花。撒旦一路上虔诚地托着他的画框。他框框这个，套套那个，搁在这儿，撂在那儿，框来框去，左套右套，无论怎么框，框定的都无非是一片天、几块地、三两个人、一团浮尘。

“这个城市完了。没有任何有意义的东西了。”

撒旦闷闷不乐地想。他已经对这座城市感到了彻底的绝望。他走啊走啊，却总也走不出城去，无论走到哪里，都能跟从前的艺术家们不期而遇。大家都从各自的秃头或假发里认出了当年的同党，于是便不好意思心怀鬼胎似的相互一笑。对过眼光之后，又分道扬镳，把各自的路子走得更急、更响。

终于，当一大片金澄澄的麦子摇曳着、招展着涌进他的画框时，行者撒旦狂喜着停住了脚步，站在麦田边上热泪盈眶：

“唵嘛呢叭咪吽……天！”

在1990年夏天金黄金黄的季节里，艺术家撒旦不顾一切地一头扎进麦地，不停地思索起“我从哪里来”“要到哪里去”这些锈迹斑斑还挺沉甸甸的问题。

俞木墩最先从撒旦的画框里跳出来登场。木墩一个“燕子展翅”亮相，然后，立定，撑开小黑伞，站在六月的骄阳下，毕恭毕敬地迎候撒旦导师。

这朵“乡土怪诞奇葩”，可是撒旦导师一手辛勤栽培、扶植起来的。自打俞木墩的剪纸连环套“猫抓狗抓老鼠抓”入了废墟画派，在京城里展出之后，木墩一下子成了小县城里的文化名人，不久就被提拔到县里当了文化馆馆长，老婆孩子也一起跟去吃起了公家粮。若不是老婆阻拦，他还想把他的艺术启蒙老师，那个善剪窗花的八十多岁的老奶奶也一道接进县里去呢。

“吃得苦中苦，方为人上人哪！”

木墩心里头常这么想。

“吃水不忘挖井人！时刻想着我大哥。”

木墩同时也这么想。

虽然是当了个先锋，木墩也没有像城里艺术家那样把尾巴翘到天上去，他依然恪守着滴水之恩当涌泉相报这个死理儿，按照春、夏、秋、冬四个季节的变化，给撒旦导师兼大哥捎去时令土特产品，包括香油、木耳、小枣、蘑菇等等。

“大哥,就您一个人来的?”

俞木墩恭候在路口的老槐树下,仰起了没熟透的向日葵一样的白里透黄的笑脸,热情地上前拉住了撒旦的手,接过了他肩上的画框。

“嗯哪。”撒旦甩了甩手,疲乏地应了一声。

“您这次是挂职锻炼呢,还是自费体验?”俞木墩试探着问。

“啥也不是。是寻根。是归隐。”撒旦淡淡地说。

“寻个啥? 闺……瘾?”俞木墩老半天摸不着头脑。

“寻根! 归隐!”撒旦重重地重复道。

“……嗯,那什么,大哥,咱还是先到县上吃点饭、喝点酒,歇歇,缓过乏来再去办事儿。俺们县长待会儿还要过来敬酒呢。”

“木墩,肯定是你穷张罗的吧? 我不是告诉过你别声张吗?”

“嘿嘿,大哥,瞅您说的,您是全国著名一流大画家,县长接见一下也是极其应该的。”

刚一照面时,俞木墩和撒旦都彼此吓了一大跳。俞木墩暗想,才多少日子不见,撒旦老师咋就这么土了吧唧的不艺术了? 早先那会儿,撒老师那工作服裤子上都带好几个窟窿,头发都有两尺来长,一直披过肩膀,从来都是不骂人不说话。那风度,那气质,操,人那才叫艺术呢! 我在县长面前还神神道道地替他吹乎了老半天,哪承想,他现在也学说一口土话,变得这么土得掉渣,完全没有以前的风采。唉。

撒旦心里也在寻思着,才多大一会儿工夫啊,你说,一个乡土奇葩就演变成了城市癞瓜了。哪像他第一次进京那会儿,脸色黝黑，一口大黄牙，秃头上遮着一顶耷拉檐的确良黄军帽，把一大堆剪纸用小包袱皮里三层外三层地裹着，见谁都叫大哥，见谁都叫老师，多纯朴，多执着！一晃，怎么奶秃就治好了，长出一脑袋粘得直打绺的乱草来了？瞅那牙也白了，裤子上也磨出窟窿眼儿来了，简直艺术得不能再艺术了。这全是废墟画派艺术熏陶的结果啊。

路边停了一辆桑塔纳，俞木墩请撒旦上车，说这车是县里淘汰下来，归了文化馆，县长书记们都不屑于坐了。

车子在县城挤挤擦擦红红绿绿的人群里磕磕绊绊地走着。司机不停地把喇叭揿得震天价响。一挂驴车横在前边挡住了道，木墩开开车门伸出脖子去骂了几句。赶车的老农慌得紧抽三鞭，好歹把驴拖到了路边。

“乡下人，不懂规矩，大哥您得见谅。”俞木墩往车座下面吐了一口痰说。

“木墩，还剪纸不？”

俞木墩说：“大哥，不瞒您说，我现在实在忙得很，腾不出手来剪。”

“忙些个啥呢？”

“唉，要说呢，跟艺术也沾点儿边，联系走穴演出。”

撒旦说：“啥走穴？还是办巡回画展吗？”

俞木墩笑笑说：“大哥您说的是哪朝的事儿了，现在谁还有闲工夫看画，都听流行歌曲去了。港台的、大陆的，能张嘴发出个动静就成。”

“木墩你又不会唱歌，你跟着掺和个啥？”

“大哥这您就外行了。县礼堂、电影院，每月都得唱上个三五场的，全靠我一手操办联络。那叫啥玩意来着？‘经济人’，对，是经济人。挣俩钱儿，出出名呗。”

“那……你的艺术还搞不搞了？”

俞木墩又吐了一口唾沫，用手掌抹了一下嘴巴：“大哥，在您面前我可就要说惭愧了。现在我算是看明白了，有钱能使鬼推磨，什么一流歌星、二流歌星的，再艺术，只要到了我这块地面上，都得听我摆弄，被我俞木墩经济来经济去的。如今就连县长也不敢小看咱，光是去年一年，咱就上缴县财税小十万。能混到这个份上，咱哪，知足。”

撒旦听得心里一沉，自己辛辛苦苦培植出来的乡土艺术奇葩竟这样轻而易举地夭折枯萎了。唉，自己当初是何苦呢？还因为木墩的事儿把鸡皮他们兄弟几个都得罪掉了。唉。

车子好不容易才挨到了黑天鹅小宾馆门前。进了饭厅一看，除了县长以外，县五大班子都派员出席了，连工青妇、乡一级村一级组织也都派来了代表，一共摆了五大桌。

撒旦脸一沉，捅了捅俞木墩腰眼儿：

“木墩，你想要干什么这是？”

俞木墩说：“人都是我请来的，大哥您放心，您对我有恩，这几桌酒席就算是我报答您的一点心意。咱不在乎多几双碗筷，图的就是个热闹、体面。”

撒旦不好再说什么，道具一般木木地应着景。他那一副秃头却让举座皆惊，众人怎么也想象不到，一流大画家怎么会比土生土长的俞木墩还寒碜。县长和几大要员都分别站起身来致辞、敬酒，欢迎大画家来我县体验生活，希望能描绘一些社会主义新农村的光辉景象，多替本县向外宣传宣传。

当画家撒旦被俞木墩架进宾馆二楼房间时，已经基本上人事不省，呈最佳酒精迷醉状态。俞木墩说："大哥您这顿没吃好，晚上咱哥俩再接着喝。"

撒旦眼前冒着金光，略带些不满地责备说："木墩，咱总这……这么喝，我……我归归隐还……还搞不搞了？"

俞木墩赶忙说："是是，别耽误了大哥您的正事儿。您说想去哪？什么？东……东篱？东篱是坟地啊。好，好，我这就叫车。"

撒旦摆摆手说："算了算了，你忙忙……你的去吧，我待会儿自己到地里走走……"

木墩说："庄稼地可有什么好看的？天天在眼巴前放着，想躲还躲不开呢。也行，大哥，您自己先归去吧，我就失陪了，今晚县礼堂有小虎队演出，我得去照应一下。"

撒旦没听明白："什么小虎队？台湾小虎队？"

木墩说："我的好大哥，真虎哪请得来呀，假的！几个半大小子，化了妆，在台上又蹦又跳，再使劲放上烟幕，配上录音带，得，成了！"

撒旦用手无力地在木墩肩上拍两下："木墩……你可真能啊……"

木墩说："操，现在什么都能假，人有什么不能假的？歇着吧大哥，我先走一步。"

秃头撒旦此刻独自躺在宾馆席梦思床上。午后的阳光经过淡灰色百叶窗的阻拦,形成了一片片的断简残章。几缕旱风游走在老槐树的枝丫上,无声无息的。撒旦眼神儿空洞地盯着墙壁纸上的一处幽暗,那大概是一块隔年蚊血的残斑。他抬手扭亮床头灯,一团耀眼的明亮在他的脸上打出一道枯黄色的光圈,刺得他慌忙地闭上了眼睛。周围的景致一时间旋转起来,旋转着,把那一片灿烂的麦地金光闪闪地推近到他的眼前。撒旦遏止不住地坠落、坠落,深深地跌进那一片金色的忘川……

一大群纷乱迷离的意象蜂拥着进他的画框,喧嚣嘈杂的色彩迸裂出浑浊密集的音响……

正面:归隐

牧童骑在猪身上胸有朝阳
屋檐下的死猫摔出了瓦砾的碎响
绿色的渠水浇灌着
　无色透明的稻秧
麦子像菊花一样散发着
　隐忍的幽香

反面:麦子

你挺立尖锐的锋芒千年不变深久
　渴望
刺穿大地情人莲花般开放幽深的
　痛创

一千朵陶渊明的菊花热风中忧伤
　荒凉
唯有你紫胀膨亮的雄悍英勇茁壮
　成长
……

满怀着崇高艺术理想的画家撒旦，站在1990年6月的麦地里孤独地守望。六月的南风正从遥远的天际徐徐地涌来，麦海中耸动起无数根欲望，一波一波地扩展、翻卷。那一颗颗硕大光洁的穗头傲立着，勃起周身雄壮的锋芒，热烈而又狰狞地摆动进六月的阳光。一束束蓬勃燃烧着的尘根喻象引发起撒旦谵妄的激情，他无法遏止地冲动起来，狂癫似的大笑，继而大哭，无比亢奋地长嗥一声：

"呜啊——"

一道嘹亮的弧线，很痛快地划过麦梢，线头箭一样地直刺到地里。

……

"哎——我说那边那个秃老亮，你圪蹴在那疙瘩干哈呢？"

撒旦还未从痴迷之中缓过劲来，麦地那头远远的一声喊，唬得他赶紧整理好衣襟下摆。

"我说你在这块儿干哈呢？"一个老农手拿镰刀走了过来，眯缝起眼睛，上上下下警惕地打量着撒旦。

"不……不干哈。画点画……"撒旦像被人当场抓住的奸夫，脸红脖子粗地结结巴巴。

“画画？你可在我这块地里转悠好几天了，我咋瞅你都不像个好人样。”老农仍然紧盯着他，没有松懈斗志的意思。

“那什么，老哥，你千万别误会，”撒旦赶紧解释，“我是看中你这块地里麦子长势好。不信你看，这是我的画框。”

撒旦小心翼翼地把画框递了过去。

老农接过画框，左掂量右打量，然后猛地朝地上吐了一口唾沫：“呸！我当是啥稀罕物呢，这也叫画？什么鸡巴玩意！你小子趁早给我走远点，少在这儿祸害庄稼。”

撒旦万分尴尬地立在那儿，站也不是，走也不是，浑身有嘴都说不清楚。正僵持不下的当口，俞木墩的桑塔纳“吱扭”一声停在了他们面前。木墩下车走过来问：“大哥，画够了没？”

撒旦捞着了救命稻草似的忙紧着说：“够……够了，够了。”

俞木墩又回身瞟了一眼老农，威严地问：“王老五，你待这疙瘩干哈？”

王老五把眉头一挑：“咋？我自个儿的地，还不兴我待着？”

俞声墩说：“大哥，这是小王庄的，王老五。”

又转回头对王老五说：“老五，这是县里从北京请来的干部，在咱县踩点呢。”

王老五听了，一脸的桀骜没有了，很谦恭地巴结道：“啊，是打北京来的？怪我这草民有眼不识泰山。”

说着，又搓了搓双手，眼睛费劲巴拉地笑成一条缝，越发讨好地问：“那什么，干部同志，能给说说把今年的白条子快点换成现钱不?”

撒旦不知所措,无言以答,更加尴尬。俞木墩见状,不耐烦地摆摆手说:“行了行了,人家是大画家,搞艺术的,哪管你那些吃喝拉撒的闲事。你赶紧收你的麦去吧。走,大哥,吃了饭,跟我到未庄去钓鱼。”

木墩牵着撒旦的手往车里走,就听见王老五在身后狠狠地“呸”了一声:“什么鸡巴画家,一点屁事不顶,真是完蛋操了。白吃了那些大米、白面。真是完蛋操了。”

撒旦羞得无地自容,三步并作两步,一头钻进车里,逃也似的离开了麦地。六月的南风,刮来麦穗成熟的沙沙声,嬉笑着为逃遁的艺术家送行。满头大汗的撒旦此时才痛彻领悟,麦子只不过是白面,麦子并不是菊花。

“啊啊啊,寂灭吧!”

撒旦痛苦得顿足捶胸。

“啊啊啊,解脱吧!”

撒旦自虐得形销骨立。

可惜他不能解脱,也无法寂灭。走啊走,游啊游,虽然他已经是衣衫褴褛,可是不肯灭绝的尘根,却总是蠢蠢欲动着渴望操练欢喜。撒旦不知何处才可以真正的皈依。

佛走过的路不是人走的路,禅定的道路上荆棘密布。

深山密林里,扛着画框子行走的撒旦四处化缘,仿佛一个托钵僧。他模仿着先哲灭绝尘欲的办法,摒弃了那条破烂不堪的裤子,不再穿任何东西，免得摩擦刺激起情欲，只用几片树叶串起来吊在腰上，勉强遮着羞处。

黄昏时分，撒旦来到了一座古寺脚下，远远可以望见朱红的大门和黄绿色的琉璃瓦。撒旦将画框子换了一个肩，抱着最后一丝信念，鼓足力量向上爬去。长满苔藓的滑腻陡峭的山石还是将他重重地摔了下来。撒旦摔得奄奄一息，头磕在了画框子上，血流满面，一下子昏了过去。

待他醒来时，却发现自己已经躺在大殿里边，四周散发着阵阵的佛香。一个小和尚正扶着他的头喂他喝水，一个面相庄严的老方丈端坐于大殿之上。

小和尚见撒旦睁开了眼睛，便高兴地喊了一声："师父，他活了。"

老方丈略微点了一下头，挥了挥手，一个小和尚端着面包和酥油茶送到撒旦跟前。

吃吧，喝吧，
这是禅血禅肉。

老方丈悠扬唱颂着说。

撒旦犹犹豫豫、小心翼翼地吃了下去。

老方丈见撒旦意犹未尽的样子，又招了一下手，小和尚端着一盘鲜翠欲滴的人参菩提果放到撒旦面前。

啃吧，嚼吧，

这是禅骨禅筋。

方丈又一次唱颂道。

撒旦放心大胆狼吞虎咽地吃了起来。

待撒旦吃得眼明心净，四肢可以运作自如，方丈这才问道："看施主树叶遮体的样子，被尘欲折磨得好惨哪……敢问小施主来自何方？"

撒旦赶紧跪拜方丈面前，行触脚礼：

"师父圣明，隔岸观火洞悉一切。在下撒旦来自京城，原本是国家特一级先锋画家，老家在河北农村。在下正是为了求解脱，特来大师门下参禅的。"

方丈的面相变得比较和善："嗬，难怪，难怪。艺术家，性灵之火燃得太旺，尘世之中脏病日多，难免就要身染疾病。依我说，农民的后代，本该安心务农，少要当什么先锋，否则也不至于如此……"

撒旦赶紧低下头去，深深吻着方丈的双脚：

"大师，怪我自己误入迷途。难道就没有什么救治之术了吗？"

方丈说："这个倒也不难。心动则性动，心静则性平。小施主不妨留些时日，明早请你参观我们的晨时课诵，借此三省乎己身，也许你会悟出个中三昧的。"

"谢师父。"撒旦立起，鞠了一躬。

"还有，这是我主编的函授教材，《般若波罗蜜佛海无涯金刚普度经》,你先拿一套去预习预习。”

撒旦双手接过一套五本教材,翻了翻,极其虔诚地请教说:“敢问大师,这经也可以由人来编吗?”

老方丈一脸的不快:“废话。人不编那经打哪儿来?”

看着撒旦那痴迷的眼神,方丈又补充说:“本寺跟社科院宗教所联合创办了禅定函授班,函委会责成老衲编一部通俗易懂的经,供学员学习使用。当然,考试时若按国家教委指定的统一教材答,也可以算对,及格了就可发给大专结业证书,供评定和尚职称时使用。”

撒旦说:“噢,原来如此。这真是利国利民,福荫子孙,相当于又一项希望工程啊。”

方丈听了这话,面色略显平和:“希望工程倒是不敢妄比,但本地区远距离教育搞得好,庙里的香火的确是一天天旺了呢,登门请求面授辅导的络绎不绝。本庙创收成绩显著,再不用政府每年拨款。这正是贫僧的一大创举,所以人们也授予老僧‘先锋’的美名,惭愧,惭愧啊。”

撒旦听得怔怔的,不禁又想起废墟画派当年名噪一时的情景,想起自己的先锋当年勇,一时竟回不出半句话来。

第二日早起,撒旦在树叶围腰外面罩了一件从和尚那里借来的木棉袈裟,匆匆去堂上观和尚们的晨时课诵。

檀香缭绕之中,一排十来个和尚打着莲花坐,敲着小木鱼儿,从头至尾唱诵《般若波罗蜜佛海无涯金刚普度经》第十三章第二十五小节内容,然后又从头到尾默诵一遍。约莫半个时辰过后,方丈便把闭着的眼睛睁开，与和尚们打起了偈语。

方丈问："我是谁。"

悟能说："谁是我。"

悟净说："我是我。"

悟空说："我非我。"

方丈颔首道："唔，我非我，我非我。"

撒旦心里不禁一动。自己归隐到麦地里后一直没能得解的哲学命题，如今在高僧的几句偈子中寻到了真谛。撒旦泪眼汪汪，亦悲，亦喜。

一阵风从山顶划过，院子里的树叶子发出哗哗的响声。

方丈问："什么在动？"

悟能说："风在动。"

悟净说："山在动。"

悟空说："心在动。"

方丈说："唔，是心动。"

撒旦不禁大恸，像被揭了壳的螃蟹似的连心带肉一块儿赤裸出来。这场课诵仿佛是专门为自己安排的。难道老方丈是用这种方法来昭示解脱的路径吗？检视自己从前的言行，果然，一切均是心动所致啊。

佛祖啊，老天爷！你可开启了我长满铁锈的心锁了。我怎么会想到去麦地里寻解脱呢？真是缺心眼透了。这下可好，见心成佛，见性成佛。

撒旦惭愧不已，一天闭门不出，思索着改过自新远离尘寰的路径。

过了晚饭时间，又开始了暮时课诵。悟道之后的撒旦又虔诚前往。殿堂之中，一排和尚仍如晨时一样打坐、诵经，方丈也如晨时一样与几个和尚打偈。

方丈说："我是谁。"

悟能说："谁是我。"

悟净说："我是我。"

悟空说："我非我。"

方丈说："唔，我非我。"

撒旦听了，点头，不悲，也不喜。

没有风刮过来，也没有什么树叶子在院里沙沙作响。

方丈问："什么在动？"

悟能："风在动。"

悟净："山在动。"

悟空："心在动。"

方丈："唔，是心动。"

撒旦有些不解，课诵为何总是重复同一内容？待课诵结束后，他虔诚地上前请教方丈。方丈瞪了眼睛，反问撒旦："不二法门，难道该有别的讲法不成？"

撒旦惊恐地后退，懊悔自己的造次和无知，心想虽然自己已是秃头，毕竟还是尘根尚未彻底干净，无论如何是参不透如此奥义玄机的。

但有一点又让他觉着奇怪，不知为何方丈总是与那三个和尚问答，别的和尚却都闷头不语？莫非和尚里头也并非全是灵秀，也有像自己这样的榆木疙瘩头？

正寻思着，见小和尚悟空猴窜着从身旁经过，撒旦追上去扯住他，作了一个揖说："敢问小师父，你为何明了那是心在动？"

悟空见是撒旦，就停下脚步说："是撒师父啊。我要是把这事儿告诉你，你可千万别对别人说。要不，师父该骂我了。"

"唔？这还保密吗？"撒旦更加好奇。

悟空往衣襟上抹了把鼻涕说："是师父教我这么说的。师父要搞课堂观摩教学，明日方圆百里各庙都要派人来参观学习呢。师父让我们几个把这些功课都记熟，不许说错。"

"噢——"撒旦点了点头，混混沌沌的脑瓜子恍然间从俗世的角度开了窍了。

观摩教学果然搞得很是成功，周围几座山上的和尚们纷纷前来取经，采撷到了真正的先锋火种。课诵结束之后来不及用膳便匆匆告辞，各归山门，急着去传播火焰去了。

老方丈也坐着高空缆车下山，到附近的五区一县进行面授，从头串讲《般若波罗蜜佛海无涯金刚普度经》的内容，对学员进行结业考试前的全面辅导。方丈下山期间，庙里的一切事务暂交与年岁较长的悟能和尚代为处理。

悟能和尚由于属猪，比较贪吃贪睡，貌似愚笨，平日里较受压抑，出风头的事总难轮到头上。人却不知猪方是动物界中智商最高的，一旦得志，才真正地不可一世呢。这次悟能有了一次当家作主的机会，煞是高兴，于是端坐于讲经堂上，按照自己的意愿阐释起教义来了。

悟能说:“我是谁。”

悟净说:“谁是我。”

悟空说:“我是我。”

撒旦说:“我非我。”

悟能说:“呔! 太狂妄了你们,竟敢大胆妄称‘我’。‘我’只能由讲经的我一个人说,你们要说‘你’。明白了吗? 再来一遍。”

撒旦几人面面相觑,不敢言语。

悟能说:“我是谁。”

悟净说:“谁是你。”

悟空说:“你是你。”

撒旦说:“你非你。”

悟能咧开大嘴,吭哧吭哧地笑了:“唔,好,好,接着来,接着来。”

悟能:“什么在动。”

悟净:“风在动。”

悟空:“山在动。”

撒旦:“心在动。”

悟能:“胡说! 哪有什么在动! 一个个都瞪着眼睛说瞎话,重说。”

悟能:“什么在动。”

悟净:“风不动。”

悟空:“山不动。”

撒旦:“心不动。”

悟能又呼哧呼哧笑了:“唔哈哈哈,这就对了,这就对了。现在是我当家作主,一切就得按照我的方针办。从今天开始,悟净你每天不必诵经,专门负责洗衣服、烧饭。悟空呢每天去山下担水、打柴,该让别的和尚享受一下打偈的清闲。至于撒师父您嘛……”

撒旦赶忙俯首说:“惭愧得很。我手无缚鸡之力,除了画画,一无所长。但我诚心诚意愿为本庙的建设做一点贡献。但凡有什么活儿适合我做,大师兄请讲。”

悟能像是思忖了一下,末了说:“虽说撒师父您是半路出家,但您却与我们师父享受同等先锋级待遇,弟子不敢对您老人家妄为。”

撒旦深深低头:“大师兄客气了。”

悟能说:“可是……您也看见了,我们这里如今人人上岗创收忙,没有空余的编制养活闲人。您会画画,正好,师父早说过要把山里山外的佛像画一画,出一本佛像画集。从今天起,就辛苦您去做这项工作吧。”

撒旦正襟危坐,默默无语。

往后的日子里,月明风清之际,晨钟暮鼓声中,总能看见一个不曾受戒的秃头,每日面佛而坐,固守着一个巨大的画框,修长而白皙的手指在虚空中舞动,不住地画着、摹着。尘埃不但未能从他的肉体上剥落,反而越积越厚,越积越多,渐渐将他的慧性掩埋了。

“我佛,”撒旦仰望佛祖默默祷告,“请昭示我求得解脱的路径吧。”

佛端坐不语。佛只是专心致志地举着他那些变幻无穷的手指头。

撒旦也举起自己苍白的手指，缓缓伸向苍穹。那指尖在香气的熏染之下，渐渐着了色，污浊了。

“我佛，请问我到底能否解脱？”撒旦喃喃自语。

佛不语。佛默默做着一些千奇百怪的手印。

撒旦感到一阵彻骨的心寒。他再次注目凝视。莲花座上的佛脚千篇一律，毫无生机，简直可以将它们忽略不计，而那变幻莫测的佛手却精雕细琢，并被无限延展，扩大到百，扩大到千，千手千眼，法力无边。

撒旦在虚空里描啊、画啊。多少个寒暑昼夜都在描摹佛手的功课中溜走了，他不知道自己究竟描到了佛的哪一尊，画到了佛手的哪一只。那么缥缈而富有黏度的触角，凡是被沾染上的，都休想再逃得脱。他画到佛手的第一千零一只时，却发现原来又画回到了第一只。

撒旦的手指颓然垂落。他的这双肉手，在巨大的佛手面前变得失去生气，日渐委顿。他感到自己再也挣脱不出这个佛手指画的圆圈。

千年万载

法度不灭

阿弥陀佛

阿弥陀佛

就在这时，法院的一纸传票千回百转地传到了，传被告撒旦限期到庭。一名叫东方美妇人的提起诉讼，告先锋画派头号代表作品《存在》侵犯了她的隐私权、肖像权。登在《广角日报》1985年12月11号上的那幅《存在》，摄入画框里面的那副身怀六甲的粗腰，正是她当年的身段。那会儿她正跟一个相好的暗结珠胎，是不希望被公之于众的。《存在》竟将其框入画框，又被记者拍摄下来，定格成为蒙娜丽莎脸蛋儿似的那样永恒地存在，四处刊登，用作商业目的，这无疑是对她个人隐私的侵害，她强烈要求作者公开道歉，并给予精神和物质方面的双重赔偿。

撒旦手里提着传票，一脸惊诧之余，也暗自觉得庆幸。人世间的巨变看来已经发生。尘世又在向他频频招手呼唤。现实无情而又及时地把他无谓的修行打断，把他扯出那个神秘无限的怪圈儿，拖回司空见惯的烦闹与喧嚣。

先锋的确是不该再隐遁下去了。

每一扇窗口都放射出温馨或柔情
黄昏中传来行者悠久动人的歌声
秃头撒旦在回归的路上踽踽独行
神灵不再替他提那盏指路的红灯
他用心灵为自己释放无限的光明

## 流　亡

风啊风啊始终都在领航

思想已在画布上彻底流亡

1995 年是多么了不起的年份啊！当年，画家撒旦领着儿子小旦坐在 1990 年的高空缆车上往上升时，曾经满怀激情地向 1995 年这个方向眺望，充满了无比美好的遐想，多多少少抵消了一些他追忆 1985 年时产生的黯然神伤。1990 年的撒旦当然想象不到五年以后的艺术时尚究竟发生了多么大的变化，想象不到就在他离城隐遁期间，有那么多的艺术家也都纷纷出走，归隐归进小黄裙，寻根寻得大尘根。海里海外踏浪归来，不管腰缠万贯还是一文不名，都赶紧重新回笼，投入新一轮的艺术流通。拍卖热潮眼看着又要掀起来了。

撒旦拿着法院的传票，从佛陀传经的路上倒退回城里来的时候，真是有些晕头转向，一点都摸不着北了。1995 年春季的城市万象更新，马路上连一片烟花爆竹放过的碎屑和痕迹都没有。正月十五买元宵的人静悄悄地井然有序地排着长队。一切都美好得让人不放心。街头没有标语也没有痰迹，人人都明白自己该做什么该怎样做，吐完了痰以后都小心翼翼地包起来揣进自己兜里。那些盯着行人的嘴巴，等人吐完痰后马上上前罚款的老太太们丢了工作，一时无所事事，就想出谋生的新招，把单位免费供应的过期避孕套当成乳胶痰袋，在路边向行人廉价兜售。撒旦刚进城门，就被一个老太太堵住了。老太太强行把避孕套往他怀里塞了一大包。

“我离婚了。”撒旦挣脱着说，“我都禁欲好几年了。我不需要这小套套。”

“你真傻蛋!”老太太说，“这是痰袋，全市人民都得随身带着的。公家卖的五毛一个，吐一口痰就得浪费掉五毛钱。我这个便宜，卖你两毛，这一包十个，你给我两块就得。”

“我没有钱。”撒旦说，“我好久都没有摸过钱了。”

“呸！这土老帽儿，没钱不早说，瞎耽误工夫。一瞅你就像个外地人口，不消消停停在家种地，往城里边瞎跑什么！城里的社会治安全让你们这些人给搅和坏了。”

“我不是外地的，我就是这城里头的。”撒旦很执拗地辩解说，“东方美妇人跟我打官司，我就是为这事儿回来的。”

“咦——”老太太深藏在褶皱层中的小眼睛立刻瞪大了，“这么说，你就是那个叫傻什么的画家啦？你的官司全市人民都知道啦，戏匣子里天天说，晚报上也天天报呢……”

老太太说着咳嗽了一下，瞅瞅四下无人，便进一步凑到撒旦耳边说：“孩子，我看你像是个缺心眼儿的人，当心吃了亏！那个女人，谁不知道她是个臭婊子？还不知道跟多少男人睡过呢，光离婚就离了五次，听说现在又傍上大款啦，给包养得又肥又胖的……”

“天快黑了，我还要赶路呢。”撒旦不愿听老太太絮絮叨叨，把那包乳胶套塞回老太太怀里，头也不回地往前走。

“哎哎哎，我说孩子，”老太太喊着追了上来，又把避孕套塞回给他，“这一包，算是大娘我白送给你的，可怜见儿的，被那么个狐狸精给缠上了。揣好喽，别再推搡了，看见了没有，前边就是一个检查站，没有痰袋不让进城。早些年那骡马大车不挂粪兜不是也不让进城吗？这叫保持环境卫生。”

撒旦怀揣一包避孕套，顺利通过了关卡的检查，在苍茫暮色之中扛着画框子走进了城。虽然已经进入春天，傍晚的风还是刮得挺硬，像刀子一样把脸割得生疼。大街小巷全亮起暖色调的灯。一个挨着一个的馆子里，不时飘出炖肉的香味，还有猜拳行令卡拉OK的声响。隔着玻璃看到那些油乎乎的不停翕动的嘴，撒旦的嘴巴也禁不住上下开合空嚼起来。他这才感到肚子饿了。

“我该就地化点缘了。”他想。

于是他在地铁入口那儿，就着明亮的光线摆好了画框，以很规范的打坐姿势端坐于阶上，安心等待着善者的布施。

一双双多姿多彩的脚在他的眼下匆匆走过，没有一双脚在他面前停留。人们对这种化缘仿佛司空见惯了，不屑一顾。

饥肠辘辘的撒旦不禁感慨万端。城里人真是越发冷漠了。到底是乡下人心善哪，在乡下化缘时从没有过遭拒的时候，至少还能得到一碗残羹剩饭呢。

终于有一双尖头皮鞋向他走过来了。撒旦双手合十，恭敬地问道：“这位师父，要画张像吗？”

“画你妈个屁！”一声吼叫炸雷似的在撒旦头顶劈响。“我说下面几级台阶上的小花子们怎么要不到钱了呢，原来都是你这秃子在上面截留了。知不知道这是谁的地盘？懂不懂点规矩你？”

“我……只想换碗饭吃,并没有想抢你们的生意……”

“哼,还不给我快滚! 要营业,先在大爷我这儿磕头、办照,懂吗?”

尖头皮鞋抬起腿来一脚就把画框踢飞。撒旦仓皇逃去捡了起来,用袖子细心地擦拭掉框上的泥土,小心翼翼地扛在肩上。

“快滚! 下次再让我遇上你,揍死你丫的。”尖头皮鞋恶狠狠地骂着。

撒旦跌跌撞撞离开地铁站口,不知此时应该向何处走。卖报的小贩在寒风里大声吆喝着,急着尽快卖完手里的晚报收摊回家。撒旦瞟了一眼,见头版显眼处登着一幅巨大的《存在》,里面照下的正是东方美妇人当年腰围隆起的倩影,旁边记述着这场官司的由来始末以及美妇人的现状。

小贩见撒旦立在摊前目不转睛地看着,就热情地将报纸递到他手中。撒旦浑身上下摸了一遍,做出一副找不出零钱的姿态,把报纸又还给了摊主。

“傻×。”摊主望着远去的撒旦愤愤地骂了一句。

撒旦却充耳不闻。他已经从报上看到了美妇人的住址,是在西南方向的一座别墅之内。撒旦整了整精神,迈步朝那个方向走了过去。他想,他应该会一会这个把他从修行的路上拉回俗世的人。说什么,他也得先会一会。

门开处,一个脸上正敷着一层厚厚面膜的女人探出头来,撒旦吓了一跳,以为遇见了妖怪。女人见了撒旦,止不住欢呼:“哟,我的撒旦好兄弟! 可把你给盼来了!”

东方美妇人大呼小叫着把筋疲力尽、带着一脸莫名其妙的撒旦搂进屋去。

鸡皮、鸭皮、屁特他们哥几个是从各种传播媒介中得知撒旦被缠上官司后纷纷从各地赶来的。东方美妇人被侵权一案是公民权益保障法公布实施以后的第一桩官司。这样的案子千载难逢，哪个记者都不甘心落后要爆炒它一把。案子中的原告不是别人，而是在1988年红得发紫的电影明星兼时装模特东方美妇人。案子的被告也不是别人，而恰恰是撒旦这么个在1985年的画坛上领过短命风骚的先锋倒霉蛋儿。案子所指的又不是别的，而是载入先锋艺术史册的巨作《存在》侵犯了人家的隐私。那隐私又不是别的，而是东方美妇人那明显隆起的肚子。而使其肚子隆起的始乱她、终弃她的那个人不是别个，正是从1985年的先锋派场记壮大成长为1995年的后先锋导演、正威震着世界影坛的某某男。

旁听这种案子简直比看电影和观画展还要激动人心，谁能无动于衷，不为男女主人公的命运费着一把神呢？

而让鸡皮他们兄弟几个感兴趣的倒不是东方美妇人的肚子直径到底有多么大。他们感到激动的是废墟画派在这个艺术寂寞、画框子掉在地上摔不出一声响的时代重被提及，他们大哥的作品被当成了官司打。想想看，虽然报章传闻中频频出现的总是撒旦一人的名字，可单单是重复率极高的“废墟”两字不就把他们哥几个全包括在里边了吗？过去的荣耀霎时间全回到眼巴前来了，到什么时候都得当艺术家啊！艺术家是永远不会被人民给忘记的呀！咱们干吗不趁舆论炒得热火的时候赶回我撒旦大哥身边，去助他一臂之力呢？说不定能在法庭上当个人证、物证什么的。哪怕只是旁听，也可以在摄像机前被照一照啊，何必在海里海外三孙子似的受气？

待到记者采访起来，咱们可怎样解释重返艺坛的动机呢？

鸡皮想：我就说，商海无边，回头是岸。

鸭皮想：我就说，学成归来，报效祖国。

屁特想：我就说，艺术至上，永不迷惘。

当这些从海里海外麦地庙里归来的废墟兄弟们重新聚到一起的时候，他们是多么的百感交集、痛哭并且流着涕啊！

鸡皮说："大哥，我想你想得好苦哇！通过这么些年的下海实践，我可是深刻体会到了，只有艺术才能使艺术家像个人样啊！离了艺术，我哪还算个人了，整个儿就是个褪了毛的鸡啊！"

鸭皮说："大哥，我当初不该走啊。离开了咱的本土根据地，哪还有谁待见咱们，把咱当人使？我也只能是给人家端盘子洗碗，做芥末鸭掌的料了。"

屁特说："我算明白了，大哥，咱不从艺术上崛起还能从哪儿崛起？手里没有艺术，我再怎么折腾都是放的没味儿的屁，没人看没人理啊。害得我只好打架、泡妞、酗酒、吸毒以示叛逆，结果只能是给逮进局子里头蹲着。这回我算是真明白了，要叛逆还是从艺术上叛才有声誉啊。"

撒旦说："我也不比你们好多少，我把自古文人雅士失意之后的去处都走了一遍，钻过麦地，也当过和尚，结果，也是处处受挤对，末了还是得乖乖地还阳返俗。搞什么也不如搞艺术，当什么也不如当个艺术家光荣体面哪！”

弟兄几个擦干了眼泪，不住地点头。

鸡皮说：“大哥，我真后悔当初辛辛苦苦创立的废墟画派，因为点鸡毛蒜皮的小事就轻易散伙。当初我们领过多大的风骚啊！一想起这个，我都能从梦中乐醒。”

鸭皮说：“咱们再把艺术沙龙砌起来吧，个人单干是成不了气候的。”

屁特说：“如今风没有了，只剩了一身骚，谁还愿再来投奔我们？”

撒旦说：“是啊是啊，活着还是死去，这还是一个问题。要么我们名垂青史，要么我们卖个好价钱。”

众人听了，你看看我，我看看你，最后拍着巴掌，齐声说了一句：“干！”

东方美妇人吊在平头撒旦的脖子上，甜腻腻地撒着娇说：“撒旦哟我的好兄弟，你怎么会猜到姐姐我设计这场官司的良苦用心？实话跟你说吧，那些鼓噪的记者，全是我拿钱雇的，你我二人的律师也是我拿钱请的。你想想，有谁还会记得1985年的艺术明星呢？我这样做，纯粹是为了我们俩的复出做广告呢。”

撒旦听得目瞪口呆，一面顽强抵御美妇人肉体的侵袭，一面暗中佩服美妇人的心计和大胆。他恍惚记得这位电影金猫奖得主已经息影多年，也不再穿着时装上台表演。那时她曾经开过一次告别演出新闻发布会，会后大小报纸上都发了整版报道文章，套红通栏标题这样写着：

没有合适的片子宁可不演

没有合适的衣服宁可不穿

打那儿以后，几乎所有没有片约无戏可演上不了台的演员模特们都仿而效之，不断地重复念叨这两句话，把它们贴在脸蛋儿上当成座右铭。那群男男女女也学美妇人的样子，傍大款、做小蜜、被包养，可是却总也经营不出美妇人那么多的花样来。比如说美妇人息影封台后，不久名字就在经济金融时报上频频出现，说她在商业领域里又成了一朵红花，经营着房地产、汽车行、服装鞋帽化妆品公司，还享有进出口贸易自主权，海内外的动产不动产高达几十个亿，已经跻身于全球最富华人行列之中。

影星们真个看得眼热心跳起来。都是同时出道的，论脸蛋儿，谁的又不比谁的差，她怎么就发了？我们怎么就该活活憋着？于是就呼啦一下子，那一年影视明星们傍款成风，股票市场上频频闪现着俊男靓女们的倩影。谁谁都想一下子暴发，以期把美妇人张狂的气势给平压下去。

就在他们东窜西窜积聚财产，与美妇人进行狂热比较的时候，却不料美妇人笔锋一转，策划着打起艺坛官司来了。这一招绝活可是没人敢妄比了，星星们一时都口不服心也服。但凡是怀了鬼胎的，藏还都藏不住呢，哪还敢往外兜往外讲？有几个敢用凸起的肚子做自己的广告包装,同时还把播种的主人以及一串串名人名角一同牵扯上?这种女人,够辣,也够骚的,还是别再仿效了,消停一点的好。

可美妇人却不这么想。美妇人像是看破了撒旦心思似的。叉开华贵的真丝软缎旗袍,在撒旦的腿上荡着说:“你是不是以为我很下作,什么都敢拿出去卖?我这也是被逼无亲,逼上梁山了。谁不想永远当明星,永远被人捧着?你不是也希望永远先锋吗?来吧,让我们一起合作吧……”

美妇人把脸贴上来,撒旦仓促躲避着。透过那层浓妆艳抹,撒旦闻到了一股残酷的美人迟暮的感觉。那种气息一层一层地扩大,一直逼近他的神经末梢。美妇人,以及他自己,眼看就要成为明日黄花了。或许还可以做做最后的挣扎,来他个再度辉煌?

“唔,你还迟疑什么?”美妇人略显不快地扬了扬眉梢,“你可要知道,老娘可是个薄情寡义的家伙,不跟我合作,得罪了我,这场官司可别怪我假戏真做。别再傻蛋了,来吧……”

撒旦别无选择,只能随着美妇人的牵引,仓促上马,用尽心力侍奉着。乳胶痰袋从他怀里滑落下来,散落在名贵的波斯地毯上。

那条“贵夫人”小狗从客厅跑进,看了看床上胶着状态的一对男女,又低头用前爪把痰袋一个个撕开,显得莫名其妙而又一脸的无奈。

废墟画派的一帮兄弟仍在为如何复出而一筹莫展。

鸡皮说:“现如今什么鸡巴人都敢到中国美术馆去办个展,真是山中无老虎,猴子称霸王,趁我们先锋不在,后卫们要撑起天来了。我们该怎么收拾这等局面?”

鸭皮说:“只要有钱,什么东西画不出来?卢浮宫算什么?西斯廷教堂算得了什么?我能把咱紫禁城故宫从里到外重新描龙绣凤画一遍。”

屁特说:“我操,那些丫挺的哪里是在办什么画展,那是在显摆钱呢。有钱人给他们背后撑腰,什么臭手不能指使,我用脚画的也比他们用手画的强。”

撒旦说:“哥几个走了那么些弯道,经了那么些曲折,好不容易重新走到一起来了,光发牢骚也没有用,咱们不能光看着别人发迹自己眼红,还是应该想点实际的办法啊。”

鸡皮说:“大哥,有句话我说出来你别生气,报上说你和东方美妇人通过一场官司,达到了美的发现和契合。那女的可是个亿万富婆啊,她身上一根汗毛可都比咱们的腰粗。您能不能让她拔下一根儿来,赞助赞助,那样咱们就能把画展办到香港以至东南亚华人区去。”

撒旦听了,脸色一阴:“你少提那娘们儿,再说我就跟你急。”

哥几个都不敢再说什么了,面面相觑着,又没了主意。

撒旦在心里头暗暗把美妇人恨得咬牙切齿。就因为他暂时要在她那里寄生,她就可以由着性子地摆弄他,把他像一条狗似的呼来唤去。

“傻蛋!上来。”

秃头撒旦和她那条纯种狗就摇头摆尾地扑了上来。

“傻蛋！下去。”

秃头撒旦和那条改名也叫傻蛋的纯种狗就得下去围着她转圈儿。

美妇人正处于内分泌超常、各方面欲望都很强盛的年龄段，她没黑夜没白日地对撒旦小伙要求着。撒旦横着竖着蹲着倒着正着反着地侍候着干，一次比一次没劲头，一天比一天更疲软。只有当她欲炫耀半老风姿，主动给他当模特让他作画的时候，撒旦才算有了个恢复心理平衡的机会，借机把她支使得团团乱转，也横着也竖着也蹲着也倒着也正着也反着，让她的每个姿势摆放都停留好长时间。只有在这时候，撒旦心里才能涌起一丝自主的快意，兴奋无比地在心里头大叫：

“我要用我的画笔干死你！”

美妇人对这一切毫无觉察，依旧顾影自怜地搔首弄姿。或许是由于久不练功的缘故，她的腹部肚囊已经微微堆积，失去弹性的乳房也软软地吊在胸脯上垂着。这样一副胴体早已激不起画家撒旦的任何美感，剩下的，只是一种由衷的悲悯和惜怜。

美妇人换了个姿势，扬起手里的烟杆，悠然地吐着烟圈儿，仿佛是漫不经心地问撒旦：“听说你们的废墟画派十分地想东山再起，正准备着搞一个画展，是吗？大致需要多少钱？也许我能帮上忙。”

撒旦听了暗暗叫苦，心想一定是兄弟当中的某一个在背后求过美妇人，把要搞画展的事透露给她的。这小贱人，控制了我这人还不够，还要把我的艺术也牢牢控制住，真他妈的不是个物！

“到底需要多少？难道你不愿告诉我？”美妇人又问。

“啊，不，不用了。”撒旦心里说，烂货，你那点生活费是怎么从那老王八蛋手里抠出来的我还不清楚吗？别在我面前充大头了。

“不用，真的不用。你那点钱来得也不容易。”

“放屁！”美妇人甩掉烟嘴，暴跳起来，“你这么说是瞧不起我！那老×到处拿我的名义做宣传，他公司里有我绝大多数股份，我支出一笔赞助费来有什么了不起的！我还非帮你们不可了，让你也见识见识老娘的真本事，我可不是白被人养着吃闲饭的。”

撒旦动了动嘴，没能说得出话来。

画展正紧锣密鼓地准备着。兄弟几个敛心静气，处心积虑地冲向市场，殷切渴望再度辉煌。

《啊，我那遥远的红卫兵时代》：作者鸡皮。画布上废墟的烂泥和尿臊味仍旧存在着。鸡皮在烂泥上零星点缀了不少野花，花儿在尿水的滋养下分外美丽。每个花心里都藏上一枚小电珠，花瓣涂上了荧光粉，接通电源之后，小电珠一眨一眨地贼亮，荧光粉反射出幽幽的光芒。

作者画面题诗：

昨日的岁月散发着野味的芳菲

啊，放光辉，放光辉

《人与牛》：作者鸭皮。人与牛不再互相缠绕交错，身形已经截然分开有了显著区别。人类满面红光，虔诚地跪拜在牛脚下等着捡牛粪，牛怡然自得地吃着麦子，硕大的乳房下面唰唰唰地往外冒奶。

作者画面题词：

吃的是麦，挤出来的是奶。

《行走》：作者屁特。羊群已翻过个来正步走，脚上清一色地全穿着猪皮鞋。羊毛回到了羊身上。乌克兰猪含辛茹苦地一前一后放牧，公猪在前领路，母猪保驾殿后。乌克兰小猪一蹦一跳地跟在后头，手里高高地举着一块招牌：

吃火锅，没有调料怎么行。

《活着》：作者撒旦。画框子镶上了实心，画布上涂满红粉。撒旦脱光衣服，赤身裸体地躺了上去，印出一个模糊不清、污污突突的白印。红色混沌之中，那人形仿佛是赤裸透明的，又仿佛穿着很厚重的外壳。那两腿中间题上了一行红字：

我与我的影子交媾。

兄弟几个在一旁看着撒旦干活，胡乱鼓着掌。

鸡皮看了说："大哥，可没听说谁能自操自的。"

鸭皮说:“文明点,那叫手淫。”

屁特说:“自给自足,活得享福。”

撒旦说:“去你妈的。别招我怒。”

《中国大百科垒书·文艺卷·H类》记载:H:后,后先锋,后写虚主义;后卫画派:成立于九十年代中期。代表人物:鸡皮、鸭皮、屁特、撒旦。代表作:《啊,我那遥远的红卫兵时代》《人与牛》《行走》《活着》。影响或贡献:煎炒烹炸俱佳,呈后卫壮,做波普科,是现代主义向现实主义的复归,错位以后的断肢再植重新对位。在发展捍卫传统绘画语言方面担当起最坚实的后卫。

(跨世纪出版社,2001年版,第2000页。)

“后卫画展”获得了空前的成功。美术馆前来参观者络绎不绝,门票一涨再涨。依旧抵挡不住人民群众万分高涨的情绪,不出一个月,就把美妇人赞助的二十万元收回来了,以后的日子,就坐等着收钱。人民大众衣食父母在《活着》面前停下脚步,久久伫立着不忍离去。老先生、老太太们不时掏出手帕来揩着鼻涕,一个个都看得泪眼模糊,扯住撒旦的手呜咽着说:“活着多好哇!能活着就已经不错了。你以为活着很容易吗?想想过去……看看现在……争什么这个权利那个利益的,都是让大米白面给撑的。孩子啊,你可好好地活着吧。”

1995年的艺坛上登时又掀起一股后卫浪潮。艺术家们开始后悔自己从前没深没浅、十分造次的叛逆行为，重又开始洗心革面，规规矩矩做起仿古忆旧文章，艺坛上一时怀旧情绪高涨。以前被他们瞧不起横遭唾弃的老头衫、大裤衩什么的，全部又捡回来穿上了。踹倒的神像也赶紧扶起来重新供上。古墓古穴一个劲地被盗，倒卖国粹运动开展得蓬蓬勃勃，脚踏东西半球，手做宇宙文章的人越来越多，艺术家们都感到世纪末的地球，正被自己那黄色如椽的巨笔，给捣得一个劲儿地颤悠。

冲冲冲

我们是新时代的后卫

冲冲冲

我们是新时代的后先锋

激动人心的歌曲，在1995年夏天的空气中到处传诵着。

那个当年拍下《存在》中东方美妇人倩影的好事的记者又扛着器材来采访，请撒旦他们哥几个谈谈当后卫的感觉。

撒旦横躺在《活着》下面，漫不经心地说：“后卫嘛，就是一点什么感觉都没有的意思。”

鸡皮说：“老兄，行行好，一场官司你已经跟我们出了大名了，你还想怎么着？”

鸭皮说：“你老哥那份报纸销售都快突破五十万份了，您老人家也成了名记者，还不知足哇？”

屁特说：“你呀，一边凉快凉快，别跟这儿添乱，让大爷几个消消停停赚点钱，成不？”

老记灰溜溜的，碰了一脑袋钉子，只好转头去找东方美妇人，制作有关她现状的专题文章。美妇人最初设计那场官司时，首先拿钱将这个老记买断，两人精心策划，要循序渐进、按部就班地将官司掀起三次波澜，达到最终的高潮之后，要见好就收，戛然止住，就说是当事人双方同意协调解决，让官司青天白日地自生自灭就得了。

每次全国各地的报刊上有关美妇人的报道，都是由老记先写出个通稿，然后传真发往各方，请各报兄弟们帮忙改写后四处发表。

美妇人对老记的经营业绩感到满意，决定将稿费给他增加到每千字一百五十元。老记点头鞠躬，感激不尽，赶忙抽出纸笔肃立着，问女王有什么新的口谕。

美妇人说，她的心血终于没有白费。官司策划得很成功，最近以来她的片约不断，导演们总算是记起了她这位当年的红星。时装模特队也要邀请她去当教练。最令她感动的，是那位在她的身体上成长起来的第九代导演也感念起旧情，专门为她准备了一百零八集的《王母娘娘》，让她从一岁一直拍到一百零八岁，把天上人间的美好外景地全都走遍，以此作为他对她负心的一点补偿。

美妇人说得潸然泪下，老记也感动得笔在颤抖。他赶紧擦了擦眼泪，将这条影视动态逐字记下，立即赶回报社发稿。

但是还有一点美妇人隐藏着没向老记披露，那就是第九代导演提出了一个条件，希望她进剧组的同时能带上两百万元赞助费来，否则的话资金不到位，《王母娘娘》也就没法开拍。

万般无奈之中，美妇人还得张嘴去求包养着她的大款，希望他能打开保险柜，把属于她的那部分钱让她拿出来。

美妇人却没有想到，那大款老谋深算，也不是个吃素的主。在她刚刚掀起官司之初，大款就瞅准时机，暗中到第九代导演那里，狠狠敲了一笔竹杠，胁迫那位导演免费为他带来的一个唱歌的甜妹子制作 MTV。那位导演拍的 MTV，每集开价都在五十万元以上，拍谁谁红。大款威胁导演，若不给拍，就和美妇人一道把他彻底搞臭，别再想在中国这块地界上拍出片子。

导演愤慨不已，可又敢怒不敢言，对大款的商业垄断深怀惧心。他以为这一定是美妇人与大款合计好了才这么干。左思右想，才想出个拍《王母娘娘》的主意，想在美妇人身上诳骗一下，把制作 MTV 蒙受的经济损失再捞回来。

大款见美妇人又来要钱，立刻就猜中了这里边所藏的文章，不由得一阵阵地感到腻烦。其实他心里早就腻烦了。东方美妇人老珠黄，已经失去了味道，广告宣传也用不着她这半老徐娘了。他新近已在别处金屋藏娇，养的正是那个想要捧红的甜妹子。至于美妇人，爱怎么着就怎么着吧，钱是当然不能让她拿到手喽，免得她也去养什么画家小白脸儿的。

美妇人和大款为钱的争斗如火如荼，旷日持久。

撒旦是在两个月以后，在港报上得知美妇人自毙的消息的。当时他正在香港办画展。大小报上都写得花里胡哨，据说是美妇人跟甜妹子争风吃醋，大打出手，不慎跌到水果刀上，心脏刺破身亡。当然，这种事情发生在 1995 年显得十分的稀松平常。赛场上赢不过对手就刀刺相见，艺术上写不出新作就自杀身亡，在这么个人心浮动的年份，死变得非常容易了。

撒旦没能回内地给美妇人送葬。冥冥之中那刀子仿佛也扎到了他的心脏上，让他体验到胸口上一种永远的痛。

一个月以后传出好消息，后卫画派的几幅珍品都以上千万港元的价格拍卖成交。鸡皮的《啊，我那遥远的红卫兵时代》被第八代导演托人买走，并将它改编成新写虚主义电影，准备拿去冲刺奥斯卡金像奖。主题歌盒式带先期投放内地市场，男女老少全都学会了唱。

鸭皮的《人与牛》被内蒙古一农场看中，花高价买去作职工政治思想工作教材，宣传人与畜生之间的友爱亲善和睦相处。

屁特的《行走》被一澳大利亚商人当作最新商业情报买去，研究如何提高羊毛的质量和产量。

撒旦的《活着》未来得及参与拍卖，给抽去参加内地油画单年展。德高望重的评委们一致说好，多少年没看到这么好的画了，自大千悲鸿以降，能达到这么高造诣的画家已经很少了，画风朴拙、严谨，不像别的年轻人那么花里胡哨的。这画本身就是教育青年的好材料啊！

最后结果，评委们一致推举《活着》获得本届画展金奖。《活着》立刻身价倍增，原件被收为美术馆馆藏，复制品被制成各种大小不等的明信片在街头巷尾出售。撒旦为此获得了一笔巨大的版税收入，足够他今生来世挥霍享用。

一张张印刷精美的《活着》在邮局的传送带上翻飞舞动，邮检员手握小锤，熟练地在每一张上面敲上邮戳，黑色印泥渐渐盖遍了画面的每一角落，那个灰白的影子痛苦扭曲着，变得畸形、萎缩了。

撒旦仿佛是得到了什么感应，连日来一直头痛欲裂，一阵猛似一阵的神经抽痛折磨得他半死不活。他实在是不能忍受下去，猛然间咬着牙站起来，揣上刀子和老虎钳，趁着月黑风高，悄悄翻墙潜进美术馆。

一丝微光从天井透下来，《活着》正贴着墙根阴森古怪地立着。撒旦有些毛骨悚然，一口寒气呛得他手脚冰凉。他努力咬紧牙关，哆哆嗦嗦地掏出裁纸刀，满怀恐惧地把《活着》按倒，然后，用刀子一点点地割起来。

画布割掉了，画框子卸了下来。撒旦扛起他心爱的画框，把那一堆不具形状的画布扔在了地上。

“就让这混沌破碎的影子，留作美术史上永久的封藏吧。”撒旦踢了一脚画布，在心里默默地祷告。他扛着画框，翻身跃出高墙。

秋夜的寒风，从无所不在的方向吹来，在撒旦的长发上伫立，打了一个旋儿，穿过他的画框子，慢慢远去了。谁家的窗子里，正悠悠飘着那首电影主题曲：

昨天的岁月散发着野味的芳菲

啊，放光辉，放光辉……

那种黏稠的歌声，躲不去，挥不开。

歌声如梦。恍然之间，撒旦发现自己已不知不觉来到废墟。黑沉沉的夜里，风一阵比一阵刮得紧，更显出废墟的一片死寂。撒旦瑟缩着身子，哆哆嗦嗦刚一踏上废墟，蓦地，脚下一块木板轰然塌落，一连串的机关“啪啪啪”地自动开启，灯一盏接一盏地亮下，天地间霎时一片耀眼的灰白，笙箫管乐一齐奏响，荒凉百年的废墟上竟奇迹般地凸现出一座喧嚣的仿古乐园！

撒旦目瞪口呆。正在暗自吃惊，却见康熙和乾隆迈着帝王的方步向他走来，不由分说，搜刮干净他兜里所有的现金，生拉硬拽把他拖进园去。正盘腿坐在炕上交流着垂帘听政经验的武则天和慈禧，一见撒旦进来，忙招呼他脱鞋上炕。大太监李莲英颠儿颠儿地忙不迭地端来精粉窝头和热乎豆汁儿。小蜡人苏麻喇姑脸色绯红，半蹲半跪着送上擦脸毛巾。后宫三千粉黛走马灯似的从台子上一一转过，幽幽怨怨的媚眼儿秋波快要把撒旦给淹迷瞪了。

撒旦惊惶地后退，一个趔趄，不小心踏响了又一个机关，传送带“嗖嗖嗖”立即把他输送到特洛伊电动旋转木马上。美女海伦从马肚子里探出头来，抱住撒旦的脚丫使劲亲吻，直舔得撒旦难以自持欲仙欲死，双腿用力夹紧马肚子猛地一磕，木马受惊尥了一个蹶子，忽地一道曲线把他抛上了迪斯尼高速过山车。

呼啸的过山车，嘎嘎嘎箭一般在钢轨上飞射，撒旦的身体俯仰离合，五脏六腑都急遽地抽动、翻卷着。他听见自己的欲望在下腹内很响地叫了一下，火辣辣、热烘烘的。撒旦不由得痛苦而又无助地呻吟一声：“影子啊，快回到我的身体里来吧……”

随即，他用力掰开了身上的安全带。

轰隆隆的巨响戛然而止。仿古乐园登时绽满了无数殷红的花朵，流淌出一地的绚烂和蓬勃。

那个四方画框完好无损地甩了出去，很孤独地躺在几百米以外的地方。

次日清晨，一个下夜班回家的人路过此地，捡到了这个框子。他举起画框仔细打量，见它的内侧边缘，刻了两行很小的字迹：

我要以我断代的形式，撰写一部美术的编年史。

那人莫名其妙，琢磨着用它能做点什么。拎回家后，他终于想到，把它改造成搁置洗衣机和电冰箱的托架，装上滑轮和螺丝，便可以随意调节大小，并能向前后左右方向自由转动。

那人因此获得很大一笔专利发明奖。

**1994年1月于京西浴风阁**

# 热　狗

## 1

陈维高好些年都没有捧戏了，可这回他得捧。不光捧戏，还得捧人。

这是一出小剧场里的剧，名字叫《一条名叫镰刀的鱼》。女主角小鹅儿穿着三点式在百十名观众的眼睛里像鱼一样光滑地游来游去，快乐地鸣叫，做窝。男主角则一会儿在阴影里悲伤地独白，哭泣，一会儿又耷拉着脑袋在床头长跪不起，很知趣地甘当绿叶衬托。

陈维高的眼神挺不好意思地热了，在暧昧的灯影下咬紧审美对象的“一个中心，两个基本点”，目光灼灼地不愿意松开。

快五十岁的人了，我咋还这么把握不住自己呢？陈维高暗自抹了一把头上的热汗。

你说我这是怎么了呢？这么多年了，我都没有被美给打动过，今天可是头一回如此这般地融为一体呢。

看起来我还不算老啊。我刚发现我还有潜力啊。

陈维高的身子于是乎就硬邦邦地有了挺立的意思。

戏演完后立即举行了座谈。这是首场观摩演出，来的都是品位不一般的高手：电台的、电视台的、报社的、杂志社的，最不济的也是陈维高这类能写大块文章的专家学者。

扎着马尾巴辫儿的导演出来，一个劲儿地给大家伙儿磕头作揖：

诸位老少爷们儿，拉兄弟一把！满世界找找去，现如今真正想搞艺术的人还剩几个啦？都他妈的下海发大财去了。搞这么一台纯艺术的东西出来，我容易吗我？

说着说着，就说不下去了，先是停顿、哽咽，然后就咧开大嘴哇哇地放出大老爷们的悲声，委屈之中还夹杂着几分成功的喜悦。

陈维高的心里不禁也跟着一动。

导演甩了一把胡子上的鼻涕，脸儿一抹，极快地转了一个腔调说：

时代变了。现在跟从前可是大不一样了。以前是说整谁就整谁，现在是说捧谁就捧谁。这次我好不容易上了一把"停"，就剩下一个"和"了，老少爷们儿，喂一个香张，帮着点一炮吧。拜托了您哪！

座下响起几声凌乱的巴掌响，有人吹了几声口哨，高一声低一声地起哄着。

陈维高听得五迷三道的，心里头不住地纳着闷儿，心说我堂堂一个"现代主义和后现代主义"研究所的有突出贡献的中青年学者(20岁—60岁之间)，我怎么跟着搅和到这种跑码头帮里了？谁叫我来的？我不知道哇。信箱里拿到一封大红请柬我可不就是稀里糊涂地来了嘛。

正想着，小鹅儿过来给大伙儿鞠了一躬：

各位老师，各位专家，各位同行，感谢大家的光临。为了心爱的戏剧事业，我不惜抛头颅，洒热血，勇往直前，倾囊而出，把所有值钱的东西都变卖了，才凑钱搭起了这么一台戏。现如今，我可是一无所有了，连一件像样的衣服都没剩下啊，呜呜……

小鹅儿转过身去，情绪激动得捂脸痛哭。

老师和专家们一阵唏嘘。多么可贵的敬业精神！多么难得的优秀演员！难怪要排演镰刀鱼的戏，鱼不用穿衣服嘛不是。

小鹅儿擦了擦眼圈儿。我出道以来，大小也演过二十几个角色，也摸过几次飞天奖梅花奖什么的，可是都没有中，手气不好。唯有这一把演得最投入、最过瘾，恨不能立即就死。一个演员，一辈子发光发亮的机会总共能有几回呀，这次我算是彻底豁出去了，一定要一炮打响。盼望各位老师多多捧场。

众人在下面热烈拍巴掌。有志气！有种！我们就喜欢看你这样的。捧你没商量。不商量。咱们一定帮着包装包装，一定隆重推向市场。

谢谢！谢谢！谢谢！

小鹅儿脸蛋儿绯红，一迭声地谢着，不停地向大家哈着腰。镁光灯又咔咔咔地对着她闪个不停。

导演站在出口处给每位来宾手里塞红包。

陈维高心里这会儿也充满了敬佩之情，边拍着巴掌，边往外走着，小鹅儿就从后边把他喊住了。

陈老师。

被叫作陈老师的那个不大相信地站住了脚，转过身去迟迟疑疑地问：你是在叫我吗？

不叫您还能叫谁？难道还有第二个人配叫作陈老师的吗？

陈老师的心头霎时一热，一片温情掠过，仍旧不大相信地说：

你怎么知道我是谁啊？

小鹅儿一个巧笑：

您是戏剧评论界的权威，谁敢不知道哇？我在学校时就拜读过您的大作。

啊，是吗？

陈维高的心里已经热乎得不行，并已有了微微膨胀的感觉。

于是就顺势爬到权威的架子上，自上而下地对演艺界新人鼓励道：

既会做戏，又能看点书，不简单，不简单啊。现在有文化的演员可是不多了。你只要照此努力下去，日后必定会大有出息的。

您过奖了。

小鹅儿仿佛承受不起专家表扬的样子，头部微微向下低。

陈老师，戏排好后，我第一个想的，就是请您批评指正，帮助我们加强理论修养，这才斗胆给您发了帖子。还真担心您名人架子大，不肯来呢。

说着，小鹅儿头部微仰向上，向陈老师投去一束无比专注的柔情眼光。

陈维高心里“扑通”“扑通”乱跳几下，赶紧从名人的架子上下来，和蔼可亲地说：

哪能不来呢，哪能不来呢？能结识您这样的优秀演员，实在是三生有幸啊。

那您可得多给我们的戏提提意见。

那是，那是，我一定要写篇文章，好好赞美一下你……和你们的这出戏。

您可得说话算数。我跟您拉钩。

小鹅儿把眼珠儿一动不动地盯着陈维高，面呈孩子般的顽皮，伸出了一根玲珑剔透的手指头。

陈维高忸忸怩怩地伸出手去刚欲拉钩，又“倏”地缩了回来。

小鹅儿还穿着三点式哪。

## 2

出了青艺小剧场，顺着东长街往回走。陈维高心里头感觉着特别地美。蹬着自行车的脚底也轻快得跟生了风一般。夜晚的小凉风打在他略有些发烫的脸上，让他惬意得有些忘乎所以，甚至还不自觉地撮起嘴唇，吹了几声口哨：

> 小河流水轻轻地翻波浪
> 树叶也不再沙沙响……

太老了，过时了，和眼前这车水马龙酒楼林立的街景不太吻合。

再换一个：我本是那卧龙岗上散淡的人……也不成，有点憋得慌，拔不上来气儿。

这时的陈维高满脑子里都是小鹅儿那双黑白分明的媚眼儿。

小鹅儿的眼睛，让人真受用、真舒坦，像是一汪鸡蛋清里漾着颗黑珍珠，清亮清亮的，半点杂质都没有。哪像他们院里那些女研究生们，不大点儿的年纪，却没一双中看的好眼，要么罩着副大眼镜，要么眼睛里布满熬夜熬出的血丝黄疸，一身的学究气，哪还有一点女人的娇媚味儿了。

想着想着，陈维高的嘴角肌肉不由得牵拉出一丝微笑，眼神似乎也跟着清亮起来。远远望见他们院灰不溜秋的科研大楼倒卧在长安街边上，四平八稳的活像一座巨大的棺材。

这才几年呀。陈维高心说。想想当初这楼可是长安街上独一座，那威严，那气派，够牛搏一的。盖完楼拆脚手架的时候还砸死过两个民工。那可都是当年轰动一时的头条新闻。

刚刚驻进去，刚刚叽咕叽咕把各个研究所的房间分配好，屁股还没坐热乎呢，这一转圈儿的高楼大厦就跟雨后的蘑菇一样，猖狂地犯起菌子来了。

东边，巧克力大厦滴着褐色的奶油蜜汁儿，馋得人人都恨不能上去舔它一口。往北，亚太大厦昼夜都散发着印度的檀香味儿，熏得人差点儿都去皈了依了。

对面，海关大楼那两座生动的钟式建筑隔条马路，就那儿脸对脸儿地叫着板呢，亮堂堂的制服们神气活现地出出进进，越发显得他们棺材壳子里的的确良衬衫们的古板、寒碜。

西边，国际饭店富丽堂皇的旋转餐厅，则干脆就紧挨在科研大楼的脑袋顶上趾高气扬地转啊转，根本上就是构成了一个鸟瞰。

这才几天哪，也就是一转眼儿。

再往远点，什么凯莱、建国、王府、皇冠……一批批大酒店以看不见的速度比着赛地往起蹿。

这边紧着盖呢，那边就紧着拆。先拆了长安大戏院，这吉祥戏院眼瞅着也保不住了。青艺剧场又能有几天活头了呢？早晚还不得被银街上堆起的金子给挤出去？连北大的一面墙不也是流着眼泪硬给拆了吗？还有什么不能拆的呢？

凡是带点文化味儿的地方，一点一点全给蚕食没了，还后他娘的什么现代，而且还主义？！

棺材大楼里的人眼看着都吃不住劲了，都感觉憋屈了，心眼儿就开始活泛起来，扑腾扑腾地往外跳，好像下海就有鱼。

想想，自己不也曾站在十六层的窗口上，遥望着巧克力大厦浮想并联翩吗？

陈维高不由得暗暗脸红。若真是走了，现时的每月一百元“突贡”奖可就轮不到自己了。

再则说了，这把年纪，上不着天，下不靠地，哪禁得起再折腾一遍从头开始？活了五十郎当岁，给折腾得还不够是怎么的？好事儿没捞着几件，可倒霉事儿我什么没赶上？

你就说吧，打小时候起就让小日本给撵得到处逃难。挨饿那三年连草根树皮都吃不上，浮肿得不像人。全家勒紧裤带供出个大学生，谁承想毕业没几天，就跟着所里直接发配到干校去了。拉板车、割麦子累吐了血还不说，还给逼着非得承认是“五一六”分子不可，不承认，就给圈在小黑屋里往死里抽……

这把身子骨啊，算是给活活折腾垮了。可是那股不甘心、不服软的精神气儿，却在嗓子眼儿那儿活活憋着呢。

就是一个不甘心。灵与肉整个儿地脱节。肉体奉献出去了，可灵魂却仍旧属于自己个儿。

人啊，灵与肉不总是给活活撕扯着脱节的吗？

也就是新时期这十年吧，算是过了几天消停日子。

可那又是怎样一场点灯熬油地拼命恶补？算起来跟个十年浩劫也差不多了，累得差点得了脑溢血。可那完全是自己心甘情愿的，就是为了拼命夺回那口气。

成果出来了，专著出来了，终于在学界闯出了一块立足之地，好歹算是出了气，站稳了脚跟。

脚跟站稳了，可这人呢，也只剩了皮包骨，骑在自行车上都嫌硌屁股。这倒好，比起大腹便便的同龄商贾们，倒显得自己年轻了十岁。

你说我们这拨人哪，究竟图的是个啥。

到了家，妻子儿子早已经睡下，陈维高没敢惊动，借着路上的一股兴奋劲儿，在门厅的饭桌上铺开了纸笔。

刚欲往格子里填字儿，就觉得握笔的手抖得厉害，内心里有一种无形的紧张，笔尖跟纸面接触不上。

我紧张什么？陈维高问自己。又不是完成政治任务，像当年捧样板戏的时候，因为写错一个字儿批我俩月。不是那时候了。

我有什么可紧张的。

放松。再放松。陈维高暗示自己。

于是气运丹田,好不容易将各处肌肉归回原位,悬在嗓子眼里的心也送回到肺子旁边,这才放心大胆地拿起笔,选出了一个好题目:

小荷才露尖尖角

只盼蜻蜓立上头

题目拟定,唰唰唰地笔走龙蛇,溢美之词不断地堆到小鹅儿身上。

誊好,又仔细地端详了一遍。文稿杀青的快乐,跟又出世了一个孩子似的。

孩子当然再无法多生,一个上中学的儿子已经够他受的了。若不是结婚时候身体那么孬,头胎女儿也不至于没满周岁就夭折了。女儿若活到今天,也该跟别人家孩子一样大学毕业了。

进得小屋去,给儿子掖了掖被角。这小子,只有睡着的时候才有点驯顺可爱。只要眼睛一睁开就开始犯犟,整天跟个冤种似的。你说,谁欠他什么了?

儿子的青春期和妻子的更年期正赶到了一块儿。家里厕所总被占着,儿子总对着那面大镜子反复梳头,做表情,挤青春痘,脸上总红彤彤的沟壑不平。妻子马利华也得空就进去,月经纸每月五六包都不够用。

回到自己的大屋，见妻子正摊在大床上七仰八叉地酣睡，松弛下来的躯体恰如久经岁月侵蚀的山地，充满了褶皱和断层。

陈维高下意识地皱了皱眉。怎么连一点美人鱼的味道都闻不着呢。

出来，洗了把脸，还觉得精力没用完。找出写了一半的书稿接着干起来。

小鹅儿的一脸巧笑又悄摸悄地浮现在字里行间。甩手，搓脸，还是抹不掉。

我这是干吗呀？陈维高不解地问自己。

分神，写不下去了。无奈，挤上床，挨着妻子睡下。

这一宿，翻来覆去，把这觉睡的，迷迷瞪瞪的，净做些不着边际的梦。

## 3

星期四去所里上班，前脚刚一跨进门槛，办公室张干事拎着两个暖水瓶后脚就跟过来嚷：

老陈恭喜啊恭喜，嗬，家伙，那么大一个美人头像。

您这是在说什么呢？陈维高一时半会儿还没反应过来。

哟，您还没看见哪？晚报呀！我在摊儿上买了一张，一眼就瞧见您的大名啦！咱们所里，还是头一次有人在晚报上发呢，嘁！

这是在怎么说话呢？陈维高只觉得这话里话外不是个味儿，心里头有点添堵。

上得楼来，屁股刚沾到自己那把椅子上，同室的老孙端着冒热气儿的茶杯慢悠悠蹭过来跟他打招呼：

行啊，老陈，妙笔生花，雅俗共赏啊。怎么，放下架子，打起短平快来了？

受人之托，受人之托。陈维高欠欠屁股，做出一副无可奈何状。

陈老师，这回您可得请客。刘小枫打门口那儿直接奔过来。您这名人特稿，少说千字也要上百。在所里，发篇论文，一万字顶多也才两百呀。今儿个中午肯德基怎么样？

陈维高有点发蒙。不过是晚报上的一篇稿子，怎么谁见了面都说？

会计在楼道里大声吆喝着人们去领工资。陈维高一进去，会计见四周无人，就附在他耳边神秘地问：老陈，看到你晚报上的文章了，第二职业？挣不少吧？

陈维高不禁在心里惊呼：不得了，真不得了！真是到了人人都通读晚报的后现代了。

他三步并作两步地下楼，跑进资料室，找到昨天的晚报，果然，见小鹅儿神采奕奕的八寸大特写放射着黑白的光芒，边上赫然印着署着自己真名的大块文章。小鹅儿的眼神稍稍有点斜视，朝着“陈维高”三个黑体五号字，发出一种解释不清的微笑。

这下好了。这张脸蛋从今往后算是印在北京市民眼中生根拔不出来了。早知道晚报影响这么大，当初不如用个笔名。不知道的，还以为是我陈维高借这张脸蛋儿出一把俗名呢。真是说不清，说不清。

陈维高暗自觉得有些后悔。

心事重重地上楼来，还没坐下，张干事过来喊他到所长办公室去一趟。陈维高心想，不是也找我说晚报的事儿吧？

所长袁鹏跟他随便说了几句废话作为寒暄，然后小心翼翼地从抽屉里拿出一张申报脱颖而出晋升研究员的表格来，让他去填。

一瞧“脱颖”二字，陈维高的脑子里就跟按了一个万能键似的抖擞出无数联想。能脱颖多好哇！有动听的名衔，还增加两级工资，还有医疗蓝卡待遇，还增补成三室一厅的住房，另外还可以英年早逝……

我怎么想起英年早逝来了。陈维高暗中打了一个激灵。对了，老洪不就是在上一拨脱颖而出运动中一命呜呼的嘛！

老洪过五关斩六将，考试、答辩全合格了，专著也通过了审定，该受的折磨全受完了，文件也已经批了下来，正式认定了他的研究员身份。可还未等享受着随之而来的这些个待遇呢，他就急匆匆追随着一个德国伟人的样子，在某日凌晨四点钟时坐在书桌前溘然长逝了。

说起来老洪这人什么都好，就是有点工作狂的嫌疑。自从在世界后现代主义研究圈子里出了点小名，被舆论界不负责任地简称为“世界名人”之后，他心里的地球概念就越发变小。从此便心系宇宙，把吃饭睡觉的时间全当成海绵里的水给硬挤出来，玩了命地写字儿，以期五十岁时百尺竿头更进一步，横超太空。

不想这一超就超到八宝山去了。而且进去得还相当不容易，不是凭着破格晋升的研究员头衔，而是凭着室主任这一正处级革命干部身份才得以进入那一方圣地的。

唉，我们这些没过上几天宽松日子的人，谁还没点工作狂的嫌疑？哪一个不在跟时间较劲？

这次破格晋升，才是建院以来的第二次。陈维高想，面对荣誉，我怎么也得象征性地谦虚几句呀，要不然我成什么了？

于是就欠了欠身子，忙不迭地摆手：

不行不行，老袁，我还不够，还是让别人先脱吧。

老袁一听，立刻拿出当所长的姿态，正色道：

让你脱，你就脱，不脱也得脱。

陈维高赶紧进一步解释说：

袁所长，我真是觉得自己成果还不够，老孙他们，还有日本室、拉美室、印度室的一些同志，都比我做得好……

老陈，你就别推辞了。老袁及时打断了他的谦虚。这是领导对你的信任。你是代表我们所去的，一定要考得好。放你半个月假，去准备准备。

陈维高拿起表格往外走，边走边在心里说，老袁啊老袁，您就甭跟我这儿起高调了。脱颖是怎么回事，你还当我不知道是怎么的。

脱颖凭的全是硬件，要卡年龄线、卡专著，要通过院学术委员会统一答辩，考两门专业外语，揉不得半点沙子。全院四五千人也才脱出四五个来。没那个金刚钻，谁敢去揽那份瓷器活儿？

要是也像评“突贡”似的，任由所里头组评，那还不得又是从你老袁评起，把个书记副书记、所长副所长大小头头都轮遍了，都拿到了每月的一百元津贴,然后才能排到各个室的研究人员吗?

您就拿我当大头吧。您就以组织的名义在我这儿买好吧。我领情了还不成?最后能否破得成这个格,还不是全靠我自己一关一关地过?我过去了,你们可就又多了一条光辉业绩写入年度工作总结了。

回到自己的座位上,陈维高给自己泡上一杯酽酽的龙井茶。杯子里的热气儿忽悠悠地往上冒,细密的小水珠儿在不住地碰撞、凝结,慢慢织成一张雾网,把对面桌老洪那张蜡黄脸若隐若现地幻化出来。

陈维高给唬得猛一激灵,手背给溅出的茶水狠烫了一下。

老洪,你可别吓我。老洪,我可实在是无心坐到你那张室主任的宝座上去。

老洪死后,他那把交椅就一直那么空着。虽然已在《光明日报》上登过一小条讣告,诏示普天下文人学者老洪已撒手西归,但仍有许多觉悟不高、不看党报的人没能及时知晓,时不时地还有国内外书信给老洪寄来,出版社也动不动指名道姓打电话来找老洪约稿。

老洪,你可真是阴魂不散哪,一个空位把全室的气氛都搅得发瘆,尤其是坐对面桌的陈维高,心里头更是恓恓惶惶的。

人已经死了,却还在通过遗留下来的文字与人间世界发生着千丝万缕的联系,这就是古往今来文化人所要追求的至高境界?嗐!

老洪的骨灰上墙那天，全室的人都去八宝山送了。到那儿一看，前边一排紧挨着老洪的两个墙洞里安放的也是他们院里的，一看日期，都是同一年镶进去的，且与老洪年龄相仿。鞠躬的时候，人们就止不住把眼泪流了出来。

回来的车上，大伙儿一路唏嘘着，有种兔死狐悲的感觉。老孙就不失时机地点拨陈维高：老陈啊，咱们室可就剩你一个副处级以上，够进八宝山资格了。像我们这些没官衔的，死了，还不知道给扔哪个乱坟岗子里去呢。

陈维高给恭维得一口气差点没喘上来，噎了一会儿，翻了翻白眼儿，才勉强回敬出一句：啊，你不是也快了？

老孙一愣，嘴嘎巴了好几下，半晌才发出声音说：哪里哪里，还差得远、差得远呢。

老洪已死，按道理，室主任一职理所当然要由副主任陈维高续上。而空出来的副职能否轮给老孙还很难说。刘小枫虽然刚三十出头，却有咄咄逼人的架势，写过几篇颇有影响的学术论文，专攻俄狄浦斯王与项羽的比较，爱说杀父娶母彼可取而代之一类乱纲常的话。这让一直忙于编赚钱书的老孙有一种无形的压力。

从八宝山回来，所里好一阵子人心惶惶，一上班来就围在一起吵吵脑体倒挂，待遇低，不堪重负。现如今卖文不如卖馅饼，不如卖唱，不如卖笑，不如卖身。瞧好吧，早晚有一天我们这些人都英年早逝了去。

书记吴有亮见此情形心急如焚。科学院这几年进驻一大批从军队转业地方的领导干部充实各级领导岗位，老吴就是其中之一。

老吴本想留在院里，来晚了一步，院人事局局长已有人选，就只好屈尊到所里。尽管级别还是国家统一的那个“局”，可是所里事情比较杂，比不得在院里清静省心。

老吴来所不久，印象最深的就是“现后”所无政府主义现象严重，呈现出典型的一盘散沙状。

组织纪律性差是其散沙的特征之一。上班稀稀拉拉、松松垮垮，每周上两次还嫌多，还在吵吵改成一次，改成下午班，说是熬夜的人起不得早。老吴听了，初刻拍案惊奇。世界上哪有不上班就能挣着钱的道理？

爱占公家的小便宜是其散沙的特征之二。家里现成电话不打，跑单位来不停地占线。家里热水器不冲，非来洗两毛钱的澡。紧看着是公费医疗，有毛病没毛病都可劲儿开药。一年刚过一半，经费就已花掉三分之二了。老吴见状，二刻拍案惊奇。

难道这一切就没人管了吗？

书记老吴于是跟所长老袁就共同关心的问题举行了初次会谈。

老吴历数了上任二十天目睹之怪现状后，老袁表情平平，看不出有任何三刻拍案惊奇的意思。

老袁说，从建所到现在都二三十年了，积重难返啊。

老吴说，办法还是有的，我们可以像其他国家机关一样实行坐班，统一监督，统一管理，步调一致才能取得胜利。

老袁说，坐班？能坐，怎么不可以坐？这个问题一直都在考虑。只要院里额外发放坐班补贴，增开通勤车，扩大食堂就餐规模，坐班问题就好解决。别的所要是能坐，我们也就能坐。怎么不能坐？

老吴一听，这话说了跟没说还不是一样嘛，这不是成心给我软钉子吃是什么？可是我总得先抓点什么，把这头三脚踢开吧？

到底抓点什么好？

在书记吴有亮的多次提议下，经过所领导班子讨论通过，上班签到打卡制隆重推出。迟到五分钟扣两块钱，迟到两次扣半个月奖金。

以后每次上班时全所人都排着长队在楼梯口等待打卡，景象一时蔚为壮观。全所人总算感觉到又有新领导上任了，而且还踢了一小脚。

这一脚踢的，不但没踢出去，反倒踹回来了。不多发钱不说，还要倒扣钱！与商品经济大潮的新形势哪儿相符呀。

于是嘁嘁喳喳、叨叨咕咕的又增加了新的牢骚和不满。

老吴觉得应该利用老洪之死这次机会彻底整顿一把思想了。虽然跟老洪在一起的时间不长，但老洪的死还是让老吴觉得痛心。领导通常都是很爱惜属下的人才的。老吴感到自己的工作有了漏洞。这都是自己思想工作没有跟上，才会出现这种恶果的呀！

跟班子里的人通了一下气后，老吴就把全所人归拢到一块儿开会。先学习了几段报纸，通了通中央的精神，然后纵论天下大事，说同志们哪，咱们国家眼下正大张旗鼓地抓经济呢，一时半会儿还腾不出空来抓知识分子，我们的个别同志就感觉被冷落了，不受重视了，心里边就特别想不开，结果只能是害了自己啊。老洪同志的不幸去世就是一个很好的例子……

(沉痛地略顿。喝一口水。)

咱们知识分子啊,历来都有心胸狭窄的毛病,到了眼下的二十世纪末,这个缺点变得更加突出了。个人想法一实现不了,就钻牛角尖、钻象牙塔,进去之后可就不容易出来喽。我说我们应该胸怀全局放眼世界呵,同志们……

停顿。很认真地往听众中扫了一眼,看看有没有什么目光的对接和交流。

就这一眼便让老吴彻底地泄了气了。他看见坐在头一排的老袁正在带头打瞌睡,脑袋一歪一歪地往桌角上撞,嘴角儿还流出了挺长的一道口水。

后几排的人能不跟着样子学吗?看报纸的、练瑜伽功的,做什么小动作的都有。

老吴只好强忍住不往下讲了。下面请老袁再讲几句吧。

老孙在后面捅了两下袁鹏的腰眼,袁鹏才迷迷瞪瞪站起来说,啊?啊,同志们要努力为革命保重身体啊,还要积极献计献策,搞好所里的创收。不创一点,下半年的工资、奖金都没着落喽,我这个所长不好当哟。

吴有亮心里头老大不愿意。老袁你就充好人吧。你就惯着吧。难怪都不把你这所长当所长,年轻人见面也敢跟你打几句哈哈,一点等级尊严都没有了。

哼,孙子!

老袁讲了几句后,看看反响挺好,不困了,精神过来了,说:

现在各所都在办公司,我们也打算买几辆“夏利”,办个出租汽车公司,只要开出去,就能赚回来。

众人一听,兴奋地骚动,面色潮红地遥想着一车一车拉回来的钱。有人建议应买“面的”,便宜点。

老袁一挥手说:

已经做过市场调查,“面的”已经饱和,大众将向“夏利”发展。需要同志们集资呵,有了鸡,才能生蛋嘛。初步估算,所级领导每人出五千,处级出三千,副研以上出两千,助研出一千,多出多受益,年利息可达百分之二十。

座下人一听,更兴奋了。有的《资本论》自学过好几遍的,就对这种集资的利润表示怀疑地问:

老袁,这么高的利息,能保证吗?

老袁一拍胸脯:

能!怎么不能?!放心,如果赔了,还有所里的科研经费作担保,保证连本带利还给大家。

散会后群众走了,各研究室的领导留下,老袁又进一步做了动员,号召领导同志带头,为所里做奉献。

陈维高在心里算计着,是把钱掏给所里还是掏给长城公司。妻子马利华从内部得到的消息,人家的利息已涨到百分之二十四了,十分诱人的数字。

回家跟马利华一商量,马利华很是不屑地“嗤”了一声:

就你们所一个个的傻×德行也想办公司?等着公司办你们吧!你们要是不赔喽,我都敢把脑袋押给你。

陈维高本来就对所里信心不足，觉得也就是几个人穷咋呼，成不了什么气候的。经马利华这一打击，更是彻底断了想法。但是又不能不支持所里工作，就象征性地拿出五百块钱交了，不好意思地说最近丈母娘闹病、孩子上学都交了一大笔费用，手里已经所剩无几，勉强维持着一家三口的生存。

马利华则把两万多块钱的积蓄从银行里取出来，托人全部换成了长城公司的债券。

## 4

陈维高借了两本外语教材，拿回家去过一过语法什么的。考试跟平时翻译资料毕竟不是同一个思路。

门“当当当”地给敲响了。开了一看，竟是小鹅儿，笑吟吟地站在门口。

陈维高的心脏不由得又“扑扑”不规则地乱跳几下。

这丫头！怎么摸来的？跟踪我？得，我也别问了，说不定她曾演过川岛芳子什么的。

陈老师我是专门来向您表示感谢的。您得原谅我未经允许就闯了来。

欢迎欢迎，尊贵的客人，我想请还请不来呢。陈维高觉得自己嘴皮子不自觉地变得年轻了。

小鹅儿规规矩矩地坐到沙发上，两只眼睛不够用似的来回左右瞧，不断对四壁几个大书柜发出崇拜：

哇！这么多的书呀！

啊,不多,不多,一部分放不下都送人了。陈维高很自得地谦虚着。

陈老师,我们实在要感谢您。我们那出戏本想赔本赚吆喝的,谁承想您一捧,票房就上去了,全北京市的人恨不能都来看一遍,不但没赔,还略有小赚哪。

噢?鱼嘛,人所欲也。陈维高很为自己这句幽默而得意。

陈老师,镰刀鱼剧组全体成员一致推举我来邀请您,准备明天在我们剧院设宴答谢。

这……不必了吧?

陈老师,您是不是怕失了身份?他们本想在饭店里请,可我怕那样太俗,您不肯去,才建议改在我的宿舍里,作一次沙龙小聚,主要是请您给我们戏剧青年现身说法,上一堂生动的理论课。

太客气,太客气了,你们已经演得很有水平了。

嗯哼——小鹅儿鼻子中扭出一声为难。陈老师您若是不答应,他们就不允许我回去了,我就坐在您这里不走了。

说着小鹅儿噘起两片光润润的嘴唇,一副嗔怒的样子。

陈维高给逗得心里痒酥酥的,还捎带着几丝甜。好吧,好吧,我答应。我怎么忍心看着小姐无家可归呢?

小鹅儿一听,上来摇着他的手兴高采烈地活蹦乱跳几下。

陈维高又跟坐飞机似的,脚底下没根。晕。

临走,应小鹅儿的一再要求,陈维高又给崇拜者签名赠书。又很用心地向她另外推荐了两本理论著作,一同随身借走。

小鹅儿摇摇摆摆地顺着楼梯下去了。陈维高意犹未尽地想,明天,我要不要也带几本书去,当场签名分赠呢?

不用了。有了小鹅儿手里的一本,青年们自会互相传换着争相阅读的。

第二天陈维高单刀赴会,特地找出了当年出国时的那套西装穿上。一进门,果然见镰刀鱼剧组一干人等已经候在那里:导演、男主角、小鹅儿、小黄毛、小蘑菇、大胖子。

导演过来鞠了一躬,紧握住陈维高的手:陈先生,剧组还能活到今天,全亏了您啊! 那些老记的什么萝卜条呀、豆腐块儿呀,统统都他妈放的没味儿的屁。您这大笔一挥,好使! 我代表我们剧组谢您啦,陈老师,陈大爷,您就是我们的再生父母啊。

陈维高虽然听着有点别扭,但多少也听出来了主旋律仍旧是恭维话。也就见怪不怪。

男主角也说,陈老师您的文章真管用,能捧到点子上。有好几个导演已经找上门来邀我拍片子了。如今咱也成了腕儿了,多少也得牛点,我正跟他们砍价儿,一个还没应呢。

陈维高心说,我捧你了吗? 我那是捧你吗? 小子,认识字儿不认?

嘴上却还在说,啊啊,过奖过奖,是你们演得好。年轻人,大有发展前途。

落座以后,桌子摆开,满满的一桌子酒菜。

小鹅儿双手捧着,喂了陈老师一点点 XO。陈老师就不再好说自己滴酒不沾了。

尊贵的陈老师先开了口,余下众人也就人头马一开,好事自然来。

酒桌上的气氛活跃起来。陈老师的脸上慢慢溢出了光彩，第二口、第三口不断地跟着第一口续上。

再来几口五粮液和假茅台之后，众人略呈轻度酒精中毒状，可以互相拍拍打打，搂脖子抱腰的，说一些个体己话。

导演：

陈先生，您……您是权威，您从理论上给……给指指道儿，这戏剧的演法，是不是也得改……改改了？什么布……特斯基体……体系，揉巴揉巴，向小剧场发……发展，全像镰刀鱼鱼……鱼在人里游……

男主角：

啊对，对，都啥……啥时候了，还扎大厚底靴，西装革履的，统……统统脱去，增加透、透明度，您说成、成不？

陈维高：有……有理。我们所都从"现……现实主义与批……批判现实主义"研究改，改成了"现代主义与后现代主义"研究，名都能改，戏怎么就不能改改？

导演：

陈大爷，您再从、从理论上给指……指指道，给我们拔一个高度，我们要把小剧场戏搞搞出个气候，接着要排排《黄鱼一族》《乌贼和她的情人们》，以后也调……调个演，弄个金鸭奖、金鹅奖什么的，在全、全国搞……

大胖子：

陈老师噢，求求您了，我们全靠您给指明前进的方向。您一说话，谁敢不服？到时候您当……当评委，专给我们小鹅……鹅儿发奖。

小蘑菇和小黄毛喝得只会哧哧哧傻笑，起烘托气氛的作用，不时接受左右的顺手抚摸。

小鹅儿脸蛋儿粉嘟嘟的，又喂给陈老师一盅酒。

陈老师酒不醉人人自醉，挡住小鹅儿的小粉手，边向自由忘我状态飘着边咬着舌头说，好了好了，多了多了。

酒桌撤去，镰刀鱼剧组成员开始习惯性地踉踉跄跄、歪歪斜斜操练舞步。陈维高陷在椅子里说不会不会，小鹅儿强行拉起他，说何以解酒，唯有跳舞。

谁把灯熄了，换成了烛光。窗帘把外边的世界隔开，彼此看不清表情，乌溜溜的曲子里有一种说不清的欲望在弥漫着。

陈维高有点心旌摇荡。脚底下没跟儿，扶在小鹅儿后腰上的手掌在微微出汗。灯光、音响效果都与小剧场演出时相仿，陈维高感觉自己仿佛也成了角儿。

偷眼环顾四周，幽暗中那两三对也都紧箍着。导演搂着小黄毛，男主角勒紧小蘑菇，跟着烛光一起摇曳着。都是演员。没有观众。一个单蹦的大胖子不知去向。

陈维高稍稍释然。大臂肌肉刚一放松，小鹅儿就像得了什么暗号似的，顺水贴了过来。陈维高的手脚都不听使唤了，下巴僵硬地触在小鹅儿的秀发上。年轻女人的发香漾出一种撩拨人的气息，让他情不自禁地一阵战栗。

马利华的头发是什么味儿？陈维高的脑子里嗡嗡响着，奇怪地开始了追忆。可是没有什么关于“味”的记忆封存在大脑皮层里。

那会儿自己正给批得落水狗似的，亏了患有肝炎的老大姑娘马利华不嫌弃，让他入赘到她家里。丈母娘一手调养好了他们两个人的身体，现在想起来，还百感交集呢。能活着，已经不错了，还顾得上什么味儿不味儿的?

乌溜溜的曲子依旧幽幽咽咽地响着。小鹅儿的双手移着，慢慢绕在他的脖子上。陈维高迟疑了一下，便闭了眼睛，忸忸怩怩地将头埋进小鹅儿的秀发里，双手箍住了一条软软的细腰。

那股馨香渐渐带他进入一种灵与肉分离的迷离境地，终于有些不知所归、不知所往……

一连几天，陈维高魂不守舍，手捧着书本，却说什么也看不进去。

马利华在厨房出出进进，发现了他正盯着墙壁发呆，不由得大声怒喝:

又想谁呢? 眼珠子都直了。没事就不能过来帮我一把手? 我该死啊成天给你们爷儿俩当丫头?

陈维高乖乖地听令过去，拿过一捆韭菜蹲在地上择起来。脑子里仍然不着边际地冥想着。

照你那速度择下去，今晚这顿饭还打算吃不了? 去去去，过去，甭给我这儿碍事儿。马利华不耐烦地挥挥手，把他轰出厨房。

陈维高如蒙大赦一般一头钻进厕所，坐在抽水马桶上又心醉神迷地想开了，思绪一瞬间飘出好远好远。

儿子"咚"地撞门进屋，甩下书包，在厕所前徘徊几个来回后，大叫：爸，你能不能快点？

陈维高怏怏不快地站起身来。这个家算是完了，连个躲清静的地方都没有了。

热气腾腾的韭菜三鲜馅饺子占住了一家三口的嘴，终于让他的心境平息了一阵。

吃饱喝足了，想起小鹅儿送他出来时情深意长地跟他说了几句，请他一定给写篇评论，从镰刀鱼的成功看中国戏剧的发展趋势。

喝了杯浓茶，敛了敛气，铺开了纸笔。

马利华和儿子在外间屋里看电视。两人一会儿争频道吵个不休，一会儿又吱吱嘎嘎乐个不停。

那么大个人了，竟然跟儿子的智力水平一样。

完了。这个破家，算是没办法清静了。

陈维高头一回觉得心里腻烦透了。

考过外语之后，开始进行答辩。答辩委员会成员都是德高望重的专家学者，本院的不够用，特地从北大和清华请来了几个。

看着一个个精神矍铄的老者，陈维高有一种严重的自卑感。不仅仅是因为面黄肌瘦与人家的须发飘然红光满面形成对比，而且还有一股强烈的心里没底的压力。

人家是谁？是拿着庚子赔款放过洋的，真正地脚踏中西文化，手作宇宙文章。哪一个不是家学深厚，有祖传的产业可供读书败家？自己又是谁？贫下中农的后代，从小吃窝头长大的，活着都挺费劲，干吗也硬学着去传什么道德文化承啊？自找罪受嘛不是？

看看现如今致富的乡镇企业厂长经理们，肥头大耳、油光锃亮的，说合资就合资，说出国就出国。当初若是不念书，安心务农，现在说不定也随行就市，从那黑乎乎的土地上发起来了。

这书念的，算是把人给念废了。想吃回头草都来不及。

答辩结束后，出来，浑身跟散了架子似的彻底放松。

大马路上阳光明晃晃的，干洁的空气让人心里很畅快。十字路口的街牌上，“科技咨询公司”、“律师事务所”、“会计培训班”，一大堆密密麻麻挤不下的名字，箭头齐刷刷地直指向他们那座灰色大楼。

标牌下面还立着一块黑板，上面黄字镶红边：“现后”出租汽车公司招聘夏利司机十名。

陈维高笑了笑。多亏自己聪明，没把钱全垫进去。车买来这么长时间了，就愣是一个司机都没招来。倒是司机小王闲暇时把那个 Taxi 的小黄灯放在车脑袋顶上，公一阵私一阵地跑。

算了，甭操那心了，亏也不过就是亏五百。

心底忽然涌起一阵热望，十分渴望见见小鹅儿。自从那次赴宴归来，心里就一直憋着一股潜流，痒痒的、火辣辣的。现在弄明白了，原来就是想见见她。

就只是想见一见吗？不知道。陈维高自己也说不清楚，就觉得这种激情已经在心里滚动了好几十年了。

回到研究室里，想打个电话，刘小枫正没完没了地占着线。思忖一下，出来，顺楼道走一圈，见每个室里都有人，只有所长办公室暂时空着。

左右环顾一下，见没人注意，快步溜进去，迅速操起话筒。

小鹅儿宿舍的传呼电话始终占线。陈维高不由得起急。正想再按一次键码，老孙探头探脑进来，喊：老陈，有你的电话。

陈维高心急火燎地小跑着回屋，用走了调的嗓子问了一声“喂”，话筒里传出一句嗡嗡的男声，不是小鹅儿。陈维高好不失望，调整过来语气，拿着身份拉起长声来。

老孙从旁鬼头鬼脑地瞟了他两眼。

是《戏剧评论》的编辑，告诉他那篇镰刀鱼文章已经登出，不知他收到没有。

陈维高放下电话，去收发室，见果然有样刊寄来。

随手翻了翻，想起这完全是为小鹅儿而写，在替鱼儿穿上一件美丽的衣裳，不免心里又撩起一股火。也不知是气还是别的什么。

回了家，自己一个人胡乱扒拉几口剩饭。妻子和儿子带饭，中午一般不回来。陈维高恹恹地倒在床上，闭上眼睛迷瞪一会儿，想把那股火压下去。

不料越压越起，与小鹅儿交往的前前后后历历在目。不由得辗转反侧，细细咂摸着其中某些细节，并加以无限联想。

正在这儿烦躁得无比闹心呢，小鹅儿就跟《聊斋》里的鬼魂似的竟自己登上门来。

陈维高大喜过望，手扶着门框，心跳得人要支持不住了。

小鹅儿说她来还书，顺便告诉陈老师，他们的戏这几天又加演了好几场，票房空前的好。

陈维高把《戏剧评论》拿给小鹅儿看，暗怀着一丝请功的心思。

小鹅儿看了一下，说：哦，怪不得呢，一些大专院校和文艺团体也来联系订票了，原来全是靠了陈老师您……

说着，就将崇拜、仰慕的眼神，含情脉脉地盯在陈老师脸上，并有长达三分钟的定格。

陈老师再坚强也禁不起黑白眼珠儿的这么深情的凝视，血管要爆了似的"突突"跳个不停。接杂志时手略微有些抖，触到纸页后手指又顺势向前伸，将软软的鹅手握住，抓紧，缓缓地往回带。

小鹅儿仿佛已经候场很久，就等这一指禅功点化似的，仰起太阳般明媚的小脸儿，在颤巍巍的手指牵引下，轻快地游了起来。

陈老师一截一截地将鱼儿身上的包装拆开，在阵阵袭来的接吻的晕眩中，还挣扎着用最后一线理智做出一句祷告：

马利华，我不能为你守节了。

然后，闭上眼睛，身不由己地追随着光滑柔软的鱼尾而去。

坚硬的贞操顷刻间如溃堤般轰然坍倒……

## 5

第二批破格晋升的结果公布出来，全院共五人合格，陈维高名列榜首。

工资补发了，医疗蓝卡也拿到手了，就差个房子还没有补面积。据说年底分房时也会给一次补齐。

太顺利了，顺利得有些超出想象，陈维高大感意外，拿到工资袋后还觉得这一切都不像是真的。

妻子马利华点着他的脑门子说，你呀，天生就是个穷命，有福你都不知道怎么去享。

陈维高早都习惯了遭诽谤被暗算的日子。每回按年头晋升职称的时候还不是评个钩心斗角、你死我活？不评出几个血压升高、心肌梗塞怎么能算是有了结果？

起得早不一定身体好。太顺利了是不是就意味着更大的凶险还隐伏在后头？

咳，瞧我这是怎么了。陈维高觉得自己真是杞人忧天，有点瞧不上自己了。大红榜贴出去了，连国家副主席也接见过、握过手呢，难道还会有变更吗？

刘小枫他们几个嚷嚷着让请客。于是买了些糖果散发了。大家围坐着说些惯常的奉承话。老孙有些讪讪的。同学三人，老洪和陈维高都破了格了，只剩了他还没有建功立业。

星期天，夫妻俩领着儿子买了大包小裹的东西去丈母娘家吃饭。大舅子、小舅子全家也到齐了，同来为陈维高贺喜。

不年不节的，老马家这么热闹，吸引了四合院里的左邻右舍都围过来瞧。丈母娘就骄傲地逢人必告：我们姑爷他破了格啦！

陈维高陪丈母娘干了一小盅二锅头。丈母娘干枯的老脸上绽开了幸福的红花：他大姐夫，这么多年我没白疼你啊，你可算是给我们老马家添了彩了。

陈维高很激动，抑扬顿挫地说：谢——谢——妈。

马利华给了他一巴掌:叫什么板,要开唱了是怎么着?

大舅子马大虎说:我早就看出来我姐夫不是他妈的什么“五一六”“六一五”的。咱的眼光,没错。

陈维高就想起二十多年前,自己拖着个病病歪歪的身子入赘到马家。结婚第二天,大舅子马大虎便领着几个造反派,穿着黄军装闯入他们“现实主义与批判现实主义”研究所,解下了皮带抡圆了骂:

我操你们“现批”所的瞎妈!陈维高他如今是我姐夫了,姓我们老马家的姓,响当当的无产阶级“左”派,我看你们谁再敢动他一根手指头。

说着,皮带呼呼呼抽掉了许多墙皮。

陈维高果然从此安生不少。

滴水之恩,当涌泉相报。陈维高赶紧给大舅子满上一杯。

小舅子马小虎也端起杯子:

姐夫,咱都不是外人,这些年你老弟对你怎么样,你自己心里头有数……

陈维高说:有数,有数。

这就好。如今你飞黄腾达了,也不能看着你老弟我有困难不管。

陈维高说:说吧。只要我能办到的,就一定帮助解决。

马小虎说:如今我住房比较紧,一直挤在老丈爷家。你们家小光马上要考大学,就剩你跟我姐,两居室足够用了。要是给你补面积,最好要个单元房,给我。放心,我不白要。多少钱,你说个数。

你说的那叫人话啊。丈母娘在一边把小舅子拦住。跟你姐夫说话也总是钱钱的,有几个臭钱看把你给烧的,也不怕外人听了笑话。

对,对,什么钱不钱的。陈维高也附和着说。

马利华往他碗里夹了一个鸡腿。陈维高,你说我们老马家对你怎么样?没亏待过你吧?你做事可不能昧着良心。

陈维高心里头“忽悠”一下子。这话里话外的,别是自己感情方面的事有了什么外露吧?

心里虚着,嘴上却装作若无其事的样子拉硬:瞧你说的,怎么会呢?

你得知恩图报,苟富贵,勿相忘。俗话说,子不嫌母丑,那狗还不嫌家贫呢。

那是,那是。陈维高悬着的一颗心“咚”的一声这才落了地。

可这心里边还在跟小舅子叫劲地说,有了房子我给你?我凭什么给你?我现在还巴不得有间别墅金屋藏娇,放心大胆享受一番迟来的爱情呢!

笃,笃,笃。

敲门声猝不及防地响了。陈维高从正在运作的轨道上滑脱出来,以一种进退两难的方式艰难地悬浮于小鹅儿身体上方。

没扯严的窗帘缝中透进几道亮亮的光丝,在门板的共振里突突地颤了几颤。小鹅儿鱼一样美丽的胴体登时停止了摆动。世界在刹那间成为一团死寂。

笃,笃,笃。

敲击声在这一刻里显得分外厚重而明晰。陈维高不太强健的心脏乱七八糟跳了几跳。他屏住气息,凝神细听,仍然很静。只有空气矫情地咝咝咝喘息着在他们的肌肤间游走。肉体摩擦击出的细碎火花仍在噼噼啪啪闪烁。

是就此中止,还是继续下去?

衣服就在沙发上,他的,小鹅儿的,一丝不乱,按从里到外的顺序一一摆好,就像他壁橱里的书一样分门别类摆得严谨。

起身,穿衣,扯平床单,拉开窗帘,最快需要十秒。从卧室到门要走两秒。小鹅儿端坐于沙发上需要一秒,手中拿起一本书(翻页)需要一秒。

开门。微笑。寒暄。请进……

陈维高的心思各处都活动到了,可是身体的动作却没有相应跟得上去,依旧在原地艰难地悬浮。小鹅儿由于动情而变得鲜润饱满的乳房正在他的眼皮底下蓬勃地挺立,向他发出一种无形的挑战和致命的诱惑,简直令他快要窒息……

再游两个回合。两个回合,就可以到达顶点了。陈维高大口大口地喘着粗气,痛苦地呻吟了一声,又闭上眼睛,一个猛子扎了下去……

笃,笃,笃。

敲门声很有韧性地再一次响起。

该不会是你妻子吧?小鹅儿不无担心地问。

陈维高没有言语,费力地撑起身子,双臂不堪承受身体重负似的扑簌簌乱抖。小鹅儿的问话提醒了他,他仿佛真的听见了钥匙插在锁孔里转动的声音,然后是老婆进来……抑或是儿子进来……老婆一个饿虎扑食……儿子则是嗷嗷怪叫扭头就跑……

热汗唰唰唰登时敷满了陈维高全身,他感觉自己快要虚脱了,不能动,也不敢想,脑子里一片听天由命的苍白……

你找谁?隔壁有人开门出来问。

大妈行行好,帮俩钱儿吧。俺从河南老家来看病,路上盘缠给偷了……

快走吧,走吧,要饭还要到楼上来了。

大妈行行好,帮帮忙吧……

行了行了,给你,快拿着走吧。

噢,就走,就走。

关门声。脚步声渐远。

陈维高长吁了一声,觉得晦气,同时也暗笑自己的多疑。老婆和儿子是不会在上午就转回来的。再则,他们都有钥匙,也不用敲门。

他随便抓起枕巾擦了一把汗,抖擞了一下精神,预备着把一个过程游完。可任凭怎么努力,身子已兀自软得不行,一时又急又窘。

无奈,下床,进了卫生间。热水器里的水渐渐热了,冲在身上十分惬意,令陈维高回味起跟小鹅儿肌肤相亲时的舒畅感觉。

这大半辈子,可是怎么稀里糊涂过来的呢?土埋半身了,才刚找到一丝自主做人的感觉。

白活了。以前真是都白活了。

热气渐渐在镜上凝结。小鹅儿推门进来，那张燃烧着的红苹果似的脸凸现在镜中。陈维高的身子迅速膨胀，生了锈的骨节又润滑起来，开始疯了狂地转动，贪婪地攫取着小鹅儿的青春。

小鹅儿含着笑半推半就，娇喘吁吁地扯过浴巾隔住镜中身影。

浴巾上隐隐透出的猪胰子味在陈维高的鼻孔里悄悄弥漫，渐渐熄灭了他身体里的烈火。那正是他二十多年来熟悉的味道，妻子身上的味道。

他感到自己又无法遏止地软了下去。

妻子。

小鹅儿。

叫作妻子的那个东西可真是讨厌。妻子无处不在。妻子像空气似的层层包裹着他，压迫着他，令他颓丧，令他窒息。

浴巾床单上充满了妻子的味儿。衬衫领子上是猪油胰子味。打嗝儿呼出来的是妻子的韭菜虾米味，弄得他的胃，总是消化不好，除了溃疡定时发作，每早四点按时疼醒外，其他一切都乱了规矩，冷了拉稀，热了便秘脱肛。

唉！这叫什么事儿。

## 6

房子下来了。但第一榜分配方案中，没有陈维高的名字。

陈维高迷惑不解，本以为板上钉钉，绝对有自己的一间，这一下可把他弄傻眼了。

怒气冲冲去找所长兼分房委员会主任袁鹏，瞪圆了眼珠子问：

老袁，你说，为什么没我的房子？

袁鹏请他坐下，说，有，怎么没有啊。张干事他没跟你谈过吗？

谈什么？陈维高给袁鹏的话绕腾得晕头转向的。

袁鹏说，我先给你说说把房子分给榜上那些特困户的理由……

陈维高打断他说：别人什么理由我不听，你就说说我。

袁鹏说，不知彼，何以知己？也好，就先说你。你是院里文件规定要给脱颖人员补的，当然要优先考虑。张少中辞职去百慕大三角公司，房子交出来正好补给你，一间一套，离你还近。

陈维高糊涂了，问：我怎么没听说？

袁鹏说：那可就是张干事的失职了，我要批评他。

陈维高就有点没话说了。

接着袁鹏又说了一些鼓励他好好干之类的话，并拍了拍胸脯：老陈，你放心，只要张少中的房子一交，你立刻可以搬进去，我可以打这个包票。有你的，怎么能没有呢？

陈维高讪讪地出来，回家把话跟马利华一学，马利华“啪”地把筷子往桌上一拍：

我操他奶奶个×的！他们这是成心欺负老实人哪！你上全北京市问问去，有哪个调走辞职的把房子交出来过？也就是蒙你这号傻子吧。

陈维高嚼着饭，不安地瞅了儿子一眼。儿子习以为常，没听见一样，边看电视边往嘴里扒拉着饭。

别人辞职跟你有什么关系？马利华继续愤愤不平地数落他。你破格的房子是文件规定要补的，所里应该没二话，优先考虑。啊，没人敢去考的时候找你，这一考合格了，他们领导就知道请功，就什么都不管啦？

人不是没说不管吗？陈维高在嗓子眼里嘟囔。

他们那叫管哪？这倒好，张少中辞职的事儿僵住了，就把你顶出去垫背，让你们俩人单掐，好像是你跟他过不去，非逼着人交房子似的。我操他妈，你们“现后”所领导真不是个东西，这不是鼓动群众斗群众嘛！

马利华这么一分析，陈维高觉得有道理，心里头透亮了不少。但这毕竟还停留在猜测阶段，尚需进一步证实。

隔天上班，忸忸怩怩地转到张少中屋里，拐弯抹角地打探辞职的事办得怎么样了。

张少中三十八九岁，红卫兵出身，少壮派，敢想敢干。见陈维高支支吾吾的样子，他哈哈大笑说：

老陈，我知道你要问什么。就所里那点破事，我心里明戏着呢。我敬佩您做学问的精神，可这人事上，说实话，您还太嫩。

陈维高给说得脸一阵红一阵白的。

我跟您说，您就别信他们那一套，别等我交房了。交不了。交了我老婆孩子住哪儿呀？我求他们，容我个空，先把关系办了，待我找到地儿住后再交房，可倒好，不行，死卡着。得，你卡吧，我还不办了呢。档案压这儿，总比存人才交流中心强，免收保管费。平时我在那边公司干着，今儿个这是回来领工资，一点都不耽误。老陈,我实话实说,您别等我,赶紧自己找辙吧。

陈维高佩服马利华的英明伟大,感到自己真是被人给耍了。我这是招谁惹谁了,平白无故给憋在领导和群众之间受夹板气?

气哼哼地又去找领导交换意见。袁鹏不在,就质问吴有亮。吴有亮说,老陈啊,不要把事情想得那么复杂。就是为了落实文件,所里才想出这么个万全之策。要不然,按条件,这批房子也不会把你考虑在内的;论困难,榜上的人都比你家困难得多,有的人家都要过不下去了。

陈维高说:我看个个都活得劲儿劲儿的,没瞧出谁有过不下去的样。

老吴说:这你就犯了主观主义了。你听我从头给你数。

(哦,我这正局级的四室一厅是应该给的,就不说了。)

老耿,三八年老干部,补了几次面积都没补够,离休后长期驻扎办公室,造得不像样。菜刀就搁在手边,再不给补齐就要剁领导了。人家行伍出身,什么不敢剁?

老孙,你们室的,说儿子骂他与媳妇扒灰(听听多寒碜),坚决要求增分一单元与儿子分开过。这事儿你知道就行了,不要再往外传……

于铁,学成归来,读两年洋博士,生了两个小孩,横竖不能让一家四口总挤在一间屋子里吧?

司机小王,来所十年,一直住平房,最近又有八十高龄老母一同来住,三代同堂啊,多难。

刘小枫,青年科研骨干,三十多了还在研究生宿舍里挤,结婚五六年了没法要孩子，眼看快过了最佳生育期，能不急吗？

还有，老李……

陈维高听得两眼直愣愣的，心里很是不好意思。没错，自己也困难，没个书房，放不下一张安静的书桌。可是比起同志们的困难来，自己这点事又算得了什么？

这么一想，心里的气就小了不少。有些想开了似的平静地回家向马利华做汇报，不承想，马利华听说后又炸开了营：

他放屁！什么叫困难？他都四室了，还要个厅放棺材啊？要剁人就让他剁，要扒灰就让他扒，看他们有那尿没有，真是不要了一张老脸了！生两个孩子的倒还有理了，要分房子，就把他妈接来住，以前他妈都睡大野地了啦？我就不信，有地方睡觉，他们就没地方揍孩子……

马利华一通连珠炮就把领导说的那些困难批得体无完肤，陈维高听了也觉得有道理，心想我看问题咋就不能这么透彻呢？既然两边说得都有理，那我听谁的？

你也不能打击面太大了嘛。我们的确是没有人家困难大，是吧？陈维高虚心地讨教。

谁说没困难？要困难，咱也有。马利华毫不留情地驳斥他。我现在就把我妈户口迁来，不行的话，连二虎子和他媳妇的户口也一块儿迁来，三代三氏同堂，看他们还怎么说。

陈维高一听，像多了主心骨。私下里又去请教其余破格的那四个人，人家也都有过硬的困难。两个是家中有一双大儿大女，需分室而居，一个是亲妈和老丈爷都留在家里赡养，授受不亲，急需分室，所以在分房榜上都排了前几名。还一个老婆是某所副局级书记，就从女方那边分了，不再操心。

陈维高心里真是惭愧得很。跟人家一比，自己原来提的那一点困难，真是太小儿科了。简直要令人笑死。

马利华果真把丈母娘的户口弄了来，并把迁来的日期提到一年以前。一切都是二虎子拿钱开的道。二虎子住的老丈爷家那边要动迁，户口已冻结，就没往这边挪。

新困难到手，陈维高的底气比较足了。这次直接找具体干事的张干事谈。张干事说，老陈，你别找我，要找你找上头，我只负责贯彻领导精神，我说话就跟放屁一样，不算数。

找你是因为瞧得起你，看着你是吴有亮带来的人。不然，就你这初中文化，也敢人五人六地在科研所里搞行政管理？啐！

这些话只是在陈维高心里嘀咕着，并未说出口。

折回来再找领导，袁鹏不在，出国考察后现代主义在四小龙一带的发展趋势去了。老吴听了陈维高的汇报，说你这么大的困难怎么不早说？第一榜已经公布了，改动太大有困难。分房委员会开会时我们再把你的事专门议一议。

陈维高一听又有戏了，心里踏实了一些，行动上就有些怠惰，回家看书，想睛等着现成的好消息下来。

马利华可不干了。马利华揪着他的耳朵给从椅子上拎起来，让他去各个房委会委员家游说。陈维高拗不过，只好又扔下书，不情愿地起身，马不停蹄地找委员们倾诉。

委员们都很同情老陈的遭遇，都说，老陈，我们也觉得这房子应该先给你，要不，落实知识分子政策还不是一句空话？可我们也只是到时候举个手、表个态什么的，只要你这事重新审议，我们到时一定投你的票。

见谁谁都这么说，陈维高心里更有着落了。回家跟马利华把这话学了一遍，同时也没忘了夸张一番自己跑腿的辛苦和活动能力。

马利华并不放松，想了一下，说：咱们是不是买两条烟、两瓶酒给你们领导送去？

陈维高一听就从椅子上蹦起来了：你这不是逼着我犯错误吗？活了大半辈子了，我也没干过这事儿。人没有傲气，还不兴有点傲骨？我不能为五斗米折腰。

马利华没说什么，只是用鼻子出了一声“哼”。

稍稍松了一口气，想起光顾跑房子，有日子没见着小鹅儿了，着实怪想得慌的。

小鹅儿这阵子正托陈老师的福在可劲儿蹿红，电影、电视剧的片约不断，每次幽会，都能给陈老师带来一些影视快讯。

陈老师听了，也感觉着激动，一只手枕在小鹅儿脑后，另一只手顺着自己历历可数的肋条骨如弹琴般根根捋下，嘴里还动情地吟诵：我愿是废墟，只要我的爱人，是青春的常春藤，沿着我荒凉的骨骼，蹿红，结果。

每每在他需要青藤润滋、悦目的时候就总是找不着她。而一旦当她需要攀缘、上升时，就会随心所欲、出其不意地闯进废墟，肆意地翻云弄雨。

末了,陈老师还总是心满意足、心甘情愿地牵着鹅儿去剧院、酒店、舞厅、美术馆,将他苦心经营下来的私房储蓄慷着慨地消费掉。

二榜公布下来了,跟第一榜相同。只是在最后注有一行小字:张少中同志辞职退出的一居室归陈维高同志居住。

陈维高看了这模糊语义后,一头撞进去找领导,据理力争,又把困难陈述了一遍。

袁鹏说:啊,是吗?原来是这样!二榜是老吴临走时定下的,我不好推翻。等他回来,我们碰头好好研究一下你的问题。

老吴在袁鹏回来的前一天,赴东欧考察苏联解体后社会主义国家该怎么搞去了。

回了家,陈维高一头跌到床上,有气无力地问马利华:

这房子,你看我们还要吗?

马利华毫不犹豫地说:要,我还非要不可了呢。所里这么耍你,你也甭跟他们磨牙,干脆,直接找院里去。

陈维高翻了个身,对着墙壁说:

什么光荣的事儿呃,我还找院里?要去你去吧,我可丢不起那个人。

马利华一听就火了:

瞧你那个熊样!你要你自己的房子,丢了谁的人啦?我妈户口已经迁过来了,那是闹着玩啊?把你在家里衣来伸手饭来张口当大爷的架儿拿出来!这会儿你那能耐哪儿去了?

陈维高憋住气，慢慢将其运往丹田。马利华的话就随气流左耳朵进右耳朵出了。

第二天起来洗了把脸，饭也没吃，就趴在桌子上写状子，详陈冤情，分别邮往后勤处、房管局、院长办公室。用黄色道林纸，头一抬一落，一起一落，抬八下，正好八行。

信在各个部门周转一圈，最后回到所长办公室。袁鹏说，老陈啊，我们不是不给你解决，能解决，这不是正在给张少中做工作吗？你一写信，我们就很被动，工作不好做了。

等你们做完工作，别人的房钥匙也已经拿到手了。

吴有亮说，老陈，你在学生时代就要求入党了，新时期，更要经得起考验，还是要讲点奉献精神，提倡高风亮节嘛……

陈维高说，我已经考验大半辈子了，也亮了一辈子的节。该亮的早就亮完了。

气哼哼地回了家，马利华听了他写信的事，点着他的脑门子骂：

你可真是没用的书呆子！都什么时候了，人家上门磕头作揖还来不及，你还这儿酸文假醋地写哪门子信。我算是倒了八辈子霉，摊上了你这么个废人。

陈维高直挺挺往床上一躺，气鼓鼓地大吼：谁要再逼我，我就死他娘的去了！

马利华也不示弱：你在家里挺尸吧，明天，我去找你们院长。

陈维高还真怕马利华天不怕地不怕地去闹，舍不得自己那点脸面，就一个劲儿地好言相劝，算是把马利华劝住了。

这一宿都没能睡踏实，气得心口疼。

第二天，壮着胆子去到后勤处，见外廊上等着谈话的人已经排起了长队，排了一上午也没能谈上。

下次就起了个大早，挂了头几名号，总算是把这话谈上了。

处长很年轻，但是也会打官腔，强调了一下改革开放所面临的困难，拖着长声说，院里还有副研住在车棚子里没得到解决的呢。大家都要发扬奉献精神，携起手来共渡难关。

陈维高一听，自己住的再挤，毕竟还是住在人住的窝里，比起车棚子可是强多了。于是他又理亏了似的，说不出话来。

低头往外走。外面等着谈话的人立刻进来把他续上。走了几步，见一连串的办公室都紧挨着，心想反正来了一回，干脆，一次性谈完算了。胆儿“突突”的，硬着头皮敲开了局长办公室的门。

局长说，您的信我看过了，还在上面写了意见，希望你们所里能给协商解决。老吴、老袁我们都很熟，局干部会上常见面。下次见面我再给他们说一说。

陈维高忙说，谢谢，谢谢，打扰您了。

又耷拉着脑袋出来，更觉着没意思了。我这是干什么呀？我到底欠了谁什么了？

瞎摸乎眼地在楼道里走，迎面撞了人也不理会。倒是被撞者主动跟他打招呼：

陈先生，您这是干什么呢？

陈维高半天没认出来是谁。对方说：

您不认识我了？我是院办小高啊。

陈维高想起来了,破格答辩时,小高曾给派去做现场记录。

陈先生,我正想去找您。小高很恭敬地说:我爱人要考咱们院研究生,听说今年文学题目由您来出。有空我们想去拜访您,请您给列列参考书,指点指点。

啊,啊,好,好。陈维高极有身份地点着头,音腔也不知不觉拖得很长。忽然间他脑筋里边一个急转弯,换了一个口气,俯首过去说:

小高啊,有件事也不知你能不能给帮个忙?

小高腰板先是略微一挺,随即又弯下来说:

啊,什么事啊,您说吧。

陈维高语气更加谦卑了,忙把自己房子的事约略说出。

小高说:这事啊,我好像听说过。您的信不是批转你们所里要妥善解决了吗?要不这样吧,院长待会去开会,这会儿正有空,您进来跟他亲自说几句吧。

陈维高就进去说了几句。

第三榜公布时,就把原来分给刘小枫的方庄小区的一居室单元房分到了陈维高名下。

小高爱人不久也以文学分数最高的成绩考入了研究生院。

## 7

陈维高这边火消下去了,刘小枫那头又冒起来了。

刘小枫已经连上两榜,原以为房子已经到手无疑,就兴高采烈地吃了酒,乘兴把媳妇的孕也怀上了,只等着搬进新房去坐月子。

看到自己的房子挪到了陈维高名下，憋不住一扫斯文，人前人后夹枪带棒地骂：

真他妈的好意思嘿！那么多房，凭什么只抢我的？隔着八丈远，看不把你累个英年早逝才怪。

方庄离陈维高现在住的地方坐车有一个多小时的路程。紧挨着陈维高家的一居室单元仍按原榜分给了司机小王。

所里在刘小枫与小王之间做了不少权衡，看着把谁的调给陈维高更合适。考虑到如果小王闹情绪，所里唯一的一辆桑塔纳就要趴窝。领导与外界接触的事务活动将要受到不小的影响。而刘小枫若是闹情绪，顶多也不过是影响一下他下一代出生的质量罢了。

至于说能不能再调一下，让小王去方庄，而把隔壁紧挨着的单间给陈维高？

可算了吧。分房委员会成员一致说。他陈维高能耐大了去了，让他自己去往一起调吧。再者说了，也不能所有好事儿都摊到他一个人头上。为了一个陈维高而使两个年轻人闹情绪，犯得着吗？犯得着吗？

看看这阵子所里让陈维高给搅和的，连院长都惊动了，亲自打来电话说，脱颖而出的这五个是我们院里的宝贝。陈维高的问题不解决，你们“现后”所的房子暂时不要分。

看着陈维高这人平时像是挺淡泊名利的，到了关键时刻，就现了原形啦！

袁鹏一想起来就气哼哼的。

刘小枫也鼻子不是鼻子脸不是脸，除了随时拿话敲打陈维高外，其余时间总是愤怒地保持缄默。

陈维高本想找刘小枫解释几句，见他总拉长了一张吊死鬼的脸，就吓得不敢轻易上前，只在心里暗暗叫着苦。

我该谁欠谁的了？我争回我自己该得的一份，最后怎么反倒成了我挤占青年人住房了？

想着想着，不免把一切都迁怒于妻子马利华。马利华啊马利华，这都是你把我逼的呀。你可是让我里外都不是人了。

马利华张罗着把丈母娘的户口迁回去。小舅子不干了。小舅子伸手拦住他们俩：

哎哎哎，干什么干什么？你们那房子可是以妈的名义要下来的，现在可是没什么可说的吧？两条路：要么，妈你们接走住去，要么，房子归我，妈跟着我过。由你们选择。

陈维高眼前一黑，嘴张了半天都没能合上。

马利华站在当院里高声大嚷：二虎子你还讲不讲理？你姐夫费了多大的劲儿才把房子要下来，你怎么连一点良心都不讲？

小舅子说：我讲的就是这个理。良心早就让狗吃了去了。我就知道这房一到手脸儿肯定就变。想想当臭老九的时候，我们马家是怎么对待你的。

丈母娘拍着大腿说：二虎子你这是作孽啊，我谁也不跟，就住我自个这儿。

小舅子说：妈，您甭管，要不是我拿钱在这给您拢着，这院子您还住得下去？早撵走了您啦。您让他们俩赔偿我的经济损失吧。

陈维高捏着新房的钥匙尴尬地站着，仿佛握着一块香喷喷的芋头，吃不到嘴只能干着急。别人很迅速地叮叮当当地开始装修，他的房子仍然白板一块，无聊地闲在那里。

小王一家搬得倒是快，电钻、凿子叽里咣当响了几天后，人就紧跟着住进来了。陈维高两口子过去贺喜，推开一道铁门，再推开一道羊皮门，眼前花花绿绿的，就疑心自己进了百货洋行。没见什么八十老母在，倒是有个八岁顽童胖得跟一头小肥猪似的。

地上蹲着一个鸡窝头，撅着屁股吭哧吭哧地干着什么。站起来一介绍，是小王的爱妻，正在抠被沙发脚压陷的地毯。

马利华啧啧称赞室内装饰。陈维高没话找话地问，这房子以前住的是谁呀？

鸡窝头一听“扑哧”乐了。哎哟，陈老师您可真会说笑话，你们隔壁住这么多年了，怎么反倒问起我来了？

陈维高一听也是，这间也是所里的房子，可这么些年了自己就愣不知道住的谁，你说怪不怪。

鸡窝头一家一搬来，马利华算是找到伴儿了。两家主妇频繁走动，借个酱油借个醋的。不够手时，马利华还给借过去推倒一把“和”。

陈维高心里头这份别扭，倒不是因为羡慕人家的羊皮软包装门而时常虐待自家的木板儿门，而是因为鸡窝头简直就是个耳报神，有点动静就立刻支棱起耳朵来听着，自己跟小鹅儿木板门后的接吻更是不敢放开声来有滋有味地咂摸了。

鸡窝头在雅宝路一带市场上练摊儿，经常是出无定日，归无定时。据马利华反映已经练到炉火纯青的程度,离老远就能打一堆洋人中把东欧和独联体的给分离出来,并能积极主动上前打招呼。

某日回家取物品时鸡窝头正碰到陈维高开门送小鹅儿出来。小鹅儿红潮未退的脸在灰暗的楼道里显得无比生动,鸡窝头认出她就是电视里正播的二十集连续剧的主角。

待到把目光落到陈维高身上时,醉眼迷离的陈维高竟很缺乏经验地别过头去,装作没看见她的样子。鸡窝头未免心中起疑。

下一次陈维高送小鹅儿出来时,又很及时地被她撞上了。这次她没有放松,立即提着垃圾筒下楼,很执着地站在垃圾箱前遥望。见两人一前一后走出一百米,到了拐角处才敢并齐,然后招手钻进了一辆“面的”。

鸡窝头望着车子远去的背影,撇了撇嘴。

再去上班时,陈维高就觉得所里的人看他的眼光有点不大对劲了,笑不是笑,讥讽不是讥讽,含含蓄蓄地印了他一身的眼睛,甩也甩不掉。他就不知道自己身上哪块肉没长好。

陈维高像热锅上的蚂蚁,坐也不是,站也不是,只好可着劲儿地往肚子里灌茶汤。

正在这煎熬着呢,张干事来喊他去所长办公室一趟。陈维高想,这回可是要揭谜底了?

袁鹏说:老陈啊,家里都安顿好了吗?还有什么困难没有?

陈维高说:差不多了,差不多了。

然后,哈腰坐着,忐忑不安地等待着实质性箴言。

袁鹏说:老陈啊,所里正考虑你们欧美室主任人选问题,你是很有希望的,所以呢,啊,你还是要严格要求自己,做事情要多考虑影响。

陈维高使劲儿吞了几口唾沫,抑制住即将出现的脸红,很平静的样子问道:

老袁,有什么话,你就直说吧。

袁鹏脸一红,像做错了什么事似的支支吾吾地说:

啊,也没什么,没什么,只不过是听到下面有一些反映,要注意保……保持晚节。当……当然了,有那方面的追求嘛,可以理解。但是,啊,不要过了界,过了界,啊,我们就……就不好处理了。

陈维高的脸从耳根子处开始发热,又有些回击的话在肠子里面闹蛔虫似的涌动。

老袁哪老袁,若是别人说我还凑合了,你哪里有资格说?上次用所长基金评科研成果奖,吴妍艳的一篇七千字的论文,你凭什么非给推荐成二等奖不可?还不是看人家小姑娘白嫩细腻?有事没事你就去她的日本室里问寒问暖,号称关心青年人的生活,你当别人都瞎了眼了是怎么的?

话又说回来了,老袁,咱们都是搞文化研究的,心里头最明镜,历史上哪一次思想解放运动不是从个性解放更新配偶开始的?你老袁若是还换得动的话,不也早把老伴换掉了?

你就说吧,古往今来,上至领袖伟人,下至学者、艺术家,哪一个没有过将崇拜者的爱慕之情因势利导成爱情的经历?咱们也都是传统下的人啊,难免就不自觉地继承了人的传统。

心里边这么想着,虽然嘴上没有说出来,可行动上就觉着硬气不少，仿佛有了什么真理和道义的仰仗，依旧不卑不亢，爱鹅儿没商量。

仔细回忆了回忆，这些传言应该起于鸡窝头人家，就琢磨着怎么改变接头地点，避免再被鸡眼广角镜给变形聚焦。

也是活该他有福气躲清静。秋季的大好天气里，由他们欧美室牵头在海南召开国际后现代主义研讨会。请了几个老外，还有几个华裔图腾，并借用他们的名义骗了几个大头港商，“啪啪”拍出二十几万赞助费，吃住基本上全包了。

当然人家腰包里的钱也不白甩，以后各报纸上发会议简讯时都要给提上一笔。所里下几期的学术刊物封二、封三、封四全给包去登广告。

小鹅儿听说后，有了去玩的意向。陈维高脑子一时发昏，仗着自己是会议主持，掌握一切财政大权，就将严格限量分发的帖子留给小鹅儿一份，将她的意愿变成了现实。

怎么说小鹅儿也是后现代圈里的人嘛，并且还率先演出过具有后现代主义特征的镰刀鱼的戏，有什么不可以去的？陈维高理直气壮地想。

他就放心大胆地以忙会务的名义与小鹅儿双双提前出发，潇潇洒洒走了一回。

到了陌生地方，两人真是尽情撒了几天的欢。这里还是文化沙漠，小鹅儿的脸面还没能从京城迅速传真过来，出门便免了戴黑墨镜之苦。密密匝匝堆满了人的海滩上，两人穿了露出身体大面积区域的游泳衣，在光天化日之下也敢做几个青藤枯树交接缠绕的身段，把陈维高幸福得飘飘悠悠的，跟着蓝天碧海一起年轻了不少。

可真是开放了啊！八几年自己出国进修的时候，看着男女洋人在大街上抱着啃，自己还眼热心跳的抹不开看呢。现在我不是也可以做了？

改革开放就是好！谁敢说不好？

眼看快到了会议报到日期，两人身形这才倏地快速分开。陈维高虽然有些恋恋不舍意犹未尽，但也只能收回心思，回归成道貌岸然、脱颖而出的中青年学者。

他们所里的和外地来开会的先后到达了。开幕式后照集体相时，张干事一扭头瞅见小鹅儿，觉得特别面熟，又一时半会儿想不起来，就悄悄指给老孙看。

老孙回头一瞧，不禁惊讶：这不是晚报照片上那张脸盘子嘛！

刘小枫也闻声回首：嚯！真的哎！这不是电视剧里那个女主角嘛！

几个人对证后，知道确切是陈维高写文章捧过的那位无疑，心里边就翻腾着，快速展开了种种联想。摄影师喊“一二三，笑”时，他们的面部肌肉仍有些僵，呈现出一副苦苦思索的神态。

这消息立即以光的速度迅速蔓延。到了中午吃饭时间，所有认识陈维高的人就都把注意力集中到小鹅儿身上了。张干事及时从会议登记表上查出小鹅儿的具体出处，并不厌其烦地一一向人们进行了注释解说。

这下真有点真相大白的意思。从前的有关种种传说不再是传说，而是成了活生生的现实，即刻便得到了印证。没有什么可猜想的了。文人学者们丰富的联想功能，全都给破坏掉了。心里头就有些承受不了似的，给搅得乱糟糟的。

老袁瞟着邻桌与吴妍艳一起吃酒说笑的小鹅儿，说：

行啊，老陈，小姑娘挺不错的嘛，娇滴滴的。

老孙说：

福气不浅啊。

刘小枫说：

嘿！倍儿棒！

陈维高说：

别瞎说，瞎说什么。人家是我的学生，是专门来开会学习的。

说这话时还红光满面，掩饰不住一脸的光荣与梦想。所里人看着，心里更是乱得不行。

吃过午饭，人们都散去休息。陈维高忍不住心里甜蜜的思念，熬煎不住地借着找吴妍艳的名义去了她和小鹅儿同住的房间。刘小枫等几个年轻人都聚在这儿，正叽叽呱呱说得热闹。听了一会儿，都是年轻人的话题，他一时插不上去嘴。

陈维高心里忽地就升出几丝不得劲儿。以后就总是支使着刘小枫帮着干这干那，借故把他从小鹅儿身边支开。

小鹅儿则根本没把这些傻了吧唧的学问人当成一回事儿。她不愧为演小剧场戏的行家里手，按照现时的需要，演出一副谦恭的学生模样，装作不认识陈维高的样子，认认真真地开会、听讲，并时不时地向专家学者请教问题并索要名片。

其实,也没有什么值得她装模作样地认真听的。主持人陈维高拿出忧国忧民的嗓音做着开场白说:

我们这次会议的中心议题是讨论中国当代戏剧的发展走向。现如今的中国作家玩新潮、玩先锋、玩现代派,离世界是越来越近了,可是离人民却是越来越远了。怎么办哪?有良知的文人学者,总不能置若罔闻,应该及时为国家提供一些制定政策的理论依据。

与会者立即就这个问题展开了热烈的讨论。

老外说:

这还不好办吗?让人民也去追赶世界呗。

华人说:

那可不行,应该让作家就乎着人民。

两派激烈论争,时时出现面红耳赤的激动人心的局面。电视台记者还特地来照了彩色相去。第三天与会者就在当地新闻节目里看到了面带酡红的自己。

陈维高心里头这乐,心说这题目都争了七八十年了,多少文人骚客都靠着它吃饭呢,如今又新瓶装旧酒,拿它在这儿唬老外,骗港商的钱啦!

既然总也不能形成一致的结论,那就争吧、论吧。反正时间也有,金钱也有。明年我们准备在甘肃敦煌召开第四届年会,继续讨论这个问题。

玩也玩够了,海鲜也吃足了,会也开完了。小鹅儿也已经露过面，关于陈维高的传说也就不那么新鲜了。没去开会的打问起会议情况，去开过会的便咂着嘴说：

嗯，不错，不错。

接着，又鬼使神差地撇开会议内容不谈，而是生动地将小鹅儿的年轻和美丽夸赞一遍，还稍稍有点佩服陈维高手腕高的意思。

舆论一时半会儿还没显示出什么对自己不利的地方，陈维高不免有些暗自得意，以为自己带小鹅儿去开会这一举措十分的英明、正确。

正在这儿窃喜着呢，马利华那边冷不丁地问一句：

陈维高，听说你带了一个什么学生，常来家里上课？

陈维高心里边"咯噔"一下子，心说八成要坏菜。可嘴里边还死不承认说：

没有，没有啊！哪有那回事儿？

马利华说：

都带着去开会了，你们所谁不知道？你还敢瞒我？

陈维高一听急了：

瞎说！那是别人瞎说！谁拿到帖子都能去开会，跟我有什么关系？我是谁？我有那么大能耐？要是我可以带人去的话，我还不得先带你呀？

马利华的语气缓和下来：

我说呢，你也没那么大本事。撒泡尿照照自己，看看哪个小蜜愿意挂上你？也就是我吧，当初瞎了眼，跟上你这么个窝囊废。

陈维高心里不服，但是不敢吱声，怕话多了说走了嘴。

将信将疑之际,马利华并没有放松警惕,果断地在暗中采取了几项措施,大多是工厂的小姐妹们传授来的,其中包括:控制陈维高身上可以自由支配的人民币数额;随时检查衣领裤兜,看有否口红印、情书一类留下;每日下班进屋,先查看床单枕头有否揉皱痕迹,再立定做深呼吸,嗅嗅空气中有否雌性异味,以便取证之后一网打尽。

难的是陈维高平时不坐班,在马利华上班的八小时内他有足够的时间作案并销赃匿迹。马利华就请练摊儿时间比较机动的鸡窝头代为照看自己家门扇。

鸡窝头极其愉快地接受了任务,且尽心尽责,来敲门借酱油醋的次数越来越频了。

陈维高正在发着人生第二春,痴痴迷迷的智商只在正负零点儿之间摆动,对即将临近的危险竟一副漠然。好在现在连他自己都轻易找不到小鹅儿,就别说马利华的守株待兔了。

小鹅儿这会儿已经大红大紫,连电台电视台的都对她进行过专访。她主演的二十集电视连续剧正在重播,鱼类的话剧也不断地加演、翻新,《乌贼和她的情人们》正在抓紧排练,赞助者正是在海南会议上新认识的那个港商。

现在小鹅儿已经不需要陈老师给她写评论了,围在她身后想评她的人一群一群跟苍蝇似的,轰都轰不走。

陈维高好些日子见不到小鹅儿,实在饥渴难耐,满世界地找她,Call 她的 BP 机,报出陈姓之后便得不到回话。后来就在公用电话亭报自己是程先生、曾先生,果然得到回音。一听到是他后,小鹅儿便推说忙,没工夫到他这儿来。

陈维高对小鹅儿的情绪变化非常敏感,隐隐约约感觉到了自身价值在小鹅儿眼中的些微跌落。失望之余,魔魔怔怔地在街上转悠转悠,不知怎的,竟站在了小鹅儿的宿舍门前。

抬起手来,还没敲门,心先哆嗦上了。巴望着里边没人,自己好扭头就走。

敲了两遍,门"吱呾"一响,小鹅儿却真的出来开门了,身上披着一袭透明的睡衣。

陈维高又惊又喜,酸甜苦辣涌上喉头,说不出话,只用一双通红的眼睛如失恋青年般地死盯着小鹅儿。

小鹅儿给瞅得下意识缩了缩身子,让他进屋,回手往里一指,说:我给你们介绍一下,这位是摄影家赵相,这位是评论家陈维高。

陈维高的眼神还没适应室内光线,还没从小鹅儿身上切换过来,床后边就探出一张毛烘烘的脑袋,说:

听说过听说过,久仰久仰。

然后就潇洒地伸出一只软绵绵的手过来。

陈维高一边握手一边打量,见对方的眼神里并没有闪出跟语言同等的崇敬,就知道人家这是在客气了,也忙说:

幸会,幸会。

说着,偷眼瞧一下四周,见屋内设置与小剧场演出时的舞台设计相仿。窗帘低垂,放着小曲,灯光暧昧,床上被褥乱得极有情致。

小鹅儿款款走回床边,上床,在被子上压出一个倦慵雍容的姿势,对赵相说:

我们继续吧。

又对陈维高说：

我准备出一本个人写真集，翻译成好几种语言出版，赛过马多娜和陈冲的。

赵相就像模像样地围着小鹅儿的床，把镜头前后左右地拧。

陈维高明显觉出自己闯入者的多余，赶忙用话把自己打发掉，自言自语地说：

走向世界？很好，很好。不打扰了，你们忙，你们忙。

小鹅儿说：

照完了，还需要您帮忙呢。改天我再去找您，好不好？

陈维高说：

好，哦好。

讪讪地走出来，失魂落魄地在大马路上一遍又一遍转着圈儿。熟悉的街景像环形银幕似的在他的眼前频频再现。

人流熙熙攘攘。

“黄虫”满地乱窜。

《乌贼和她的情人们》隆重上演。

“思想者”顶着一脑门子鸟粪坐在美术馆的铁栅栏内，忧心忡忡地盯着脚下搔首弄姿合影留念的人们。

## 8

院里下来人到各个所检查反腐败落实情况，统计各个所取得了些什么阶段性成果。

这次与以往不同，一反常规，自下而上，先征求群众意见，然后再听所领导汇报。

张少中回所里来报销医药费，正被院特派员遇上，就请他坐下来谈谈对反腐败斗争的认识。

张少中这些时候一直都在百慕大三角公司那头忙着，辞不下来职，也不怎么来上班，好些日子没回所里来了。所里五次学习《人民日报》和《光明日报》，两次看《权与钱》的录像他都没赶上，思想没有及时跟得上形势。特派员一问，他还不解地说：

不是搞创收吗？怎么又反腐败了？

特派员一听，这话没法谈下去了。就知道“现后”所反腐败斗争还存在着死角。

又找来一名资深群众，老孙，问他所里还存在些什么腐败问题没揭出来。

老孙一直对陈维高的几喜临门心怀妒意，很想借机揭一揭他的腐败问题让他现现眼。可是想来想去，终归想不出他能够腐什么败。也不知乱搞男女关系算不算。可他都是自己掏腰包搞的，账面上没什么把柄可抓，让老孙白白盯了一场。

特派员又开导他，说您认为领导一级的有没有以权谋私的腐败现象。

老孙忽然觉悟到，陈维高之所以这么六六大顺，还不是所长袁鹏宠着他，总给他创造机会的结果吗？根子原来还是在袁鹏身上啊。

于是老孙就说：

唔……这个嘛,我倒是听到下面群众有些反映,说所一级领导频繁出国,一年出好几次,所里那点经费都花在领导身上了。

特派员就仔细记录下来,并进一步问:

您能具体说一说都去哪些国家了吗?是对方出资还是所里掏钱?

老孙赶紧说:

具体的我也不太清楚,我也是听的群众反映。

下一个要找年轻一点的群众。刘小枫是工会文体委员,但不算官职,没有岗位津贴,所以也属于群众一列,也给找来谈话。

刘小枫正发着愁呢。媳妇马上要临产了,请来丈母娘陪着。母女俩挤在宿舍里,他则天天挤到隔壁寝室去借宿,也不知借到哪年哪月是个头。

这一肚子牢骚正没处泄,这下可就顺嘴溜出来了:

饭都要吃不上了,我们去腐谁的败?哪儿有败轮到我们这些人腐?一看到别人腐败我就气!我就恨!可我气谁呀?我恨谁呀?还不是我自己倒霉?还不是分给我的房子又被别人抢了去了?

这些牢骚特派员都听惯了,就没必要往本子上记。

最后一个步骤是召集所级和处级领导开会,听吴有亮的汇报。

老吴说,通过这一段的自查自纠,还是取得了阶段性成果。"现后"出租汽车公司我们决定不再办下去了,设法进行转让。办出租公司,是我们贯彻政策上的一项失误。今后,我们一定要严格按照国家文件精神办事,不再私自搞大规模集资。

陈维高听了在底下暗笑，老吴你可真会拣好听的说。出租汽车公司根本没招上来司机，车都快烂到院子里了。还“转让”呢，再不弄出去，说不定当废钢铁卖了都没人买了。

真是让马利华说着了。没把钱投到所里算是对了。

可是我自己又占着什么便宜了？长城公司的债券不是亏得更狠吗？这事儿又不敢当着别人说，可真是哑巴吃黄连，打掉了牙往肚子里咽啊，倒霉的事怎么全让自己摊上了。

都是那个马利华穷张罗，小舅子的钱也跌进去不少。可人家是大进大出啊，自己家行吗？攒了几年的家底啊，全拿出去抖落去了，愣是抖落出了一个大窟窿回来。

房子现在还僵着呢。马利华答应给小舅子了，条件是让小舅子出四万块。起先陈维高觉得难开口，一家人怎么好提钱？可马利华说，不要钱，小光上大学拿什么交学费？四年四万块还多吗？

陈维高就不吱声了。

马小虎听他姐姐把条件一提，立刻就变了脸说：没门！我就拿我妈的户口顶了。你们看老太太还值个四万块不？

丈母娘说：二虎子你怎么这么浑哪，我咋养了你这个孽子？

二虎子说：妈，您别净向着他们。我看着他留房子领哪个相好的去住。

陈维高心里一激灵，脸上又红红白白的不是个色儿。

马利华的监督取证工作进程比较缓慢。埋伏了数日，也不见有什么结果，致使她的斗志渐渐松懈下来，甚至对鸡窝头也产生了几丝厌烦。心说就你这骚娘们事儿多，你们没搬来住的时候，我们家的日子不也是过得好好的吗？

就在她快要撤除警戒之际，鸡窝头突然给她班上挂了电话，说看见那个小×毛刚从一辆“面的”里下来，眼看着上了你们家楼了。快回来吧，一逮一个着。

马利华急急忙忙请了个假，出了厂子。一想，坐公共汽车折腾到家要两个小时，怕是来不及了。狠了狠心，破天荒地举手拦了辆“面的”。心说，反正我是豁出去了，那小婊子能打着车去偷人，我还不兴也打一把车回自个儿家？

大上午的，路上就一个劲儿地堵。花了揪心的二十八块钱才算急火火地到了家。鸡窝头正站在楼门口忠实地候着呢，一见面就说：两人前脚才出去。我这份急哟，守了俩小时啦，干多少次还干不完？

马利华很生气，不知道是气鸡窝头还是气自己。搭讪几句，也没让她进屋，自己一个人进去把门扣上，然后猎狗一样嗅着，开始在屋里细心搜索。

越闻越有一股淫荡味在屋里飘。床单虽是平的，可怎么看怎么像是刚睡过的样子。找啊找，功夫不负有心人，最后终于在沙发缝里找到两根长发。

可算是让我抓住啦！这些日子的心血总算没有白费啊！

马利华一屁股坐了下去，对着窗户莫名其妙地发起呆来。

此时此刻，陈维高正领着小鹅儿在西餐厅里吃着激情过后的平静午餐，从头到尾饮食男女完完全全地享受了一回。

冷饮。热狗。苦咖啡。

小鹅儿消费得心安理得，津津有味。

陈维高只顾盯着小鹅儿光洁的小脸，细细品味着什么叫作秀色可餐。

小鹅儿优雅地擦着嘴角问：你不吃？在国外吃腻了吧？

陈维高没答话，用小勺慢慢搅动着杯子里的咖啡。苦香苦香的气息顷刻溢满了整个喉咙。

在国外？哼，在国外，我把我自己当成个人了吗？吃方便面，穿黄胶鞋，硬挤、硬勒，拼命省钱。买书，买资料，往回扛电器。年轻人还可以拉下脸来打黑工去赚，自己不行，舍不出那张面皮。结果就只有苦着肚皮。

胃病就是在那时候打下了坚实的基础。

别人一次扛回来四大件，他却只带回了一大件及一箱子超重的书。

那一大件，让他横遭了丈母娘全家好长时间的白眼。他们一直巴巴盼着他回来分享礼物。

那一箱子书，却很快给他找回了脸面，让他借此在学界迅速抬起头来。

这一辈子啊，自己仿佛就是烤箱里的热狗，翻来覆去地烤炙、煎熬着，摆脱不掉，休想摆脱得掉。

那么艰难，可是又那么廉价。为什么？到底为什么？

吃过饭，跟小鹅儿分手。往回走的路上还在不住回味着小鹅儿偎在自己怀里时那张甜蜜的笑脸，搜肠刮肚地想着合适的词句，为小鹅儿的《写真集》作一篇长序。他已答应她一周之内写出来了。

回得家来，一推门，见马利华破天荒地提前回了家，浑身的肌肉立刻绷紧了，好像闻到了大战来临之前的滚滚硝烟味儿。

马利华见陈维高满脸放光地进来，更加肯定他已经跟那个小妖精睡过无疑了。这些天来寻寻觅觅的辛苦以及取到证据之后的失落一齐化成愤怒的火焰，从鼻子和嘴里同时往外喷，连开场白都省去了，“嗷”的一声就扑了过来。

陈维高自觉心虚，慌忙往旁一躲，嘴里还嘟囔着：有话好说，有话好说，你发什么疯啊？

我是发疯，偷人都偷到我家里来了我还不发疯？

又在瞎说了，又听谁瞎说？

你还敢说我是瞎说？你看看这是什么？

马利华亮出了那两根宝贵的黑发：

这×毛总算是让我抓到啦！刚过了几天好日子呀，看把你烧的，别的什么都干不了，倒是有那份臭能耐，还挂上了演戏的小婊子、小淫妇……

马利华不骂陈维高，而是挑最恶毒的话使劲骂小鹅儿，把所知道的最能糟践一个女人的话语一股脑全泼在小鹅儿身上，以此来撕扯陈维高那不很健全的神经，猛烈损毁他那脆弱可怜的自尊。

那一声声不堪入耳的叫骂，仿佛是一道道鞭子，正在将陈维高心中最美好、最神圣的东西抽打。他的心在凄厉地号叫，然而他的躯体却没有勇气站起来，在妻子面前替小鹅儿辩上几句。

陈维高只默默地坐着，像一根空心芦苇，在突然袭来的飓风中，毫无抵抗能力地摇摇欲坠。

马利华横骂竖骂，把自己的肺都要气炸了，陈维高却蔫不唧地一点都不回嘴。这让她觉得很没意思，报复心理并没有得到满足。

于是她就愤愤地走了过去，抓起桌上未写完的书稿，一把就给撕成两半。

通常马利华是不撕稿子的，平常也就是吵到摔砸个锅碗瓢盆的程度。稿子就是陈维高的命。他全凭这玩意儿安身立命，撕了，就等于抽走了他的命。她还是不轻易要人的命的。

可如今，眼看着自己一手培植起来的男人变了心了，跟了别人好了，那还怜惜他的命干什么？

随着“嘶——啦”一声响，陈维高果然“嗷”的一声跳起来，红着眼珠子来抢稿。

马利华紧紧握住不撒手，狞笑着撕了一半又一半。那声音让她听起来倒是有了几分复仇的快意。

陈维高夺不下来，捶首顿足地叫着：

你……你……

马利华一扬手，来了个天女散花。撕碎的纸片纷纷扬扬向陈维高的头上打去。

陈维高嘴唇哆嗦着，手指着马利华，半天没说上一个字来。

马利华心满意足地哈哈大笑。

陈维高手捂胸口，痛苦地弯下腰去，“吧唧”一头栽倒，不省人事。

## 尾　声

小舅子马小虎领着一群保镖乘坐“奔驰”,浩浩荡荡开向所里。众保镖们喊着“威——武”,鱼贯而入,站定,闪出一条道儿。马小虎手拿“大哥大”上场,亮相,用低沉浑厚的胸腔共鸣说:

我操你们“现后”所的大爷! 陈维高他不想当我姐夫了,都是你们把他惯的。我看哪个再敢护着他,我连你们一块打丫的。

说罢,一挥手,龙套们在室内转了一圈儿,齐下。上车,扬长而去。

所里人很不以为然。都什么年代了?(后现代!)还打着离婚。嚓! 无聊,没劲,俗。

同志们照样去医院探望陈维高,送住院费,送三联单,嘘寒问暖,关怀备至。

老吴说:

老陈啊,你安心养病,不要着急。室里的工作,已经由刘小枫暂时替你了,这也是培养跨世纪接班人的需要嘛。

老袁说:

什么时候往方庄房子搬?说一声,所里出个车,让小王帮着把你自己的东西搬过去。

吴妍艳说:

陈老师,鹅儿姐的《乌贼》演得可轰动啦,您看过没有?

陈维高跟过了电似的痉挛一下。

老袁忙把吴妍艳拉到身后,说:

啊,童言无忌,童言无忌。

来探视的人出出进进,都不是陈维高心中最想见的那个。

陈维高围着楼道里的电话机转。铃响了,他一下子跳起来,伸手欲接,护士过来,一把抢过去,白了他几眼。

护士对着话筒有滋有味地聊着天。陈维高一副痛苦无助、六神无主的表情。

暮色苍茫。陈维高在病号服外套了件西装,躲过护士,贼一样溜到病房门外。招手,“面的”载他直奔小剧场。

剧场外人头攒动。几个“黄牛”在倒着高价票。巨幅广告上画着小鹅儿一张生动的脸。“乌贼和她的情人们”几个大字鲜红如血,分外耀眼。

陈维高走到门口,掏出工作证对把门人说:我是女主角小鹅儿的指导老师,请让我进去。

把门的说:你是她大爷也得买票。

胖子正好路过,认出他就是在小鹅儿宿舍一块儿喝过酒的陈老师。胖子过来领他进去。

舞台中心,偌大的水床,耀眼的灯光,乐曲《潜水姑娘》。

女主角小鹅儿脱去了三点式,相应部位用各色油彩涂抹,张动浑身触角,做乌贼游动状。

她的众多情人们亦相同装扮,环绕、抖动,做追尾状。

台下,百十名观众屏住气息,脸色潮红,瞪大眼睛欲看究竟。

陈维高目不忍睹,闭上眼睛,一阵晕厥。

美是无法与人共享的啊。

看来我是真的有点老了啊。

悄悄溜出剧场大门，踉踉跄跄地在风里走。

一辆“面的”捡起他，拉回医院。

护士在门口训斥他。陈维高神色黯然，什么也没听见。

进了病房，刚刚躺下，有人敲门。儿子站在屋门口。

儿子这些日子又蹿个儿了，长出一圈毛茸茸的小胡子，让他感到陌生。

儿子也不进来，倚在门框上，用憎恶的眼神盯着他。陈维高无地自容，身子颓然缩成一团。

看着仿佛苍老十岁的父亲，儿子眼里的憎恶渐渐熄灭，慢慢涌出几丝怜悯。

他低着头走过来，拿出提兜里的饭盒放在桌上，说：

这是妈让我送来的。

陈维高颤巍巍地打开饭盒。韭菜三鲜馅饺子，还在冒着蒸腾的热气。过去岁月的香味，顷刻之间扑鼻而来。

两行浑浊的泪水，沿着陈维高凹陷的面颊，悄无声息地滚落。

1993年10月于京西浴风阁

# 白　话

## 1

“同志们，在座的青年朋友们，大家辛苦了。”

我以“青年点”组长的身份，把归我管辖的十几头兵召集到一起，总结下乡锻炼一个多月来的工作。

“下来这么久了，我们还处在孤立状态，没能和当地群众打成一片，同志们议一议，症结究竟在哪里。”

“我们层次太高了。”王京东首先发难，“以前那些下放的知识分子，最高的也只得过学士学位，我们这里却是清一色的博士和硕士，所以很难同当地人民在同一基准上对话，无法沟通思想……”

“听出来了吗听出来了吗？典型的小资产阶级知识分子腔调，一派自以为是、高高在上的意味。”博士在一旁打断王京东的话。

王京东的脸色变得很难看：“博士，尽管你是我们这一群中唯一的博士，总有鹤立鸡群的良好感觉，但是你应该比我们更清楚，学术论争不允许扣帽子打棍子，提倡百家争鸣……”

“刚刚开了个头就窝里斗起来了。借学术论争互相贬损人格的传统还不应该在我们这代知识分子手中摒弃吗？优点没学多少，倒把痛打乏走狗的风格全继承下来了。”我拦住他们俩。

“说了半天,你们根本不知道症结在哪里。”小林丫头把我台灯座上插着的我老婆的照片反复端详着,不住地开关台灯,弄得我老婆充满微笑特写的脸上忽明忽暗,黑一块白一块的。

“你们都想想,你们都在用什么语言说话?书面语!难怪不能获得大众的认同,不能被接受被理解,反而被人民当成国宝似的远距离地欣赏和品味,实在是因为这一群人已丧失了用口语表达自己思想感情的能力。”

众人听了,不觉一怔。会场上出现了暂时的寂静。稍许,只听见“啪”“啪”拍脑门子的声音此起彼伏,个个如醍醐灌顶:

“对呀对呀,我们怎么没想到?”

“到底是语言所的,一语中的。”

“问题的端倪一显露出来,我的心情平静了许多。”博士沉思着,“这些天来,我跟工农相结合的愿望很急切,但是总无法落实到行动上。我心里十分痛苦、十分焦灼。我跟所在锻炼单位的同志们对话时,他们显得非常沉寂,都用一双双仰慕的、空洞的眼睛望着我,我每每说出话来,都变成了引不起任何回响的乏味的独白。”

“没错,我也被同类问题烦扰过。”王京东摩挲着自己的后脑勺,“我苦思冥想了许久,检查了自己向工农学习的思想态度和谦虚程度,发现都不存在什么问题。我没有想到是语言造成了信息交流系统的障碍。”

“那么我们现在应该怎么办?”李扎西尔汗的眯缝眼中透出迷惘的神色。

“改用白话。在日常生活中,摒弃书面语,改用口语交谈。”小林提出建议。

“对对，这就好了，这就好了。”众人一致附议，“我们立马就改。”

“就是嘛。”小林语气中透着股文章发表后引起轰动的得意劲，“当年咱们的大师们费了多大劲才掀起一场白话文运动，让人与人之间交流不再“之乎者也”地拗口，想骂人想夸人都能不假思索脱口而出。咱们政府呢，左一次文字改革右一次文字改革，把繁体字改成简化字，去掉多余的笔画，恨不能只剩了偏旁，又顺应咱们眼睛左一个右一个横向分布的要求，把竖版改成横版，为的什么呀？你们说，为的什么呀？”

“我们太对不起国家了。”李扎西尔汗沉痛地说，“六七十年了，怎么又回到老路上去了呢？之乎者也是不用了，但是新添了外来语和长句式，难度似乎比古汉语还加大了许多呢。你们汉族，真复杂。”

“其实，连我们自己也觉得滞重、生涩。”王京东很伤心，“但是，这是当今的时尚啊！不这样，我们还哪有资格在社会科学界占有一锥立足之地呢？……”

我果断地打断王京东：

“一种时尚的形成，并非仅是一两个人的兴风作浪，而是千百万人推波助澜的结果。所以，在座各位都有推卸不掉的责任。有必要把被扭曲的风气再重新扭正过来。当务之急，是尽快打通跟当地人民思想感情交流的渠道，掀起一场白话运动。”

“我没问题。”博士说，“本来我就是劳动人民出身。我家三代务农，房无一间，地无一垄，到了我这辈才祖坟冒了青烟，出了个读书人。俗语、俚语、歇后语、口头语我全会，赵本山也得甘拜下风。只不过这十几年憋在学校里没有个尽情宣泄的语境氛围，我随时都能返璞归真。”

“其他人哪？有什么问题没有？怎么说也都是生在红旗下，长在蜜糖中的一代，全是靠劳动人民辛勤的汗水养大的，不至于就忘本了吧？”

众人一致说：“没问题，没问题。就凭我们的智商，那么多次考试都挺过来了，再高的学位也敢拿到手，白话嘛，小事一桩。给我们几天时间复习复习，突击一下。”

“京东，你怎么样？”我不无疑虑地问，“你出身比较高，说老百姓的话难度大点吧？”

“十年动乱时没事干，也净跟街上的孩子们野来着。再粗的话也听过，就是有时说不出口。”

“不要紧，慢慢适应。”我又转向李扎西尔汗，“你哪，小李子？”

“我使用什么白话好？”

“当然是汉族的。”

“越粗越好吗？”

“胡说，越通俗越好，越平白浅易越好。通过交流，最后要达到心贴心、肉连肉，你中有我、我中有你的境地。”

我站起身，挥了挥手：

“同志们，大家马上分头行动吧！希望你们尽快进入角色。”

“是！保证轰轰烈烈，扎扎实实。”

众人满怀信心地散去。

## 2

博士总以为他自己比我们这帮硕士高出点什么，经常没事找事儿，非得惹出些麻烦来才肯罢休。他本该跟讲师团一道下乡扶贫，正巧那会儿他老婆生孩子，他就死活赖着没走。但是躲过了初一，躲不过十五。所里要安排他出国进修，就因为缺少这一课，被院人事局给卡下来了。他这才得知利害，怏怏不快地跟着我们这一批人发配冀中农村。来了不到两个月，他就偷跑回京四次，好像只有他怀念妻儿。

如果他光是关在屋子里跟老婆缱绻缠绵柔肠寸断倒也罢了。他偏偏在研究生院里乱晃，挺粗壮的腰身，到哪儿都显眼。而且每次还都跑回所里去胡侃，就那么一幢大楼，谁都瞧见了。

这是一个既主张论资排辈又强烈渴望机会均等的单位。于是就有人愤愤不平，电话里质问人事局：你们逼我们所把该下放的人都赶尽撵绝，××所的××为什么仍在楼里出没？人事局局长有些尴尬，做了一些搪塞性解释，然后一个长途打到下放总部，责成带队的伊腾处长严肃查处此事。

伊腾处长带着晴转多云的脸，坐着大“红旗”轿车，呼呼呼从另外一个县直扑过来。

倒退个十几二十年，大“红旗”可就像今天的“奔驰”一样身份显赫。虽然已时过境迁，多数车已遭淘汰，但还有个别的仍在岗位上鞠躬尽瘁，余威不减当年。尤其是在小县城里，谁也猜不透车主人的身份，那些“丰田”“大众”“吉普”“手扶”都纷纷让路。院里把这种车派下乡供我们领队驱使，足见其良苦用心。

李扎西尔汗在县城东头那个检查站，向过往车辆收费。这一地段公路是本县人民自筹资金修建的，所以，私下里收点买路钱也属正常“创收”。

小李子没发育充分的身体裹在肥大的交通警服里，屁股后边还挂了根电棍，一副非驴非马的打扮，镜片后边的一对小眼睛怯生生地叽里咕噜不着边际地游移，不敢跟司机对视，一点没有占山为王的横劲。他的声带好像还没变完音，尖里尖气的，强吼着嗓子装腔作势：

“站住！哪部分的？”

“你是干啥子的？”司机斜睖着小李子。

“我……”小李子嗫嗫嚅嚅，舌头不大好使，回头求援似的寻找交通队的同伴。那个黑红脸膛的同事收完另一辆车的款，迈着方步走过来。

“他是干啥子的你还敢问？告诉你，他就是专门干你的。你哪个县的？再嘴欠别说我罚你。”

“是是是……”司机边掏钱边纳闷地瞟着一旁幸灾乐祸的小李子，感到非常困惑。

“李子，累了吧？进棚子里歇歇，忙乎一上午了，喝口水。”

“不好意思累。”小李子操着一口地道的少数民族汉语。

“李子，听说你是研究什么‘叔’的？”

“民俗。”

“你看俺们这哈儿有民俗没?”

“我不研究汉人。”

“那没用了。俺们县连一户少数民族都没有,有两户满族早在清朝一灭就改汉族了。”

“没有关系。我研究自己。”

“派你们到俺们这哈儿来干什么?”

“向群众学习,锻炼思想。”

“行。学吧,练吧。俺这哈儿从来没有过大学生截道的呢。”

“报告队长,鬼子进村了。”小李子在电话里尖声尖气地喊。

“一共来了多少人?”我忙问。

“除了伊腾,还有司机阿健。”

“知道了。继续监视。”

“是。遵命。”

放下电话,我感到全身一阵紧张,头皮直发麻。以往伊腾都是在电话里布置工作,月底再将各县青年点组长召集到总部所在县,通通情况,汇报总结。今天连个招呼都没打就突然闯来,其中必有蹊跷。

我给凡有我们人在的单位都通了电话,告诉大家晚饭后一律不准到处走动,原地待命,最高指示正在途中。

电话刚放下,伊腾领队已经一脚跨进了门。跟办公室的人打过招呼,我把他让到隔壁临时给我间壁起来的宿舍。

“苏凡,博士回北京跟你请过假没有?”伊领队一开始就黑着脸。

是博士惹事了。我松了一口气,甚至有点幸灾乐祸。他妈的会跟我请假?什么时候他把我放在眼里过?不如借机会整他一回,让他总目中无人!

“没有。我不知道他回过北京。”

话一出口,我又有些后悔。都是离了娘的孩子,何必相互残杀呢?保护同志要紧。

于是我赶紧补上一句填补的话:“博士有严重的胃溃疡,需要不停地吃‘三九胃泰’。乡下医院没有这药。”

“据我们调查,两个月中他回北京四次,不是单位派的公差,也没经组长和领队批准,影响很坏。”

“是……这样?噢,这真是我的失职,平时对他关心不够,工作不够细致。”

“你准备怎样处理这件事?”领队投来征询的目光。

若是以为他真在征求我的意见,那可就太傻了。要征询也早在电话里征询了,何必还跑这么大老远?他那眼睛后面藏着的狡黠,早就被我一眼看穿了。人家领导这是考验我玩呢。

我也不含糊:“先找他本人对证,批评教育,依照他认错的态度进行处理。尽量做到杀一儆百,重点是杀鸡给猴看,提高革命队伍的组织性、纪律性。”

“好,立刻召开全体会。”

“我马上就去通知,顺便让食堂大师傅给炒俩好菜,晚饭您就在我们这儿凑合一顿。真的,伊领导,别的县的饭您都吃过了,就没在我们这儿吃过,您可不能太偏心眼儿,净向着别人。”

“好好好,就这么办吧。”伊腾处长的脸上终于浮现出一丝难得的笑意。

我又打了一圈儿电话,吩咐各人把吃饭的家伙都带上,路过小酒馆时每人再捎来一两个菜。我又特别叮嘱博士:你的罪行已经全部暴露了,摆在你面前的只有一条路——坦白从宽。而且你引狼入室,我们成了表现不好的青年点,领队说以后要常来关心我们。谁再想逃跑超假不归之类的都已不大可能。博士你说,你净顾自己享乐,你对得起我们这些拴在一个藤上的苦瓜吗?

博士在电话里还大大咧咧地满不在乎,大着嗓门嚷:“苏凡你放心,待会儿我去跟伊领队讲清楚。我一人做事一人当,绝不连累大家伙儿。我理由充分,看他伊腾能奈我何。”

“那好,我们拭目以待。”我就知道说多了也没用。要不广告里怎么说:戴上博士伦,傻极了,舒服极了呢。

晚宴兼工作餐在我所在的广播局办公室里举行,桌上摆满了大小规格不等的饭盒和搪瓷盆儿。食堂仅有的八个碟子也被我借了来。数了数,鸡鸭鱼肉竟也凑全了。还有一小盆儿城里很难见的炸小虾,通红通红的,煞是可爱。整个桌面上洋溢出一种富裕之后的小康气氛。王京东和阿炳甚至还搬来一箱北京啤酒,正宗冒牌的北京五星啤。

一行人都为有借口扎大堆吃一次大锅饭而兴高采烈,胃口大开。伊领队也没想到宴会如此隆重，显然受了几分感动，也不大好意思立即质问博士，扫大家的兴。于是官民同乐，乐不可支。

我提议，先敬领导一杯，为了咱们有缘千里来相会，无缘见面不相识。伙伴们，举杯啊。于是叮叮当当一阵磕碰的乱响。

博士紧跟着又站起来，举着杯子说："伊处长，多亏了这次下放让咱们认识了，要不然，您永远是人事局摆弄我们玩的领导，我们永远是各个研究室的让您拨拉来拨拉去的小小研究人员，只有档案袋里的照片跟您认识，没有谋面的机会。这次我们算是见到您的真人了，真是'渡尽劫波兄弟在，相逢一笑泯恩仇'。我家里的大哥就是您这个岁数，您得允许我叫您一声大哥。大哥，小弟敬您一杯。"说完一口气喝光了大茶缸子里的酒。

伊腾并不为博士一通驴唇不对马嘴的胡拍所迷惑，面带微笑，不温不火地盯着博士："博士，你要真叫我大哥，我还真不敢答应，我不敢消受有个博士弟弟。这样吧，我让阿健替我喝了这一杯，咱们就算是朋友了。是朋友，你可就不能给我拆台……"

我在一旁急得恨不能上去抽博士两个嘴巴。马屁没拍好，反倒惹火烧身，伊腾马上要跟他单练，我煞费苦心下了这么半天的套儿不白费了吗？

情急之中，我捅了捅身边的李扎西尔汗，撺掇他给领队敬酒，赶紧接上这个捻，封住伊腾的嘴。

小李子特实在，把领队的杯子和自己的杯子都倒得满满的，双手举着，诚恳地说：

"伊领导，我今天终于见到您了，真是非常非常幸福。我父母年轻，我是老大，没有哥哥，您应该是我的长辈，就让我叫您一声大叔吧！伊腾大叔，您刚才喝了博士的酒，您现在也应该喝我的酒。不喝，就是嫌我小，看不起我，我要先干为敬啦。”说完一仰脖，酒杯见了底。

伊腾抵挡不住心底涌起的当了“大叔”的激情，端起杯来抿了一小口。

“不行呵不行呵。”众人嚷，“感情深，一口闷；感清浅，舔一舔。”

接着我一个个地点名，让十几人轮番先干为敬。伊腾处长渐入佳境，脸上泛起潮红，鼻尖沁出细密的汗珠儿。

“博、博……士，”伊腾的筷子直指着坐在对面的博士的鼻子尖，“这样一个紧密团结的集体，全被你给搅……搅和坏了。”

众人一怔，全盯着博士。

“当着这么多人的面，我都不、不好意思深说你。你、你、你自己说清楚，偷跑回京几次，回去干、干、干什么……”

众人紧盯着博士。

博士脸不红，心不跳，成竹在胸：

“处长，是这么回事，我牵头搞了个课题，正在申请国家社科基金。马上要审议了，我回去到我导师和其他评委家里活动活动，找名人写几封推荐信……”

“啪!”伊腾一巴掌拍在桌子上，震倒了几个酒杯，把似醉非醉的几个人都吓醒了。

我的心狂跳不止。完了完了完了，我怎么忘了在电话里跟博士统一一下口供？傻瓜博士，你怎么就不说你胃溃疡、胃痉挛、胃出血、肠扭结，吃不下饭睡不着觉，医生让动刀子你都推说没时间迫不及待地赶回乡下继续锻炼？救死扶伤、同情弱者，人皆怀恻隐，你怎么就一点不懂？

“你以为你是博士，就你有课题？你的科研工作重要，下放锻炼思想就不重要了？半年前就跟各个所打招呼了，下放人员在农村期间一律不在所里给安排工作，专心锻炼。怎么就你一个人特殊？”伊腾一教训人就特兴奋，额头青筋突突跳着，舌头也变得非常利索。

众人有些发蒙，一时鸦雀无声。

“我告诉你，苏凡跟我请假回去参加所里的国际会议，我都没准假，人家也没偷跑回去。小林到荷兰访学的通知都来了，硬让我给卡住了。我说过，这个口子不能开，要不去，就都不准去。你比别人多什么？你们比别人多什么？缺了你们，国际会议还不是照样开？国还不是照样有人出？地球还不是照样转？”

众人听着，耷拉下眼皮。有人翻白眼儿，吐舌头，耸肩膀。

“思想认识不正确，干什么都保准走到邪道上去。出国准是走了就不回来，搞出课题来也是个自由化。博士你是不是以为你的课题很神秘很新颖，意义重大，填补空白？别自以为了不起，没有你的课题，你看看你们所还能不能办下去，国家社科基金还能不能发下去？还真反了你们了！我在部队当政委时，我说个一，哪个战士敢说二？我就不信社科院不能步调一致。政府每年拨那么多钱养着你们，你们扭过头来就骂政府，真是养了一群白眼狼。”

一片寂静。众人面面相觑，搞不清伊腾上下一番话的逻辑联系，一时不知如何插嘴。

“谁都鼓吹自己研究的那玩意儿是天下第一，都想给社会开药方，整治一把社会，就凭你们这些人？兜里揣着护照签证机票闹革命，捅一炮就跑的那副德行？吓，跟我们脑袋别在裤腰带上闹革命那会儿能比吗？”

“比不了。”终于有人敢小声嘀咕。

“国家养你们，就是要展示咱们的文明发展程度，凡是外国人能达到的水平，咱也能达到；凡是外国有的，咱们也都有。你们起的作用，就像橱窗，橱窗砸碎了，货还照样卖。缺了你们，咱国家机器还照样转，文明照样向前发展，咱还有国务院外文局大使馆，一样搞文化交流友好往来，照样制定国民经济计划人口控制战略。就欠解散社科院，让你们都去自谋职业，我看你们还怎么衣食无忧、高高在上。”

“是是，大哥，我们都太把自己当成一回事儿了。”博士没想到自己原以为很充分的理由，会引发伊腾这么一通虎威，也有些思路跟不上，被震慑住了。

“说实话，博士，我羡慕你们有那么高的学问。我十几岁就去当兵，没赶上好时候，我也在北大待过，北大还有我不少学生……”

“噢，噢，”众人感到惊奇，“我们在学校时怎么没见过您？”

“早了，三支两军的时候……”

“噢，噢，”众人一致感叹，“我们生得太晚，无缘瞻仰您执掌教鞭。”

“大哥，听您一席话，胜读十年书。今天我脑子里算是彻底透亮了。”博士急切地表达着自己的新认识。

“大哥，咱们现在更是亲上加亲了。我对不住您，我错了。我太自私，自以为是。申请社科基金还不是为了弄几个钱多出几次差，多给自己复印点资料？我那个项目就是不搞，对国家、对集体都不会造成任何损害。我无组织、无纪律，平时在所里散漫惯了，认为到了乡下还可以像在所里时天马行空无拘无束。您狠狠批评我吧，也请同志们批评并帮助我。我从小出身也挺不错的，自从堕落成一名知识分子后，就染上了一身的坏毛病。我一定要彻底改造思想，虚心接受再教育。大哥，您要是原谅了我，就让我再敬您一杯。不喝，您就是不原谅我。”

“原谅他吧原谅他吧。”众人附和着，“喝吧喝吧。”

“看在大家求情的分上我就不再深究你。”伊腾说，“好在你认识错误的态度还比较诚恳，你和苏凡一人写一份检讨书给我，我回局里汇报。记住，虽然你们分别来自各个所，互相不认识，但到了乡下后，就是一个整体，一人出了问题，大家都有责任，尤其是苏凡，我首先拿你是问。”

博士歉疚地看了我一眼，我狠狠地把他给瞪了回去。

夜半时分，我们搀着伊腾和阿健摇摇晃晃地走向县委招待所。一阵小风刮过，伊腾“哇”的一声在路边吐起来。

第二天一大早我赶到县委招待所，伊腾和阿健已穿戴整齐在看报纸，等着我来跟他们话别。

伊腾忧心忡忡地问我：“苏凡，我昨天是不是喝多了？说了一些不得体的话？”

“没有没有，绝对没有那么回事儿。”我十分肯定地回答，“昨天您跟阿健早早就走了，我们那些人一直喝到天亮，都糊涂了，全不认识自己是谁了，到现在还没醒呢。我是早晨起来解手，看见‘红旗’车还停在广播局院里，才想起您来过，这才来见您。”

“哈，这就好。博士怎么样？认错态度还好吧？”

“他醉了，什么都弄不明白了。”

“忘了告诉你，让博士写一份检讨，你也写一份，我回局里汇报。别担心，你那份我不会转交。我是帮你提高在众人当中的威信，让大家感到你替大伙儿承担责任、受苦，让他们过意不去，也就不好意思轻易犯纪律了。”

“谢谢您了。”

## 3

我骑上车子，去各处送报表。上级要求我们总结一季度的工作量，要看看我们为地方人民做了哪些实事。

先去教委找王京东。他正一个人闷在屋子里打棋谱，一见我进来，一把就给拽住了，就像是见了久别的亲人。

“苏凡，快点陪哥儿们杀两盘，这两天我手痒得要命。”

“我坐不住，还要送表去呢。不是说有个办公室副主任专门负责你的饮食起居，陪你吃喝玩乐吗？在哪儿呢？”

“让我给打发掉了。什么呀，像个老娘们儿似的整天跟在我屁股后头，一会儿问我对伙食满不满意，一会儿问我还有什么要求。想看会子书吧，他就在我眼前晃来晃去的，隔五分钟一问，需要他干什么。跟他玩两盘棋嘛，又臭得要命，都让了他九子了，还输，你说烦不烦哪？”

“你小子是身在福中不知福哇，咱们下来的人，就你这儿是县团级待遇。”

“算了吧，难受死我了。虽然咱有好吃懒做的缺点，但知识分子的良心未泯，无功受禄，浑身都不得劲儿。后来我跟老主任讲了，我们是工农子弟兵，是同一个阶级，来到这里就是要跟工农打成一片，练思想、练红心，找回原来的我。我诚恳请求您别再不把我当自己人，别再把我往咱阶级队伍外边推，您就把我当成普通干部使用，把我放到工作第一线，在大风大浪里锻炼成长。您就给我加任务，压担子，考验我吧。”

“人家接纳你没有？”

“当然。我一通白话，特诚恳，特谦虚。老主任听明白了，被我深深打动了，说俺们觉得你是北京派来的，又是比大学生还有学问的人，俺可得好好伺候着，将来回去替俺们这哈儿说点好话，让上边多拨点教育经费。”

“你看你看，以前你一定装模作样打官腔吓唬人家来着。”

“屁官腔。我说的一口地道的北京普通话，他们认为北京话就是官话。其实真正当官的没一个人说北京话。”

“分配你做什么了？”

“去中学帮助监考。然后搞试卷分析，研究一下全县这么多年怎么就没有考上大学的，让我帮着押押题。”

我把表格给他，让他两天之内一定填好。

"别下棋了。实在没事干，跟我一起去转转，我一个人走也怪没意思的。"

"好哇，正好晚饭没着落呢，到谁那儿蹭一顿去。"

我骑车带上王京东。到了县委大院门口，我让他下来在门口等我，我去宣传部找小林。

小林不在办公室。宣传部部长殷勤地给我让座、递烟。我一边点烟一边问小林在这里表现得怎么样，请部长不要把她当外人，就当成手底下的兵使用，发现她有缺点就不客气地帮助改正过来。

部长听了连连摆手："哪里哪里，苏组长，你太客气了。我们正想建议你们领导表扬小林呢。她来的时间不长。干的工作却不少，把领导的讲话稿写得又快又好，庆'三八'、庆'五一'、纪念'五四'、抓计划生育、搞好麦收、乡镇企业治理整顿……你看看，写得有文采，字儿也好看，连庆'十一'和庆'元旦'的讲话稿都写好了，都存在这儿呢，随用随取，我们再也不怕临阵磨枪手忙脚乱了。真是人才啊！我们实在没什么任务派给她了，这不，我给她放了假，让她自己去熟悉一下乡下生活，想去哪玩，想到哪儿看看，我们都提供方便。"

我下楼到后院平房找小林。她正拿着一小瓶肥皂水，用笔管教一个小孩吹泡泡。小孩子一边使劲往回吸鼻涕，一边儿鼓起腮帮儿吹。五颜六色的肥皂泡在太阳下面飞舞着，劈劈啪啪地一个个爆破了，有一个泡泡正爆在小孩子脸上，小孩子露出长出不久的两颗门牙喜滋滋地笑，小林也拍着手哈哈笑着。

我忽然觉得心底有什么东西被这幅图景深深触动了，不由得停住脚，呆呆地看着。

小林回头发现了我，笑盈盈地跑过来。我把表格给她，说明来意，并提醒她做工作要有计划有步骤，文秘工作不同于学校里边的考试，谁提前交卷子能给多打点印象分。要悠着点拉长了干。

“我的话你可明白？”

“不明白。”小林咬着下唇，困惑地摇了摇头。

听说我还要到各处送表格，小林缠着我要跟着一道出去转。我让她去借车，我和王京东在大门口等她。

我们仨人在柏油路上骑了几分钟，很快拐上了土路。在坑坑洼洼的小道上乱颠一气，拐过一大片麦田，然后进了农机站。看门老头儿挺热情地打着招呼：“嗬，大学生来啦？快进去吧，博士在里头呢。”

博士正躺在床上读一本小册子。见我们进来，忙起身招呼，拿出一盒速溶咖啡，转着圈儿地找杯子。自从伊腾训了他之后，他跟这群人融洽了许多，尤其是对我，总怀着歉意，总想找机会弥补一下。所以再见面，总是“哥儿们”“哥儿们”地叫得热乎。

刚刚坐稳当，小林在一旁叫了起来：

“哟，在看《干校六记》呢，是不是想仿而效之，来个七记八记的？”

“哪儿的话。那是我在北京书摊上偶然看见的。都邪了门了，这种书跟王朔的小说摆在一起，畅销得很。再加上一本《围城》，城里头这三种书如今卖得最火。”

“你没看看都是些什么人买?”

“我在学院路那边转了几个摊,都是有文化模样的人买,尤其是大学生买的多。”

王京东翻着博士床头的一大堆书,发现都是些文人小说:《绿化树》《男人的一半是女人》《神奇的土地》《大墙下的红玉兰》《洗澡》……

“你说咱们国家的知识分子是不是欠改造?”王京东稀里哗啦地翻着书问博士,“十几年不下放了就皮紧,就怀旧,把下放的岁月描绘得如诗如画、如火如荼,灵魂净化,醍醐灌顶。让他一直待在城里就觉得特失落,特惆怅。咱政府也是捉摸透了这些人的脾气了,尽可能地满足这帮子人想要下去脱胎换骨的要求。”

“可不是嘛。”小林附和王京东的话,“有一阵子大学生们全被书中情节感染了,宿舍里到处都唱:马樱花,马樱花,风吹雨打都不怕,快快让我去找她。”

“你瞧瞧你瞧瞧,犯贱嘛不是。钱锺书拿知识分子的劣根性开涮,咱也就忍了,同一个圈里的人,互相扯个皮揭个短窝里斗的事儿也属正常。偏偏那个痞子也动辄拿咱文化人开心,变着法儿地把人骂得特损,可还真就是知识分子买他的书,看得津津有味,你说奇怪不奇怪。”

“你们不懂,”博士说,“这正是知识分子的优点。叫骂自归叫骂,我行我素。再说骂也不是坏事,正是从反面帮助咱们改正缺点。”

“这些小说是从哪儿折腾出来的?”我问博士。

“从县文化馆翻出来的。”

“想出一套改造文学集呀?”

“看着玩儿。探讨一下知识分子到了我们这一代脱胎换骨到什么程度了。”

“就属我们结合得彻底是不?”小林问,“我们连语言都改了。你们想想,人之所以成为人,从其他动物里脱颖而出,还不就是因为有了语言。我们真是从根儿上改了呢。”

“没错。”王京东说,“前几代知识人没能认识到这一点,所以结合得不彻底,夹生了,硌牙。到了末了,还对人民说‘你们’‘我们’的,就不会说‘咱们’‘俺们’。痴气、匠气、呆气、傻气,一点没去掉,永远是一副高高在上、与人民格格不入的模样。咱们可不能重蹈覆辙。”

“是这么个理儿。”博士点头附和。

我把工作量统计表递给博士一张,问他都干了多少活。

博士为难地挠了挠头。

“不好意思,真是不好意思填。下来后不但没给地方人民做什么实事,还净给人民添麻烦。白养着我吧,又怕我回去没法写总结汇报工作,太对不住我。给我派个活吧,我自己个儿又实在不争气。卖了一阵子农机零件,天天站柜台,我这人块儿大占地方不说,还总把零件名称搞错,对不上号,让人干着急。你还别说,人听说有个北京来的博士在这儿卖零件,全都拥来了,每天里三层外三层的人,销售量一下子猛增上去。”

我们几个人一起哈哈大笑。小林笑得前仰后合。

“后来不行了。”博士丧气地说，“人家看够了，不新鲜了，生意不那么红火了。再加上我站柜台，需要一边一个人打下手，一个收钱，一个付货，增加了人力损耗，结果销售额又直线下跌。不行，干不了了。”

“不是给你调到办公室了吗？”

“本来办公室就人多活少，我抢了一份，就要有人的年度工作量不达指标。没有文字工作，我想我就从最基本的干起吧，扫地、打水、擦桌子、分报纸，才干了两天，秘书刘晓玲就来找我了，说博士大哥，我刚交了入党申请书，正在‘表现’呢，你把我的活都抢着干了，我还拿什么‘表现’啊？”

“是啊是啊，你可不能耽误人家要求进步。”小林说。

“我也只好赋闲在家，怀才不遇了。”

“……当初下来的时候，就应该跟地方人民交个实底，就说：这是一群废物，请务必充分利用。这样人民就会大胆地起用我们了。”王京东深有感触地说。

“行了，都别在这儿贫嘴了，赶紧跑下一个单位。”我拖起王京东。

“要跑你跑，我可跑不动了。博士，管饭不管？”

“我这儿的饭可没油水，晚上也就是个稀粥咸菜。”

“太后悔了，那天不应该给伊腾吃那么好，给他造成一种繁荣的假象，再要向院里申请一点伙食补助都困难了。他肯定以为咱们天天都有鱼肉可吃。”

“对了，给小李子打电话。吃交通队去。”博士一拍脑袋，眼睛发亮，“我去他那儿吃过两次，小李子天天帮厨，跟大师傅的关系倍儿铁，总能有点好吃的。”

“博士快去打电话叫他备饭。”众人一齐嚷嚷。

我们四个人从农机站出来，路上又碰见阿炳一个人在慢吞吞地走。他刚刚去邮局发信回来。博士又把他拖上，一路闹闹嚷嚷地奔向交通队。

小李子从路口撤回了办公室。目前的任务是熟悉环境，再抄抄报表、接接电话之类。业余时间，他就在伙房里帮着择菜、烧饭。

“怎么，撤岗了？”我问小李子。

“岗没撤，我撤了。”

“是你不好好干？”

“不是，我干得很好。但是司机不怕我，总跟我吵架，我镇不住，就调回办公室了。”

“这下你可以在办公室里发挥专长了。小李子，快给哥哥姐姐们上饭。”王京东吆喝着。

一伙人说着笑着吃着，充满了亲人失散又重逢的快乐。

各县的青年点组长在下放总部开会，向领队汇报工作。大家普遍反映一个问题，就是多数同志在广阔天地里无所作为，还满腔怀才不遇的幽怨。领队认为，这是因为我们有些同志下来之后一直“端”着，根本没有放下架子，没有发挥主观能动性，不积极找工作做，根本就在农村改革的大潮外徘徊观望，从没打算蹚蹚水、游个泳什么的。

大家商议，应该限定一个最低工作量，将来考核时也有个标准。这样听之任之发展下去，年终将无法统计和类比。最后全体一致达成协议，每季度每人至少有一份三千字的调查报告或其他种类的书面工作成果。这样一年下来，至少每人也积累了一万多字的成绩。

回来后我把精神传达给我们青年点的人。众人原先还为自己工作量统计表上填的模糊数字和模糊语义而忐忑不安的，听了我的话后都长出了一口气。

“目标明确了，我们干起活来就有了奔头。”王京东说。

“三千字太容易了，别的干不了，我们就是不怕写字儿。”小林说。

“大家回去后都要及时调整一下自己的思想，多深入基层调查研究，搞出点有分量的东西来，为咱农村改革献计献策。”

“瞧好吧，您哪，”众人说，“保证错不了。”

## 4

天气渐渐暖和了。地里的麦子已经连成绿油油的一片。田野的风扑在脸上，暖烘烘的，透着股惬意。想起我们下来的第一个晚上，人人瑟缩着躺在临时间壁起来的住处，残冬的小冷风嗖嗖地从窗框和门缝里钻进来，吹得人心里发凉。暗夜里听着此起彼伏的狗吠，不禁怀念起城里汽车马达的轰鸣和爱人温暖的身体。最难熬的日子总算是过去了。

我们这批人基本上各就各位，该干什么就干什么去了。日子是最能消磨人的，再烦再躁，也禁不起日子一天天地冲你、削你，把你耗得没脾没气。

小县城里按说也不缺什么，该有的设施全都具备。城中有一家影剧院兼礼堂兼会场，一个邮局，一个两层楼的百货商店，连新华书店也有。最多的是饭馆，隔三五步就是一家，多数都是两层小楼，彩色瓷砖镶嵌在外面，门脸都挺气派。

但是恼人的是没有浴池，也不晓得当地人洗不洗澡。浑身难受得实在忍不下去了，我们也只能关起门来打盆水，浑身上下乱搓一通了事。但水也不总有，每晚七八点钟就停。电也停得勤。每晚都能听到电影院和饭馆门前小柴油发电机轰隆隆作响，互相比赛着招待顾客。

好在公路交通和通讯设施还算说得过去。新修的一条公路通向外面的世界。要一个北京的长途，等一个上午也差不多能通了。邮局就成了我们这些人经常碰面的地方。那个长着一对杏核眼的女接线员跟我们熟了，碰到她心情好，我们还可以免费打一次长途。

我们扎堆的次数越来越频繁，好像觉得时间越久，越彼此离不开。下了班，吃过晚饭，就开始串门子，一个找一个，滚雪球似的越滚越大，最后说不定走到谁那儿就聚齐了。有的住得远点，相隔好几里地，也不辞辛苦深一脚浅一脚地摸索了来。女生都预备了那种装三节电池的大电筒，既能照路又能打狗。

我这儿也成了聚会的据点。因为广播局有带子可看。隔壁有两台机子供节目编辑制作用的，经过局长特批，晚上可以免费供我们这些“北京来的大学生”利用。

广播局的带子，除了武打的就是琼瑶的，由不得选择。有看的总比没有强，至少也算是充塞视听，活动活动废置已久的器官。没出几天，就把所有的带子都看完了。又把几盘打得像真事儿的挑出来从头看。看得差不多了，又挑每盘打得血肉模糊、爱得情真意切的片段看，最后也分不出哪个是哪个了，全都差不多，我们都给看成了一个故事。

博士老婆来乡下探亲。我们一哄而上，把她带来的牛肉干、茯苓夹饼、美国腰果、酒心巧克力等等吃食瓜分一空，甚至把一袋六必居的酱菜也就着白水吃掉了。他老婆还挺善解人意地说：

“这下我知道了博士信里边的描述并不夸张。”

“怎么描述的？”众人边吃边问，“是不是说吃不饱，穿不暖，没精力去跟马樱花移情别恋？”

博士也不回嘴，当着老婆的面，一副温良恭让的样子。大家更忍不住借机会使劲逗他。

博士急了：“说你们是白眼狼可真没说错，吃了我的喝了我的，反过来还拿我打镲。把我得罪了，今晚上你们都甭想看这盘带子。”

众人一听，立刻来了精神：“博士兄，我们认错行不行？我们这是心里头高兴呵。见到了嫂夫人，就像是见到了我们北京的亲人。”

“什么带子？”王京东迫不及待地问。

“米兰·昆德拉的《生命中不能承受之轻》，从我们所录来的，英文原版。”博士老婆说。她那个欧罗巴研究所总能近水楼台先得月。

“都听见了吗？不懂英文的都别去看。”博士宣布，“还有，没结婚的也别看。”

小李子不乐意了：“有什么不好意思的，你们汉族人不是说过吗，没吃过母猪肉，还没见过母猪跑？”

阿炳在一旁说：“小说我看过好几遍了。英语我是听不懂，但是画面我保证能看懂。”

“那行了，一块儿去看吧。”博士又向老婆做了个媚笑，“夫人你先歇着，我看一会儿，马上就回来。”

我们都被片子巨大的魅力震慑住了。真的，我们还从不知道，人类心灵的痛苦竟可以用如此生动的电影语言来表述。当萨宾娜最后得知了朋友的死讯，托马斯和特里莎在幻化中坐着车子随着悠扬的音乐走出画面时，我们都屏住气息，久久地沉浸在故事营造的氛围里。谁也不想打破这一刻的静寂。我们都觉得自己的语言很笨拙，很庸俗，觉得在这之前的一切文人的有关痛苦的描述都变得很笨拙很庸俗了。

大家极力想说出个人的感受，结果发现根本就无从表达。

最后我们只好议论了一下片名的翻译。众人都觉得译名不太像中国话，至少听起来不太顺口。

“添上一个字，叫生命中难以承受的轻灵。”王京东说。

“‘轻灵’不如‘空灵’好。”我说。

“叫‘虚空’更贴切。”阿炳说,“《圣经》福音书里就用了这个词儿,说‘虚空的虚空,一切的存在,都是虚空’……”

“汉语不是都叫‘空虚’吗?”小李子不解地问,“‘虚空’是不是‘空虚’?”

“再想想再想想,从总体上改。”众人说。

“叫‘沉重浮生’吧?”博士思忖着。

“不好,不好,”众人说,“太意会了。”

“译成‘难耐浮生’好不好?”小林问。

众人想了一会儿,说:“差不多了,意思全出来了。又很简洁,比原译名省了五个字。”

“到底是语言所的,有咬文嚼字的本领。”

“就怕这名字太雅,一般老百姓不懂……”博士不无担心地说。

“你少操那份心吧。”王京东打断博士,“片子已标明仅供研究人员和领导同志作资料参考,不会流散到民间去的,老百姓哪里看得到?”

众人说:“是不能让谁都看,活活糟蹋了电影艺术。”

计划生育突击月开始之后,我们都忙了起来,都给派到各单位包干的村子去搞突击,有半个多月的时间分散在村里,没机会见面。博士最先忍不住了,打电话给我,说他村子里的活快忙完了,马上就要返回农机站,这个周末要来我这儿聚聚,他老婆捎来的两瓶泸州老窖还没动呢。

我跟采编股股长也是刚从村里回来,也很想跟大伙儿聚聚。

打了一圈电话，除了两个人在下面没忙完，大部分人都回县城里来了。听说博士周末要请喝酒，一个个乐得电话里的声音都走了调。只有在计生委的王静满怀遗憾地问能不能改时间，周末排了她值宿。计划生育工作就是这个特点，上半场我们在下边忙，把超生怀孕的都给归拢上来；下半场就是计生委在上边忙，汇总全县的医生集中采取措施。我嘱咐王静安心工作，我把好吃的每样都给她留一点。

“那也不行。”王静嗲声嗲气地说，“我想念大伙儿，特别想看看你。”

“没关系，别着急。”我安慰道，“实在想得慌，星期天我再让大家都送上门去，请你挨个儿过目一下，就从我这副肉身凡胎开始，一定满足你的视觉欲望。”

“去你的吧。”王静笑嘻嘻地挂了电话。

博士正在发福的肚子竟然塌下去许多，人也灰头土脸的。我一面招呼其他人把各自带来的小菜都摆上，一面问博士感觉如何。

“唉，真是难以下手哇。”博士把煮熟的花生米一颗一颗地往嘴里扔，“我也是农村长大的，我知道，家里没有男孩子那真是不行。”

“啧，啧——”王京东在一旁发出怪声，“敢情博士是让良心给折磨得掉分量了，我还以为是村里伙食不好给饿瘦的呢。”

“你懂什么？”博士又较上劲了，“在一个刀耕火种的农业社会里多增加一个男丁就意味着……”

“行了行了，你饶了我们吧，别跟我们拿书面语交谈。”众人打断博士。

小林深有感触地盯着天花板说:“说实在的,看到那么多妇女哀求我,一把鼻涕一把泪的,这心里头真就不落忍。”

“那都是假象呵,小姐。”王京东接过话头,“我们办公室的秘书说了,你没法可怜她们,稍一同情,一年里就能给你增加半个县的人口。”

“我算亲眼看见计划生育的难度了,哪像咱们在所里做做统计数字、算百分比,然后制定政策那么简单啊,一面对活生生的人,全走样了。”阿炳一脸倦意地歪在我床上,摸着喉结,“我扁桃腺都肿起来了,嘴皮子也快磨破了,讲大道理,没用。我们去的那家,那两口子跑掉了,把值钱的东西也坚壁起来了,就留一个老太太和仨小丫头驻守。动员了半天,老太太就是不吭气,末了‘扑通’给我们跪下了,说,要钱没有,要人我追不回来,你们就把我这条老命拿去抵了吧。你说,这工作还怎么往下做?”

“要我说,就动员城里人不生。”小李子不着边际地插了一杠子,“我们少数民族所的,只生一个,汉族所的一个也不生。这样子就把乡下多生出来的抵消了。”

“你们看他那精灵古怪的样。”王京东用筷子点着小李子,“够蔫坏的了。让汉族人都绝了种,你们好辽金蒙古女真的重来一次?照你的说法,十年二十年之后,咱国家不就农村吞并城市了吗?经过了这么多年的努力,城乡差别才逐渐明显了,你竟然还主张倒退回去。”

“我不是那个意思。”小李子摆手申辩,“我是想让出生率降下来。”

“照你那么说，出生率是降下来了，可人口素质也降下来了。咱国家还全靠咱们知识分子优生优育，把优秀基因往下传一传呢，光靠农民生农民，咱们下一代多咱能提高档次，跨到世界先进行列里去呢？”

“你把这话再说一遍。”博士眼珠子通红，颤颤巍巍地把手里的酒杯放在桌上，用手指着王京东的鼻子尖儿，“我就是农民生的，我也是农民，你你你比我多什么？你小子别别别牛逼，口口声声说农村与城市的差别，我就啊就听不下去这个……”

“哎，怪了，我说你了吗？我是就事论事，我专指你了吗？”

“说谁都不、不、不行，我不、不爱听。”

“哎哟喂，才下来几天，就给改造得有模有样的了，就站到人民的立场上说话了，我倒成了死不改悔的对立面了是不是？我还真就不服你这个。博士，你小子有种……”说着王京东“噌”地站起来。

博士也不示弱，也摇摇晃晃地站起身来：“你、你想怎么着？”

阿炳和旁边的人赶忙把他俩都摁到椅子上。王京东本来就没预备有下一个动作，别人这一拉，他便借机扭动扭动身子表示挣扎、反抗，博士也晃晃悠悠地还想站起来，跟王京东形成个对峙局面。

“别拉着他们。”我喊住阿炳，“你就让他们过两招，看能比画出什么花样来。”

众人在一旁劝道：“算了吧算了吧，完全是学术论争。从来君子动口不动手，怎么就论起拳脚来了？”

博士又扭过脸来转向众人：“谁论拳脚了，谁论拳脚了？你们谁看见了？我这不一直在口头辩论吗？”

王京东也就坡下驴：“对呀，我们也只不过是一场舌战嘛，谁说我们要动拳脚了？”

众人说：“本来就是嘛，本来就是嘛，一场舌战一场舌战。”

博士把酒杯推到王京东面前：“老弟，喝酒，喝酒。”

众人在一旁嚷：“对，喝，喝。今天喝白酒，明天喝啤酒，感情好，愿喝多少喝多少。”

我们又拿出那盘《生命中不能承受之轻》来放，看着看着，博士哭了。

我去给王静送吃剩的一小段腊肠和一瓶鹌鹑罐头。计生委的大门紧锁着。我站在门外喊了半天，王静才从传达室的小窗口露出脸来，挺沮丧地告诉我，昨晚上她没看住，让一个该做手术的孕妇跑掉了。那孕妇说要上厕所，王静懒了一下，没陪着去，只把手电筒借给了她。结果左等右等不见人回来，王静喊上打更老头过去一看，厕所边的墙垛上已给扒了一个大口子，墙外摆着一摞砖头，显然是事先约定好里外接应着逃跑的。这一跑，可就是踪影皆无，说不定得等孩子长大后才能回来。今天是星期天，当地人休息，晚上还是王静值班。她正在那儿忐忑不安，怕再跑一个，领导要怪罪下来她担当不起。

我想了想，说干脆晚上我把博士几个人叫来替你在门外巡逻守夜，与你共患难一把。

我原打算只邀几个小伙子来，小林她们几个丫头听说后也嚷着要来，还口口声声说知识分子堆里可不许搞男女不平等，要患难就大家同患难。我也缠不过她们，只好叮嘱着多带些零食，免得下半夜喊饿。

月亮爬上来了。金黄色的又圆又大的月亮衬在深蓝色的夜幕里，看着不像是真的，美得像是舞台上的布景。乡村的夜真静呵，偶尔传来几声狗吠、几声虫鸣。满鼻子都是刚收下来的麦子的气息，还有青草湿漉漉的甜香。一道小沟渠绕过计生委的院墙，渠水悄无声息地流向远处的棉田。

我们睁大警惕的眼睛在计生委院墙四周不停地走动着。墙上的豁口已给修好，再想爬出去难度也不小。王静在院里守夜，隔一会儿就从窗口露出脸来，对我们做出感激和鼓励的笑容。众人就对她比画几下，做了几个手势，那意思是说：都是自己人，不必客气；放心吧你，平安无事。

众人走累了，找了一个比较干燥的麦垛，横七竖八地躺在上面歇脚。小林轻轻叹息一声："我好像有好久没这样仰脸看天了，都忘了天是什么样的。"

王京东枕着自己的双手把身体摆成一个"大"字，也不由得发出感叹："真舒服啊！城里除了楼和树，哪还有天？我盯着台灯出神的时间，可比跟月亮对眼儿的时间多。"

博士的体重把草堆压出一个凹陷来。他一边漫不经心地一把一把地抓着麦秸秆儿往身上撒，一边若有所思地问：

“你们注意到托马斯的那个指令没有？Take off your clothes.”

众人一时没反应过来，片刻才明白他原来说的又是《生命中不能承受之轻》那盘带子。

“不就是命令女人脱衣服吗？”王京东问。

“第一次看时，我也以为这句话就是一个‘脱’。”博士眉头紧锁，做出深沉状，“昨晚又看了一遍，觉出点味道来了。托马斯在难以承受的虚空里，寻找着生命的支撑，他渴望灵魂和灵魂的撞击、生命和生命的坦诚相对。结果呢，他遭遇的总是媚俗的肉体。所以他总在喊：脱去你的伪装！脱去你的伪装！可惜呵，没人能听懂。”

“是呀，你这话也够让人合计半天的了。最好也能有个萨宾娜能理解你。”

“没错，只有萨宾娜能够理解托马斯，但那不过是作家设计的一种理想，托马斯只能生活在特里莎的世俗世界里，无法实现与萨宾娜的结合。这是人类心灵的又一出悲剧，理想与现实之间的差距永远无法弥合。”

“嗬，给上升的高度还真不低。”

“我认为，我们最应该学习的，是人家对人类受难后孤苦情境的表达方式。”小林插嘴说，“纯粹二十世纪的，不流泪，不忏悔。哪像我们的作家，遇到点波折不是悲悲切切苦着个脸，就是硬挺着做外强中干的灵与肉的搏斗，累不累呀？”

“唉，什么时候，能让我们都 take off clothes 恢复到原生态，痛痛快快做一把人就好了。”博士长叹一声。

“想返祖也没用，那块尾巴骨早让冷板凳给磨平了，长不出来喽。”王京东撇嘴。

“对你这号的，发多少指令也没用，脱掉表层的媚俗，里层还是媚俗。”

“对对对，我是媚俗里生，媚俗里长，媚俗里娶亲开俗花。只有博士您凌空出世，超凡脱俗，整个儿一个人间叛逆孙行者……”

“你们都快住嘴吧。”小林叫着，“都是俗人，谁能比谁雅多少？就这么个古老而又庸俗的破话题。就引得你们吵来吵去，真够俗气的。都别争了，看月亮吧，这世界只剩她不媚俗了。”

我们都沉寂下来。远处广播局电视塔的灯光一闪一闪的。月亮依旧很不真实地浮在我们的头顶。一只猫悄无声息地从草垛上溜了过去。渠水好像是停滞不动了，仿佛在暗夜里谛听、期待着什么。

什么都没有发生。一夜平安无事。

## 5

博士跑邮局跑得最勤，也数他的来往邮件多。杂志期刊，海内海外邮件不断。他嫌农机站送信送得慢，索性自己去邮局取。

我和王京东去找他玩时，见他正在屋里跟两个女孩子大侃。一个是秘书刘晓玲，我们见过；另一个高个子红嘴唇的是第一次见。博士正侃得神采飞扬、情真意切，两个姑娘以手支颐，听得如醉如痴，眼里透出仰慕和迷蒙的神色。见我们进来，两个脸蛋红扑扑的姑娘站起身来，告辞出去。

“在开什么讲座呢？咱们也听听。”王京东打趣道。

“闲着没事儿，给她们侃侃诗。”

“哇，诗呀！侃晕几个啦？”

“你还真别得意。别看人家学历没你高，但是悟性很强。这才是诗之所在，情之所在呢。”

博士转身翻出一本打印、装订很仔细的三十二开小书递给我：“这是我追随前辈学人，闲来无事作的古诗，聊以怡情养性。献丑了。还请二位多多指教。”

“你别那么酸文假醋的好不好？”王京东跟我抢着看。“别忘了咱们的白话规则。”

诗集题为《浴风集》，为浴风阁主近两年所作。序跋俱全，是博士特邀朋友老高、阿狗等为之写序。诗的内容大都是抒发离愁别绪、郊游踏青感怀之类，以古体诗居多，五言七言都有，还填了几首词。每页还有诗人亲手所制插图，与其页之诗相配套，不外乎弱柳扶风、游子独吟、闺妇思春一类，工笔细描，倒是很见一番功底。阿狗在跋中云：与博士同住一楼数年，想不到以彼等体重会写出如此轻柔细软之作，令人拍案叫绝。一首《江城子》颇有苏轼之风，其中“社科院，小礼堂”两句乃为压卷之作，独领当今诗坛风气之先。

我连忙往回翻了几页，查证原词，词牌名为《江城子》：

研究生院最难忘。三年多，是同窗。促膝谈心，相知胜祝梁。记得携手观影剧，社科院，小礼堂。

奈何咫尺如重洋。不思量，徒嗟伤。各隅一方，鸿雁传书忙。纵使他年能相逢，应笑我，华发长。

“哈哈！有十年生死两茫茫的味道吧。词填得好，文评得也好。”我把巴掌拍得山响。

“没想到我们博士还有诗画的功夫，佩服，佩服。”王京东也跟着我拍手。

“过奖了过奖了。”博士谦逊地摆摆手。

“下乡后有什么新作没有？”我问。

“乡野民风古朴，人杰地灵，更是创作诗的好地方。我改写白话诗了。这里有一首《送别》，你们看看。”

王京东接过来大声朗读：

望着你那远去的背影，
止不住的泪水涕零。
眼前一阵一阵的模糊，
骤觉春天透着几分凄冷。

“哇！好啊好啊，挺像白居易的风格，可以读给村妇樵夫听了。博士，有没有谁都不像，只像你自己风格的作品？拿给我们瞧瞧。”王京东问。

“我正在探索呢。这还有一首没写完的。”

王京东拿过桌上的小纸片：“《流浪族》，有点像日本名，新！真新哪！”

我要过来。见是几行自由体诗：

呼啦啦十四道风从天而落
雪地上开来一群堂吉诃德
骄傲和梦想全挂在孩子们脸上
驽马驰骋在看不见的战场
长枪杀向不可知的远方
为了忠于那光荣的探求
躁动的灵魂在原野上流浪

我沉吟了一下，问博士："这一首好像是诗风陡转啊？"

博士笑了一笑："以前写的都是我个人的感受，现在我想表达一下群体的感受。"

"要不怎么说环境能改造人呢？"王京东一本正经地说，"思想境界可是提高了不少。"

"你准备就此打住还是一泻千里？"我问博士。

"没一定，凭感觉吧。"

"写完一定先交给我们审阅，合格了才能结成集子在民间传看。"王京东半开玩笑半认真地叮嘱博士。

我见桌上摆着今年头两期的《神话哲学研究》杂志，就顺手拿起来翻着。一看第一期的目录页上，博士的文章和名字都赫然用小五号黑体字印着。

"好哇博士，大作发表了，也不张罗着请客？"

“算不了什么算不了什么,一点读书体会,小试牛刀而已。”

王京东也凑过来:“快让咱们拜读拜读。嗬,是与人商榷《盘古起源说质疑》。博士你够能干的,你要跟商榷的那人可是咱们国家神话哲学界新近崛起的一头麋鹿,商榷出个结果没有?”

“别提了。所里把他给我的信转寄来了,我打开一看,皱巴巴的一张卫生纸,上面写着:博士你是个臭大粪,你有什么资格跟我商榷?会两句洋文你牛逼什么?我开始搞研究的时候,你小子还在撒尿和泥玩呢。你们说我招谁惹谁了?我不过是看他的文章有许多纰漏,甚至别人英文引文的错误他都照抄下来。我实在是担心这种以讹传讹会贻误后人,就找了一些梵文和英文资料,重新论证了一下盘古和梵的渊源关系。我自信完全可以驳倒他的论点。没想到会招来这么一通恶俗的臭骂。”

“那你就忍了吗?”

“忍?我回信正告他,学术论争讲究以理服人,不要来这套文痞作风。结果他的信又来了,凶相毕露,说博士你如果不服,咱们找个地方单练,我跟你白刀子进去红刀子出来。我真为咱们社会科学战线出了这种人而感到痛心。真他妈的斯文扫地呵!”

“看来不服是不行。”王京东劝博士,“咱们想说白话还得用功去学,人家这才叫白话大师呢!博士你得甘拜下风,还是早点认输为好。”

“我怕他谁?要不是责任编辑来信劝我,我早跟领队请假回京,非找一帮人烨了他不可。”

“那你可就是把自己降格,自动归为他那一类了。”

“我也是这么想的,咱总不能跟他一般见识吧。再说我也不想再给责编找麻烦,他也挨了同样的骂,还说那小子连杂志主编都给臭骂了呢。我合计着我挨他骂也就算不得一回事儿了。”

“这就对喽,博士,足见你大家风范大肚能容大象无形。”

“唉,人心不古哇。”博士喟然长叹。

县司法局的院墙拆了,据说要统一换成铁栅栏。那座带外廊的两层小破楼就赤裸裸地暴露在大街上。司法部下放来此地的几个小子就住在楼上。每天下了班没事儿干,他们几个就凑成一桌玩麻将。逢到有一个溜回北京,出现三缺一局面时,他们就到我们这堆里找人凑数。王京东是第一替补队员。晚上停电玩不成了,他们就端着凳子坐在楼口,拨着一把破吉他,面对大街扯着嗓子唱:我来到这广阔的冀中平原,平原啊平原真是平坦,一只眼睛呵都望不到边……

开始,过往行人还觉得稀奇,停住脚往楼上看,总有一大群人围观。那几个小子也不在乎,反倒唱得更起劲了:你要是看我长得美,就把我领回生产队,姑娘啊给我倒碗水,聊到天黑也不嫌累……

父老乡亲们看了半天,也没见有什么花花样,不过是唱唱歌练练嗓儿而已,渐渐地也就自动散去,见怪不怪。互相问起来,都说那是北京来的大学生在练节目呢,还净唱些大白话,怪有意思的。

偶尔,那几个小子见我们这一伙儿仨一群俩一伙男男女女说说笑笑在街上散步,他们嫉妒得要命,就在上面酸溜溜地哼哼:姑娘啊像朵野菊花，一双眼睛让我离不开她，可惜她是个研究生，上学时候就入党啦，哎呀呀我的妈，有心摘花又心里怕，凤在上来龙在下，哎呀呀，哎呀呀……

“都快成了马路求爱者了。”小林嘻嘻笑着，“你们也不怕知法犯法呀？”她又笑着朝楼上喊。

“别总是你们那伙人扎在一起，让我们也加进去吧。”为首的赵大兴在楼上喊。

“不行啊，我们正好是七小对儿，你们一加进来，我们就‘和’不了了。”王京东大着嗓门回话。

“好好待在你们少林寺吧。”小李子也在一旁起哄。

“别忘了，将来打离婚官司还得求我们帮忙呢！”赵大兴接着喊。

“不用啊。”博士回答，“我们这里学科比较齐备，法学所未来的专家就在我身边呢，离几次婚都没问题啊。”

那几个小子自知人少，打嘴仗不是我们的对手，于是不再嚷了，又哼哼唧唧地唱起来：弹起那老吉他，我又想起了我的她，她的眉毛，她的长发，咿呀，咿呀，咿呀，咿呀……

“怪可怜的。四个秃头和尚，连个女生都没有。非憋出一群乡村摇滚歌星来不可。”小林边走边回头望着他们，满怀一腔的同情。

我们再去拒马河边玩时，每次都忘不了喊上他们几个。

冀中平原的夏天，热浪滚滚。在城里时，高楼大厦和一排排绿化带，把热分割成一块一块的，只感觉热得隔膜、热得闷、热得虚幻，看着眼前晃动的淌着油汗的人群就眼晕。在乡下，却是连成一片的热，热得明晃晃、火辣辣的，除了你自己的眉毛，就没有任何可以遮阳的东西。我跟着到村里去采访时，热得虚脱了一次。局里再不敢派我出去。我就待在家里编稿子。白天在屋里写写字儿、看看书、听听音乐、改改稿子。吃过晚饭，就跟我们那一群人直奔几里地外的拒马河。河两岸是密匝匝的庄稼地，散落着炊烟袅袅的小民房。水浅的地方，总有下地归来的农夫在里面洗澡，一大群光屁股的村童在河里打水仗，女人们在岸边的青石上捶打衣服，一派康乐祥和的图景。

我们选择了一片离住户人家和庄稼地都较远的比较开阔的水面，作为夏天的据点。这里河水分布得很有层次，岸上堆积着大片细软的黄沙，河边错落有致地分布着小颗细碎的鹅卵石，河中心水逐渐加深，但流速很缓，游到对岸，水又变得既清且浅。

水流从鹅卵石上滑过时发出哗哗的声响。刚从热浪中逃离出来的人们都抵挡不住这份诱惑，稍识点水性的，噼里啪啦都跳下去了；不会水的，也争着抢着在河边蹚上几回。阿炳、小李子、王静几个人与司法局那两个不会游泳的，就在沙地上围了圈儿，打起了排球。我和博士、小林、王京东、赵大兴一些人就不停地在河里游啊游。

“真想就这么死在这里啊！”

小林从水里上来，望着西边的落日，由衷地叹息了一声。她走到我坐的地方，抹了一把脸上的水珠，摘掉游泳帽，伏卧在沙滩上。瀑布似的长发从脊背上滑落下来，遮住了整个脸庞。

远处传来阿炳他们的追逐声、嬉笑声。夕阳给每个人的身上都镀了一层金。波光水影中，能看见王京东他们的脑袋时隐时现。博士在沙滩上侧卧成一道曲线，正凝眸对着金光闪烁的河水做苦思苦吟状。几只燕子在水天之间拍翅俯冲，留下一道道剪影。

“真美啊！”小林不由得又赞叹了一句。

落日的余晖把小林的身体打出一道朦胧优美的轮廓，她那肌肉结实的小腿闪着健康的光泽，光洁的脊背上一个个细密的小水珠不断地碰撞、滚落，让人忍不住要伸出手去触摸……

## 6

陆陆续续的有丈夫和妻子们来乡下探亲。无论谁家里来了人，大伙儿都照例一股脑地拥了去蹭一顿吃喝。

我写信向我老婆请求，能不能抽空来看看我。老婆回信说，她很忙，正跟人一道编书写词条。还说要趁我不在的时候多出点成绩，把这两年给我做饭耽误的时间追回来。我又写信去，连哄带吓，夸大了一番我对她的思念之情，然后说所有人的爱人都来探视过了，现在大家已开始怀疑我和你的感情不好。你要再不来，出现感情危机，我可不负责任。

老婆这才有点害怕了，背上一个大牛仔包第二天就跑了来。一帮子人来我这儿蹭饭时，她把每个女性都暗地里仔细审视一番，觉得条件都不如自己，这才长出了一口气。

晚上，老婆和我挤在那张木板床上缠绵够了，又不放心地问我：

“究竟哪个是你的相好？”

“你看了半天还没看出来呀？”

“一个个都黑红油亮，哪配得上你呀。”

“可别那么说。那都是假象，下乡后染的色。刚来时全细皮嫩肉的，跟你目前的靓度差不多。”

“我看她们好像对你都挺好，没想到你还挺受妇女们的爱戴哪。”

“是呀，她们对我的好也不能当着你的面表现出来啊。”

“死鬼！你气死我了。”老婆张牙舞爪地又扑了上来。

县城里实在没有什么好玩的去处。我领着老婆望了望山，看了看水，在庄稼地里转了转，只好又回到小破屋里待着。老婆来探亲也没忘了把词条带上，抓紧一切空闲时间抄着。

县委大楼里，阿炳和王京东正往办公室走。阿炳的背心破了几个洞，王京东的凉鞋带儿断了，踢里踏啦的。两人左手端着茶水，右手摇着大蒲扇，每人的大裤衩都长及膝盖，叽里咣当地吊在腰上。

刚上楼梯，迎面碰上伊腾处长和司机阿健。俩人赶忙上前殷勤地打招呼。伊腾把他们叫到楼梯拐角，先问阿炳：

“你看现在已经几点了？”

“三……三点半。”阿炳不敢大声回答。

“王京东，上班时间你乱窜什么？”

“我……”王京东反应极快，“我来拿一份文件。”实际上他跟阿炳刚下完两盘棋。

“你们看看你们自己这身打扮。”伊腾尽量把语气放得平缓。“哪里有一点机关工作人员的样子。人都说，‘远看像要饭的，近看像捡破烂儿的，仔细一看是社科院的’，这话不假，可你们也不能就此自暴自弃，破罐子破摔呀！在院里，大家彼此都一样，也就谁都不嫌弃谁了。现在到了乡下，好歹你们也是从北京来的，总得体现出一点首都的风貌吧。”

伊腾这次是专程来表扬博士的。他说，大家的工作都有了长足进步，基本上都进入了角色。我们的工作在量的积累上已经达到了一个新水平。尤其是博士，表现比较突出。自从那次被通报批评后，能很快认识错误、改正错误，效果立竿见影。他写的那篇论文:《我国农业机械化改革的哲学思考》，字数早已超过我们季度工作量要求，洋洋洒洒下笔万言，交回院里后就被推荐给农机所。专家们看后一致认为文章数据齐备，理论和实践结合完美，开拓了我国农机化研究的新领域，具有极高的理论指导意义。近一期的《中国农机》杂志马上全文刊载。

“大家都要像博士那样学习和工作。”伊腾发出了号召。

“小子，真有你的。”王京东捶了博士一拳。

博士眯缝着不肯戴眼镜的深度近视眼，嘿嘿地笑着，谦逊中透着几分洋洋自得。

“另外，”伊腾话题一转，“大家还要加强组织纪律性，要注意自己的仪表形象，别让人太瞧不起。下乡前，我忽略了这个问题。回去后我马上给院里打报告，请求给大家补发制装费。”

“哗——”众人一齐鼓掌。

临走前，伊腾又单独跟我交代几句，表扬我这一段工作干得不赖，嘱咐我要注意抓典型以点带面，继承我们一贯的工作方针。他特别提到要勤去关照博士。

我茅塞顿开，会意地点头。

伊腾走后，我们开始争论能批下来多少制装费。王京东提议，应该把十一届三中全会以后社会主义新农村的繁荣昌盛程度如实汇报给院里，请院里参考赴英美或其他发达国家的标准来发放经费。

“不太可能吧。”小林不无忧虑地说，“说不定按照去印度、孟加拉或者去非洲国家的标准给呢。”

“那可没戏了。”王京东丧气地说，“能按照赴发展中国家的标准给也成啊。”

几天后，阿健开车把钱送到各县青年点。每人发了五十块。

当晚我们一大帮人请司法局那几个小子，在瓷砖镶得最好看的萃华楼酒家撮了一顿，让他们几个足足眼气了一回。

“别跟我们打得太热乎。”赵大兴一边吃拔丝鹌鹑蛋，一边还在嚼牙，“免得生出感情了，你们先返城时还得抱着我们痛哭，情真意切地说不愿意离开。”

“得了吧你，到时候还难说谁哭谁呢。”王京东说。

“吃饭呢，都说点吉利话好不好？”小林打断他们，“我就不愿听你们说这话，都跟巫婆的谶语似的。”

“不说了不说了，喝酒喝酒。”

## 7

在小林请假回京办理自费出国手续的一个多月里，我被一种不可名状的烦躁情绪支配着。她自从公派出国被人事局阻断以后，就一直在联系着自费这条路径。经过多方努力，美国学校的入学通知终于来了。她爱人打电话叫她回京办理辞职等等一大堆手续。

我拼命地干活，用一些杂七杂八的乱事把一切闲暇时间都填满。一有到乡里或村里采访的任务我都抢着跟去，每天骑车往返二三十里地。然后整理记录，制作新闻，跟着局里的值班编辑一干就干到下半夜。

大家最感兴趣的沙滩排球，已改成了计生委大院里的陆地排球。突击月一过，计生委又大门洞开，来领取免费避孕工具的村干部络绎不绝。拒马河水渐渐凉了，人们不再下河游泳。而我每天下乡回来，仍然不知疲倦地直奔河边，跳入清冷的河水里，一口气游上几个来回。累了，就爬上岸，在河滩上放平身体，看着落日的余晖一点一点被浓云吞没，心底那个空洞也随之变得越来越大。

小林打来电话，说她机票已经买好，明天所里派车来给她拉行李。

第二天上午，小林和爱人一道跟车来了。她好像瘦了许多，一笑起来，原本好看的两个酒窝也快成了两道沟壑。

“你可把我们等急了。”王静帮她拾掇着，“我们还念叨呢，小林真不够意思，白一起患难好几个月了，临走也不回来告个别。”

“我以为你手里有了美国老头票，这一套破行头该甩了。我正想瓜分你的尼龙蚊帐，你这就跑回来了。”王京东帮她捆着行李。

“我哪敢忘了弟兄们哪！没办法吗不是，这些日子我都差点跑吐了血，想早点回来也抽不出身哪。”小林又转身抽出蚊帐给王京东，“你要是不嫌弃，就留给你。”

“不敢，不敢。”王京东连忙摆手，“还是你带走吧。千万别洗，闻着那上面的味儿，就想起我们来了。”

“是啊，一帐子的泥土气息。”小林感叹着。

“你办得可够神速的了。你辞职，单位没拦着吧?”

“哪是我神速，全是我爱人一直在跑，我只管最后的环节。还真就多亏了伊腾处长帮忙，辞职没费多大劲。”

宣传部部长和办公室其他人都来了，一一与小林丈夫见过面。部长说：“小林走得太突然，我们也来不及开个欢送会什么的。这几个月小林为我们贡献不小，大家都挺感激。我刚让秘书出去买了个麻编包和手工刺绣的香袋，这是咱们地区的创汇产品，勉强拿得出手，做个纪念吧。”

“真太好了，谢谢部长。”小林诚挚地表示谢意。

中午，大家一致要凑份子，在萃华楼为小林饯行。司法局的四个人也执意要加入一份。

“小林出去了，我们也跟着脸上沾光。说什么我们也得送送。”赵大兴说，“小林，你去攻什么专业?”

“汉语言专业。”

“嘿，好哇，费了半天劲，去到那儿用美国话研究中国话……”

“你才老外了呢。”王京东打断老赵，“要是光用中国话研究中国话，那还能唬住谁，还怎么攀登世界语言学高峰一览别的语种小。”

“有道理。”小李子在一旁若有所思地点头，“小林，给我也蹚蹚路子，到那儿用美国话研究少数民族话。”

“小林，我佩服你的勇气。”博士端起杯来，“舍得一身剐，单身闯天下，公职不要了，丈夫撇下了，说走就走。好样的，我敬你一杯。”

“别顺嘴胡说了，又喝多了怎么着？”王静拦住博士，担心地瞥了小林爱人一眼。

“没关系。”小林丈夫宽厚地笑笑，“我们本来就一无所有，穷待着也是待着，不如趁年轻赶紧闯荡。我倒担心再不走，小林非让她们所里的人影响得安贫乐道不可，那我可就一点指望都没有了，还怎么去探亲陪读哇，是吧林林？”他充满爱抚地摸了摸小林的头发。

“公众场合呀，注意点影响。”小林娇嗔地说。

我低下头，端起酒杯猛喝一口。

“到那儿以后别忘了我们，常写信来。”王静搂住小林的肩头，无限深情地叮咛着。

“最重要的，是要跟当地美国人民打成一片，尽快进入角色，尽快适应由社会主义到资本主义的转变。”王京东做语重心长状。

“没问题。有了这碗酒垫底儿，再来什么样的酒，我都能把它喝下去。”小林端起碗，一饮而尽。

“对对，曾经沧海难为水。”博士说道。

“除去巫山不是云。”小李子抢话。

“瞎接什么呀你？”博士拍了小李子一下，不易察觉地向我投来含义不明的一瞥。

“我又说错什么了？”小李子不服气地嘟囔。

吃过饭，众人忙着去把小林的行李装车。我在柜台跟老板结账。出来见小林正在门前等我。我在她对面站住。小林用那种让人心慌意乱的眼神盯住我。我觉得浑身的血全都涌到了脸上，迟疑了一下，还是勇敢地迎住了她的目光。正午的阳光突然变得很不真实，周围的街景在我们身后旋转飘忽，不住地变幻着……

“没有不散的筵席，是吗？”

我闭了闭眼睛，想把那种不真实的感觉驱走。

小林咬了咬嘴唇，没说出话来。

“你走得太急，实在来不及送你什么，只好把这两张合影先拿给你。”

昨天接到小林电话后，我把相机里还没照完的几张噼噼啪啪对着墙壁曝了光，卸下卷立刻去洗了加快，今天一早拿到了照片。我挑了两张。一张是我们全体在河滩上的合影，男生在前蹲坐成一排，女生在后站成一排。小林的一身大色块组合的泳衣非常醒目，她用手抚着被风吹起的长发，对着镜头开心地咧着嘴笑，其他人都张大嘴巴在喊着、笑着。照片上的人物都十分真切生动，简直呼之欲出。另一张是我和小林还有博士、王京东几个人在水中一块大岩石上正往深处跳。我们互相不服气，喊一二三，看谁跳得远。在跃起的一瞬间被阿炳给抢下了镜头，拍得相当精彩，只见画面上腾空几道曲线，周围一片辽远的水和天。取出照片时，我一个人站在照相铺子里端详了很久很久。

小林接过照片看着，半晌仰起脸来，眼中充满了泪水。

这是我第一次也是最后一次看见她流泪。泪水更加深了我的那种虚幻感觉。

王京东问我吃没吃过“知了”。我说，在我几千年前的老祖宗活着那会儿吃过，到了我这辈儿就失传了。

“又外行了不是。那会儿是生吃，抓过来就搁嘴里，生吞活剥，茹毛饮血。现在我们是用油煎着吃。就因为吃了熟食，你小子才能进化成今天这副白面书生的模样。”他硬拉我去博士的农机站那边抓“知了”。

我正百无聊赖，什么都干不下去，就提上手电筒跟他走。路上王京东告诉我，就属博士院子后面那几棵树上的“知了”肥，它们喝了一夏天的树汁儿，养得肥头大耳。

到了农机站一看，房门开着，博士不在，门房里也没有。我和王京东转到后排平房，在红嘴唇的宿舍里找到博士。他又在比比画画地给红嘴唇和刘晓玲讲着什么。

“别侃了，博士，赶紧上树。”王京东嚷道。

“我操，还吃上瘾了。等我回去换双鞋。”

“带我们一道去吧。”红嘴唇和刘晓玲央求着。

“你们在这儿把炉子预备好，回来后马上下油锅。”博士命令道。

红嘴唇和刘晓玲不情愿地叽叽喳喳去拔煤油炉子的捻儿。

我们拿了一个牛皮纸大信封，提了手电筒从大门出来，博士转了转，在一棵粗大的榆树下停住。大着嗓门把我们俩喊过来，让好好给照着亮。然后他抱紧树干。三下两下就爬上去了，动作出奇地敏捷。我不由得看傻了眼。

“博士还有这两下子，真没想到。”

“这算什么。谁的祖宗几千年前还没上过树。可惜我没得到真传。”王京东不屑地说。

博士脑袋站到树叶子里面大叫。我们赶紧用电筒的光束给他来回扫瞄。

连爬了两三棵，都一无所获。我已失去兴趣了，张罗着回去。

“回去干吗，你那里又没电。不如去田里掰棒子吧。”王京东又出了个主意。

“要去你们去，我爬树手都磨掉一层皮了。”

“我求求你，博士，去一趟吧。我体内现在有一种强烈的破坏欲，非在动植物身上发泄出来不可，要不然我就该打人了。”说着王京东做出“骑马蹲裆式”，“烦着呢，你们都别惹我，错打了谁我可不管。要么，你们俩谁牺牲自己，满足我一回”的模样。

“得得得，我陪你去吧，别憋出病来。”博士搓着手掌说。

“还是别去了。”我拦着他们俩，“想吃棒子，路边不是有卖的嘛。打声招呼，你们主任肯定给你煮一大锅带来，何必去祸害人家庄稼。”

“你不懂了吧。棒子有什么吃头，我们要的是那个过程。”王京东比比画画地说，“想象一下那个情景吧：月黑风高之夜，我们拎着一个大旅行袋，摸到地头上，看看四下无人，我和博士哧溜一下钻进青稞子里，留下你苏凡在道边望风。玉米秆一棵紧挨着一棵，我紧张得透不过气，视觉也不灵了，站在那儿以右腿为圆心转了一个圈儿，逮谁掰谁，哪顾得上筛选。博士呢，就比我有经验，光凭手感捏一捏摸一摸，再凑近前去瞪大一双近视眼仔细观看，看准了才四平八稳地掰下一个，夹好了又磕磕绊绊摸索着往纵深处发展。苏凡你呢，站在道边警惕地四下注视着，紧张得冒出一身冷汗，却又只能倒背着手，装出一副夜晚散步的样子，颤巍巍地往前走五步，又往回走五步，怕一旦走差了步就难以在铺天盖地的青纱帐里再回到接头地点。时间越长，你越哆嗦得厉害，想喊我们一嗓子却又不敢。我听见博士稀里哗啦越摸索越远，想喊他回来可也不敢。直到他掰了一大抱夹不了了，才顺着自己的气味摸回到我跟前。接着我们把旅行袋塞满了就往外钻。我先轻咳了一声给你暗号，你也回咳了一声向我报平安。我和博士这才放心大胆，一个箭步跨过沟渠跑到你跟前。我和你拔腿就想飞跑，让博士一手一个拽住把我们拦住。他把袋子夹在腋下，领我们四平八稳迈方步，等走过了玉米地，仨人才撒丫子连跑带颠一口气跑回农机站。博士脸上给划出一道道红印子，我的腿上也给蚊子叮满了大包，苏凡你哪，半天还在捂着胸口喘。锅里的老玉米蒸腾着，诱人的清香不住地扩散……”

“我说王京东，你可真是天才，编的这是小说还是‘数来宝’？

还挺和仄押韵的。”看着天京东跟讲评书似的在那儿比画，我忍不住又气又乐。

“他那副德行，也就只能在想象的世界里遨游。我拽他爬树，你问他掉下来几回。”博士瞅空子揭王京东的短儿，“咱们还是把小李子叫来，小李子干这活儿比他机灵多了。”

“快走吧快走吧，太刺激了，我简直忍耐不住了。”王京东摩拳擦掌。

这个季节我们无法控制自己的情绪和行为。我们在电炉上烤过棒子，油炸过田鸡腿，放生过鱼塘里的红毛鲤子，给赵家的狗眼上滴过风油精，把他家树上的枣子打落在院墙外头，还让青核桃和涩柿子重新投入了大地母亲的怀抱。一种疯狂，一种压抑不住的破坏冲动烧得我们的脸蛋都泛起潮红。我们聚在司法局的小屋里跟那几个小子一道唱：人生能有几回活，就让我在雪地里撒点野……

幸运的是，我们这样折磨植物和小动物，竟然一次也没有与人类发生过摩擦。对此，大伙儿常怀有一种胜利大逃亡的快乐。

## 8

转眼，冬天到了。由嫩绿到墨绿又成金黄的田野，如今又恢复了原本的褐色，光秃秃的，样子十分丑陋。一场大雪过后，世界又被纯洁的颜色所覆盖，所有从春到秋积蓄起来的浮躁和污秽，仿佛都被这场冬雪净化一空。

我们看足了大地色彩的变幻。冻得冰凉的鼻尖最终让内心也跟着冷静了下来。一帮子人常围坐在炉火旁，屈指算着返城的日期。

就在这时，出了一件谁都意想不到的事。这件事在我们的整个后半生都留下了难以磨灭的印记。

博士被刘晓玲的丈夫给打了。

小县城里口口相传的新闻发布方式，要比广播局的电视新闻传播快上十倍。头天晚上出的事，第二天就满城风雨。人们交头接耳，到处传说城里来的大学生干了人家老婆，结果被人当家的给抓住揍了一顿。

刘晓玲的丈夫跑到县妇联、公安局、司法局等部门上蹿下跳，还拿着刘晓玲的裤衩要求法医给鉴定，叫嚷着要求“保护妇女儿童的合法权益，严惩城里来的披着知识分子外衣的流氓”。

伊腾领队的大“红旗”风驰电掣般开了来，我和伊腾及县委办公室专程派来了解情况的秘书立即开始了调查。

我们分别找了当时在场的几个见证人，每个人都从对自己有利的角度讲起，基本各执一词，调查结果对博士大为不利。

博士暂时住在我这里。刘晓玲的丈夫在农机站跳着脚骂阵，博士无法再住在那儿。伊腾等人进来时，博士正歪靠在我床上，左眼眶下面一大片深紫色的淤血，肿得连眼睛都睁不开，只差那么一丁点儿，这只眼睛就要报废了。乍一看真是吓死个人。

伊腾一进门时，也吃了一惊。我从他的脸色能看出他的确涌起一阵心疼，但他没做任何表示，只淡淡地问了一句：

“还有别处受伤吗？”

“没有了。”博士低头嘟囔。

“那好，说说情况吧。”伊腾掏出本子。县委秘书也掏出记事本。

“怪我自己无知，把复杂的社会想象得太简单了……”博士一脸的沮丧。

“不要加什么修饰词，如实地谈情况。”伊腾打断博士。

博士咽了口唾沫，半晌才费劲地开了口：

“昨晚上刘晓玲和红嘴唇到我屋里来玩，我们一起谈论琼瑶和三毛的书。红嘴唇说她刚买到一本席慕蓉的诗集，非常好看，我说那就拿来借我看看。红嘴唇说你等着，这就回去取。她出去没几分钟，突然停电了。我起身去找火柴和洋蜡，在抽屉里摸半天也没摸到。这时就听外面有一个男的在喊刘晓玲，刘晓玲应了一声，说可能是她丈夫来找她了，说完就从床边站起来，摸着黑往门外走。我这边火柴还没找到呢，就听外面‘啪啪’的扇耳光声，接着是刘晓玲的哭声。我顾不得再找洋蜡，赶紧出去，听见那个男人正破口大骂：‘你这个臭婊子，黑灯瞎火的跟他在屋里干什么？怪不得你三天两头不回家要住宿舍，我还当你真是嫌来回上班远呢，原来是勾上了野男人，今天算是让我堵住了，你还有什么话可说？’

“我一听，赶紧上前去解释说：‘这位大哥，你误会了。’

“刘晓玲丈夫见我开口说话，一下子来了劲：‘我误会？奸夫淫妇被我当场抓住，我还误会个屁！我骂我自己老婆，关你什么事？犯得着你心疼她吗？我不光骂她，我还要打她、干她呢，你想看看是咋的？’说着他就上去动手扒刘晓玲的裤子，刘晓玲吓得哭着往后躲。

“我实在看不下去了，就过去拉住汉子说：‘你有理讲理，不许你这么粗野！’

“刘晓玲丈夫停住手说：‘我粗野？对，我是粗野，我是粗人，没你文化高，你也别以为自己是个什么好屌。我偷偷跟踪我老婆好几回了，见她有事没事就往你屋里头钻，你小子多个屌哇，不就是多喝了几瓶墨水，会穷白话，到处诓骗人家姑娘和媳妇吗？我今天就要教训教训你，我让你再得意，让你再敢臭白话。’

“汉子说完，反手照准我脸上就是两拳。我当时没有任何心理准备，只觉得两眼冒金花，眼前阵阵发黑。汉子冲过来还要打，刘晓玲扑过去死死抱住他一条腿。等我稍一定神，也从窗台下顺手抄起一根木杠举起来要劈他，被赶过来的看门老头给拦住了。红嘴唇这时也返回来，帮着刘晓玲连拉带拽地把她丈夫拖了回去。”

博士长出了一口气。

“别着急。事情会弄清楚的。”伊腾合上本子，“你先好好休息，去医院上点药。”

刘晓玲的丈夫被我们找了来。坐在我们对面的是一条黑红精瘦的汉子，小眼睛一眨巴一眨巴的，透着几分狡黠。孙秘书刚一让他讲情况，他就双手一拍大腿：

“伊领导、孙秘书、苏同志，你们可得给我做主哇！我真是叫天天不应，喊地地不灵，自己老婆被人欺负了，反倒要背上打人的黑锅，我可真是没地方说理去哇……”

“张三,你老实点。”孙秘书拦住汉子,“这是县委大楼,你用不着呼天抢地的,实话实说。”

“行,我就照实了说。昨晚我接晓玲回家,四下里黢黑,我刚走到那小子的门口,就听见里面有晓玲的哭声,我心想不好,就一脚踢开门进去,看见那小子正把晓玲摁在床上亲嘴、摸屁股,我急了,上去一把把他薅起来,那小子回身抄起一根大木棒就来劈我,吓得我拼命往外跑,他还紧追不放,要不是把门的老罗头过来拦着,我非给他劈死不可呀。你们说说,天下哪有这个理儿,干了人家老婆,还要打死人家当家的,还有王法没有了？还大学生呢,我早就看出那小子不是好东西了,也不知道你们在学校里是怎么教育他的……”

“张三,你不要顺嘴胡说。”孙秘书呵住张三,又不无担心地瞅了伊腾一眼,我见伊腾神色依旧泰然自若,只是额上的青筋不自觉地“突突”跳了几下。

“你们要可怜可怜我呀！我家晓玲回去又哭又闹,说她不活了,再也没脸见人了,非寻死不可。她要是有个三长两短,让我一个光棍大老爷们可怎么活啊！伊领导、孙秘书、苏同志啊,你们可要严厉整治那个卑鄙的第三者啊,我们幸福美满的小家庭全被他给搅和坏了,呜呜哇……”

“行了行了,大老爷们还兴这个。”孙秘书起身,拿起绳上的毛巾扔给他。

“张三同志,你不用难过,事情调查清楚后,我们自会严肃处理的。”

“博士脸上的伤是你打的吧？打人犯法你知不知道?”我早已憋了一肚子的火，没好气地冲口而出。

“哎哟哟，你们可不能听街上的人瞎传哪。”张三拧了一把鼻涕甩在地上，然后在裤子上抹了抹，“都说我打了他，我也是受新社会教育的人，我怎么会随便打人？你们看到我这瘦叽呵啦的样子，我能打得动他吗？你们问他眼睛上的伤？那是他追我的时候故意在门框上撞的，过后好栽赃我，好倒打一耙呀，你们可不能偏听偏信哪。”

“行了，你先回去吧，等候我们的处理。我告诉你，不许你再到各个部门去闹，否则对你自己没什么好处。”

“是是，我相信领导，相信包公能转世再生。”

我心想完了，碰上这主，博士是有理也难讲清啊。就看刘晓玲和红嘴唇怎么说了。

四处都找不到刘晓玲，她没上班，也没在自己家里，估计是跑回邻县的娘家去了。红嘴唇起先也躲着不愿见我们，一再说她跟此事毫无干系，她不想沾一身腥。

经过农机站站长帮着动员。她这才勉强出来。

“请你如实说说那晚上的情况，好吗？有什么不想公开的地方，我们会替你保密。”

“我没有什么不能公开的。”红嘴唇义正词严地说。

“张三以前跟博士认不认识?”

“见过面，好像没说过话。张三来过几次，都是老远地瞧着博士，还问过我博士家里的情况。”

"你知道刘晓玲为什么要住宿吗？是在博士来了以后才住的吗？"

"是在博士刚来不久吧。原来跟我住一个屋的李惠结婚走了，腾出了个床位。刘晓玲正在'表现'阶段，总提前上班拖后下班，想给支部书记留下好印象，她家远，所以就搬来住了。"

"博士平时常跟你们接触吧？有没有过什么不良非礼的举动？"孙秘书极力选择恰当的词儿婉转地表达自己的意思。

红嘴唇一听，立刻挺直腰板，毫不客气地辩驳道："孙秘书你这话可要问清楚喽，别'你们''你们'的，我还是个黄花闺女，跟刘晓玲不一样，你别把我跟她搅和到一起。我跟博士的交往仅限于谈理想的范围，再扩大一点也就是他有时买点鸡啊鱼啊的请我们帮着做，做好后大家一块儿吃。博士知识面挺宽的，我们都很佩服他。

"我再跟你们说一遍，停电的工夫我不在场，我无法证实什么。"

红嘴唇说罢甩了甩头发，一副心底无私天地宽的大义凛然状。

我们踩着雪后的泥泞，从田里抄小路到了农机站，找到看门的老罗头。乍一见我们，老罗头十分紧张，慌得不知说什么好。

"这话是怎么说的呢？说出事，还真就出了事了。"老罗头呷了一口茶，好不容易止住惊喘。

"我在这儿把门十来年了，也没个人敢来闹点事。哪知道防了外面的坏人，可就防不住院里的呢。平常儿，丫头小子们热热闹闹挺团结的，可谁承想就出了这么大的事儿呢！”

“那晚我正在看电视，忽地就断电了。我就关了电视躺着。没一会儿就听见后院吵得厉害，我赶紧拎着电棒过去查看，见刘晓玲正抱着她当家的一条腿，博士举着棒子要往下劈，吓得我赶紧扑上去拦住博士，这可使不得呀，打坏了人可不是闹着玩的。另一个丫头走过来帮着把刘晓玲当家的给拽走了。唉，出了这样的事，真是没想到哇。这话是怎么说的呢……”

我越听心情越沉重。看得出伊腾一点也不比我轻松。非找到刘晓玲不可，要不然博士可就彻底栽了。

大“红旗”急速行驶在乡间公路上。打听几次，终于找到刘晓玲的娘家。一个瘦小的老太太开门把我们领了进去，嘴里还不停地数落：“你们来找晓玲啊？她不想见人。这不，跑回娘家就一头扎进了小屋，不吃不喝，一个劲儿地哭。我就这么一个女儿，出了这种丢人现眼的事，让我这张老脸都跟着没处放，真是祖宗八辈没积阴德啊……什么？一定要有晓玲的口供？帮她洗清不白之冤？那也行，让她自己出来跟你们说吧。”

她返身朝里屋喊：“晓玲——玲子哎，你出来一下，有几个长官要见你。”

好半晌，才见刘晓玲慢吞吞地揉着眼睛出来。乍一看，我都不认识了，有模有样的一个女孩子，才不过两三天工夫，就弄得跟地狱里的冤鬼似的。

“刘晓玲同志，你不要有什么思想负担，请你把当时的情形如实跟我们讲一下，这无论是对你还是对我们的博士，都非常重要。”

刘晓玲掩面不语。

“停电的时候,只有你和博士在屋里吧?”

“……”

“停电以后多久,你听见你丈夫喊你的?”

“……”

“博士到底欺负你了没有?”

“……”

“你看见你丈夫打博士了吧?”

“哇……”

刘晓玲扭头冲进里屋大哭起来。

坐在车里往回走,我只觉得有一口恶气憋得肝疼。伊腾也在一支接一支地抽烟,眉头紧蹙着苦苦思索。

青年点的人汇齐了,接受有关博士操行的民意调查。

王京东第一个站出来替博士说话,他尽量把音调控制在中音区以下:

“没错,当时我们都不在场,是没法证明停电那几分钟里,博士究竟对刘晓玲非礼了没有。但是,凭我这一年里对博士的了解,我敢肯定,他绝不会做出任何越轨举动。博士也不过就是在姑娘们面前施展一番口才,引起一点崇拜罢了。再往恶心里说,他就是有那个贼心,也没那个贼胆呀,顶多是活动活动心眼,意淫一回到头了……”

小李子在一旁不高兴了,立刻打断王京东:

“王京东你别说得那么损好不好，我听不得你说博士这种话。我可以用我的人格为博士担保。我跟博士大哥在一起一年了，他是什么人我最清楚：有才，有貌，豪侠仗义，事业顺利，家庭幸福，人家妻子也是博士，又漂亮又温柔，儿子也长得好看，刘晓玲那妞儿算得了什么，博士哪能稀罕她。”

阿炳从那边椅子上跳起来，义愤填膺地挥手：“反正事已经发生了，说别的都没用。伊处长、孙秘书，还有你，苏凡，如果真的把屎盆子往博士头上扣，给他什么不公正的处罚，我们就联合全国下放的人公车上书，把事儿往大了闹，不怕把官司打到最高人民法院里去，反正赵大兴他们几个正窝着火手痒痒呢……”

“坐下，冷静点。”我喝住阿炳，“有伊领队在这儿，轮不着你领导人民自发起义。相信组织！”

王静也忍不住了，在一旁嚷嚷：“博士的事就是我们的事，委屈博士就是委屈我们大家。如果上书我第一个签名。到今天我算看明白了，我们是既结合不进去又抽身不出来的流浪的一群，也只好彼此相依为命了。”

次日一早，孙秘书转回来说，县委田书记要见我们。我陪伊腾立刻过去了。

“伊处长，好久不见，坐，坐。县里事太多，你来了几次，我也没能抽空看看你去。出了这么一档子事，这都怪我们平日里管教不严，工作不够细致。我让公安局局长亲自去找张三，他一害怕，把实话全说了，承认自己根本就是无理取闹，打了博士，还往老婆裤衩上抹了自己的东西想拿去敲诈一番。现在他正在局子里扣着呢，我想问问你有什么处置意见。”

我听得一阵阵感动，热泪盈眶，险些从椅子上栽下来。偷眼再瞧伊腾，见他依旧面不改色，不卑不亢，还在继续谦虚地说：“要怪就怪我们的思想工作没跟上，我们的同志太年轻，缺乏经验，书生气十足，对社会缺乏了解，还得请您多多指教，给补上这一课啊。”

……

伊腾不愧是军人出身，办起事来雷厉风行，干净利落。他在县里住了三天。第三天下午，他与北京院部通了半个小时的长途电话，然后通知博士提前结束下放锻炼，即刻返京。同时还宣布一条新纪律：掌灯以后不许与当地异性单独接触；只许交流思想，不许交流感情。争取平平安安返城。

决定做得非常突然，也十分果断。恐怕也没有比这再好的决策了。

翌日一大早，博士搭乘伊腾的“红旗”轿车一道回京。我们一大群人怀着复杂的心情给他送行。

阳光依然明晃晃的。路边还有一些残雪未化，上面浮着黑乎乎的尘土。一阵冷风刮过，枯干的树枝碰撞着，发出噼噼啪啪的响声。博士戴了一顶当地那种旧式破棉帽子，帽檐压得很低，试图遮住脸上的青紫伤痕。他站在一边，呆呆地看着阿炳他们把他的行李塞进后备箱，不说话，也不插手。一副黑墨镜把眼里的表情也给严严实实地遮住了。他走到我跟前，伸手在贴身衣兜里摸索了许久，终于掏出一大沓诗稿，塞在我手中：

“没什么意义了。留给你看着玩吧。”

“多保重。回京再见。”

车子载着博士渐渐远去，慢慢消失在残雪覆盖的原野尽头。

我翻开诗稿，见扉页上是水墨轻勾的满天若隐若现的飞絮。在“流浪族”的题名下写着几行工整的小诗：

春天的坟墓散发着桃花的香味
送葬的队伍兴奋地敲打着鼓槌
娶亲的哭声驱走了寂寞的狗吠
我们死了就会静止成松针

我长出了一口气。抬起头来，极目远眺。在博士经过的路上，一排排经历了四季轮回的白杨树，正在瑟瑟的风中兀立着。

**1992年7月于京西浴风阁**

# 梵　　歌

## 舍　　利

佛学博士阿梵铃扛着一个沉甸甸的大麻袋包，步履艰难地行进在河洛古道上。四月本来就是个容易集体抽风的季节。太阳很亮。麦子和菜花们在地里远远地连成一片，竞相炫耀着一身的老绿和金黄，泡桐和槐树枝上都吊满了嘀里嘟噜的浅粉和深白色花朵，挤兑得叶子还没来得及绿，就已经变老了。威猛的阳光，罩住了古道上缕缕行行出动的人群，催逼得行人脸上油汗滚滚，飞扬的尘土里满是欲望膨胀以后发酵出的酸味。扛着大包小裹的山里农民，密密匝匝成群结队朝通往外面世界的路口拥着，盲目寻找着做活发财的机会。提着密码箱、挟着公文包的掮客商人，乱纷纷地从各个山口拥进，一路上不停地推销兜售着真真假假的产品。背着双肩包的旅游观光客则闹闹嚷嚷地里出外进，操着花花绿绿的口音轻呼低唤"牡丹、牡丹"，张大潮湿的鼻孔急切嗅识着在四月定期大批量开放的国色天香。还有一些辨不明身份的蒙面怪客，脑袋上都套着隐约透明的女式无跟长筒袜，闪烁的眼神都贪婪地投向行人的背包上，装出一副漫不经心优哉游哉的样子，故意往路人身上挤挤撞撞。

阿梵铃这时才感到有些后悔，自己应该选择一个清静的时节出来才对。眼下他已不自觉地给裹挟进川流不息的人群里，高一脚低一脚踉踉跄跄地走着，不知道自己已经到了哪里。他是从北京出发，到西京长安和东都洛阳一带，来为他的毕业论文收集资料的。两天以后，他必须要在古滑国县城与导师会合，共同出席一次重要的学术会议。为了节省有限的经费，他不得不采用步行这种方式赶去了。

眼下，他的论文选题正憋在厚重的茧壳里，还不能清晰地理出一丝头绪来。是写玄奘呢还是写菩提达摩？是写禅宗呢还是写释迦牟尼？在中国佛和印度佛之间，他很是有些犹疑。他扛的那个麻袋包里已经装进了不少有价值的玩意儿：破铜烂铁、秦砖汉瓦、残经断卷、陈丝旧麻。他早就从书上得知，这一带曾经是龙飞凤舞龙凤呈祥的地方，龙种凤宗们曾在这里下过不少的蛋，也屙过许多的屎，因而千百年后，人们只要随便在地上踹它一脚，便能踢出个骨头棒子化石什么的，上面还附带着长了些绿毛。如果谁不经意把这些东西带到了海关，那么随时都有因文物走私罪而遭缉捕的危险。

麻袋渐渐把他压得喘不上气儿来。阿梵铃已汗流浃背，愈发感到肩头的沉重，但脚底板下却不敢有丝毫的放松，仍挺直腰杆，坚韧不拔地死扛着。袋子里的每一件宝物都是极其有分量的，祖先指不定在上面怎么活动过，阿梵铃一件都舍不得丢弃。这一路上，他已经访过大大小小的名山古刹，钻过形形色色的碑林宝塔，探过鸿篇巨制或短小精悍的俑坑陵园。他看见不少的文人骚客在此流连忘返，像一朵朵争奇斗妍的四月牡丹，炫耀着一张张多褶的灿烂，把“到此一游”的矫情诗文涂得满地满天。老百姓们则没心思那样酸了吧唧的一咏之叹，他们都乐乐呵呵地引吭高唱着牡丹之歌，脸上洋溢着牡丹一样动人的绿色，过节一样拥向祖先留下的这种旅游胜地和休闲场所，在四月墓园的福荫下变得越发豆绿而蓬勃。

洛水如一条惊蛰过后的响尾蛇一般，哗哗哗地贴紧地皮向前游着，两岸的山色雾气渺渺的，逐渐变得有几分诡异。阿梵铃把麻袋换了一个肩扛着。长期的伏案读经，让他患了很严重的肩周炎，走不了几步，从颈椎到肩膀以下又开始发酸。他索性将麻袋晃晃悠悠地顶在脑袋上，宛如一个袅娜摇摆顶着水罐去河边汲水的印度妇人。肩膀的压力减轻了不少，阿梵铃颇为自己的小聪明而暗暗自得。

人群忽然间骚动起来，有一种什么信息仿佛在尘土缝里以粒子碰撞的形式迅速传递着。阿梵铃心里一惊：莫非是发生了什么事？一不留神，麻袋包哗啦一声滑了下来，不小心刮了一下前边人的腰。那人也不回头，抬腿往后猛蹬了一脚，阿梵铃疼得弯下腰，慌忙就手又把麻袋推到脑袋顶上顶好。后面走着的人又被他弯腰的姿势绊了一下，十分不满地伸手在他的背上用劲狠捶。

阿梵铃尽管腹背受敌，可仍旧默默忍受着，没敢轻易出手还击。他知道，自己多年在莲花座上练就的一身武艺，不过是一种软功，只能在心智上谋胜，而不能在体力上硬取。倘若真的动起手来，除了被拍成一摊肉泥，自己是招架不住一打的。再则，在没有弄清楚事情的来龙去脉之前，他也不应该贸然出击。

人群骚动得更加厉害，迎面走来的人忽然集体转身向回返，后面跟上来的人则闹闹哄哄地往前拥。人流奇迹般的同时朝同一个方向蠕动起来。

“请问，这是到哪儿啦？”

阿梵铃顶着麻袋，夹在人缝中趔趄着，费力地伸长脖子，大声问着，以给自己壮胆。他已在冷板凳上推演过多年的六经八卦吠檀多薄伽梵，灾变来临之前，他总是会有一些预感。可如今仿佛所有的感官都给尘土封塞了，沉沉的，滞滞的，竟没有一丝交感。他觉得惊惧，禁不住又大声问了一遍：

“你们谁能告诉我，这究竟是到哪儿啦？”

没人回答他。只是人气更加嘈杂，相互碰撞、震颤，扑簌簌地往下掉人渣。那一瞬间，他觉得自己仿佛是墓穴里的一头秦俑，纵身在千百万给泥巴糊紧的俑群当中，正在密闭成为一种僵硬的造型。

“别慌。镇静。”阿梵铃叮嘱自己。他定了定神，回忆了一下经书的内容，然后，吸一口长气，将气直导入五脏六腑，练起了“大神湿婆遍入天”行走瑜伽功。走了十步以后，果然，七窍皆通，封闭的毛孔全部贲张了，迅速接收到空气中粒子振动的符号，将振幅连成一串之后，他破译出这样一句完整的语言：

要迎佛舍利了！

阿梵铃简直不敢相信自己的耳朵，他有些怀疑是自己的功力还没练到火候，于是又吸口长气，将气直导入丹田，紧走十步，将体内气场调至与空气对流速度相一致，那句话果然又准确无误地出现了：

要迎佛舍利了！

阿梵铃大惑不解。凭书上的经验，他知道，迎送佛骨舍利活动，大都举行在饥馑或丰稔之年。灾年以此求佛禳灾，丰年用它斗富比阔。但不知今夕何夕，今年何年？但不知何人发起，何人迎送，何人要将这千年古老仪式从头再现？何人这样处心积虑地返回古典？

带着学者究明其理的顽固劲头，阿梵铃不再按部就班地夹在人缝里随波逐流。他把麻袋从头顶卸下，紧紧抱在胸前，然后一步一菩提，一步一涅槃，趺趺撞撞、不屈不挠、不生不死地向前超脱而去！

被他甩在身后的人们愤怒已极地捶捶打打、骂骂咧咧，蒙面人趁机把手伸进他的衣服兜里。阿梵铃却无所顾忌，一意前行。若能尽快接近真理，挨上几下子打几句子骂，被偷走几张卫生纸，几毛零花钱，这一切牺牲又算得了什么？

遥遥地，已经听见了伊水潺潺流动的声音，摩崖石窟好似一轴通天巨画，铺天盖地从眼前垂挂下来。那被人们千百年来竞相膜拜的卢舍那大佛正巍峨端坐，庄严抿紧一张悲天悯人、乐天知命，天衣无缝、唇线优雅的小嘴，温柔敦厚，居高临下，对大千世界的芸芸众生做着一种愿意普度的手印。弟子阿难和迦叶毕恭毕敬地捧经在两厢侍立，干巴巴瘦得像两个饿鬼。众金刚怒目圆睁，龇牙咧嘴，以各种造型分列左右，尽心恪守着护法的职责。阿梵铃这才明白，原来是龙门石窟到了，自己这是已经走到那个悠久的奉先寺来了。

一道绳索把前方的去路拦住，绳子圈起大佛脚下方圆很大一块地盘。有两辆大型起重机靠山崖停着，直升机正绕着山顶呜呜地飞，两架变焦长镜头拴在机尾，在太阳下一闪一闪的。围观的人群前呼后拥猛烈朝绳子挤着，都想近前来看个究竟。阿梵铃刚抓住绳子，还没来得及看个仔细，就听“嗵”“嗵”两声炮响，从大吊车子上甩下几个铁罐头盒子，噼噼啪啪落在围观者中间连连爆炸了，彩色雾状粉末迅速弥漫开来，人们都给呛得大声咳嗽，一边擦着鼻涕眼泪，一边惊惶地连连后退。一时间烟雾四起，周围景致什么都看不见了。

待阿梵铃擦干眼泪重睁开眼时，看到烟幕已经散尽，大佛脚下魔术般的出现了一座巨型粉红色莲花台，花心中端坐着一个着麻纱水洗丝龙袍，戴 K 金皇冠的金光灿烂的女人，龙袍的每一道衣褶完完全全仿照卢舍那大佛所披袈裟的纹路摆放、拿捏。女皇身材窈窕，手掐着一只绿色牡丹，正在作拈花微笑科。在她左右侍立着两个光头和尚，挺胖。文武大臣们则仿护法金刚的模样，吹胡子瞪眼，把嘴角的周长咧到最大，一动不动地定格在女皇的左右两旁。

表情和姿势都拿好了，站在女皇右边的白净面皮的和尚敲了一下法器，高声宣布道：

“则天武帝今日要西去法门寺迎取佛骨舍利，奏乐，起驾登程啰——”

“呜哇——”

法号吹响，梵音缭绕。阵阵佛乐声中，一群装扮得古色古香的飞天从吊车之中升腾出来，翩翩落至莲花台前的场地上，衣袂飘飘地跳起了仿唐的舞蹈。飞天们都很白胖，开得很低的领口中露出一道道深浅低洼程度不同的乳沟，晃得人满眼尽是白花花的。那个穿小喇叭裤的，将腰一耸，便扭成九皮段的蛇形，腿儿一抬，便能够金鸡独立反弹琵琶。

绳子圈外的观众又开始朝前拥了。阿梵铃背部承受着巨大的压力，有些站立不定。乐声忽然间变得雄壮，一群武士穿着紧身连裤袜，做着毽子、小翻、托马斯全旋上场。他们在飞天女的脚下连打了几个滚儿之后，便做一些个把女子从地上捡起来，再扔过头顶去的抓举动作。单人舞双人舞集体舞这些规定节目都演完了，两旁吊车吱吱嘎嘎地启动，拴在飞天女腰间的钢丝索便被一环一环地拉起，仙女重又吊回天庭，手脚游动着，在半空中做一些表示腾云驾雾的自选动作，渐渐飞出画外。武士也甩着单臂大回环一个接一个地退场。

阿梵铃给彻底看糊涂了。原来被人们传说得诡诡异异的一场迎取佛舍利的大型宗教仪礼，却原来不过是几个戏子们玩的一场杂耍闹剧。那么自己的这种追问，这些怀疑，还具有什么意义？岂不是变得十分可笑、十分滑稽了吗？正在暗自思忖着，忽听吊车上有人用小喇叭喊：

“Cut！Cut！停！停！”

然后又喊：“编剧！编剧！编剧王晓明哪里去了？”

“这呢这呢。”

应声走过来一个下巴刮得溜光的高个白胖子，穿着件黑色T恤，上面印着《则天大帝》几个醒目的白色大字。再一看，绳子圈里站的一溜人，都穿着同样式的大背心。待那个高个儿走近了，阿梵铃一看，乐了，这不是研究生院里住在自己隔壁的文学博士王晓明吗？

“晓明——”他不由得兴奋地喊，把刚才的失落情绪暂时扔到一边，抱起麻袋包，撩起绳子就往圈里钻。

“嗳嗳，干什么的你？说你呢！”一个拎着电棍的脸色黝黑的土警察，站在绳子圈里推搡了阿梵铃一把，“往后站，往后站，没看见拍电影呢吗？把你照进去了算个啥？”

阿梵铃也挺生气地拿麻袋撞了一下土警察：“有话好说，你推什么推？”

土警察火了：“我说你这小白脸还挺牛气，不服气，找打是怎么着？”

阿梵铃假装硬气地：“你说怎么着？你神气什么？不就是拍个破电影吗？”

土警察扬起电棍正待发作，王晓明已经跑了上来，隔着绳子与阿梵铃热烈拥抱着：

“阿梵铃！嘿，兄弟！你怎么到这儿来啦？”

阿梵铃白了土警察一眼，大摇大摆跨过绳去，摇着王晓明的手："我出来查资料哇！哥们儿你论文做完了？何时打进影视圈的？"

王晓明说："一言难尽，你看我这忙的，有空我再跟你从头细说。"

正寒暄着，刚才喊"cut"的那个人走了过来，拿着本子对王晓明说："晓明，这段得改。"

王晓明恭敬地问："改谁啊导演？"

导演说："你看啦，这个武则天，人都知道这个卢舍那大佛是她捐的钱，按照她的模样凿出来的，可是女主角太瘦，反差太大，观众不买账的啦。可眼下，又没有办法一口气吃出个胖子来，所以你想一想，能不能把背景换一下？"

晓明说："盛唐气象，尽在一个卢舍那大佛身上呢，改了，就不好表现了。"

导演说："琢磨琢磨，活人总不能让佛给憋死的啦。"

王晓明眉头紧锁，倒背着双手，驴拉磨似的不停地在佛脚下转着圈。演员们带着一脸的油彩说说笑笑戏闹着，女主角独自坐在一旁拿着本子很认真地默戏。王晓明一会儿仰望卢舍那，一会紧盯女主角，蓦地一拍脑门，大声说道：

"有了，有了！快，给卢舍那大佛镶上两颗虎牙。"

导演一听："哇！好主意，晓明你真聪明，我用你的本子算是选对了。"接着他拿起小喇叭，"美工，道具，快快，架梯子，给大佛镶牙。"

立刻就过来一帮人马，拎着凿子、水泥、铁锹，抱着几块汉白玉石头，搭着梯子，搂着佛腰，敏捷地爬上脸去。

阿梵铃看得目瞪口呆，犹犹豫豫地问："晓明，这可是国家一级文物，容许你们这么篡改吗?"

晓明说："剧组有的是钱，都可以把这个地方买断，安一两颗假牙有什么大不了的。"

搭景的很快就忙乎完了。镶牙的人们从佛身上爬下来。导演喊各个部门注意，第207个分镜头准备开拍。

场记"啪"地打板。

分镜头207：

梳着一个小抓髻的大文豪韩愈上场。武则天端坐于卢舍那大佛像下，仍拈着那一支绿色牡丹花。右边侍立的那个长着白净画皮的和尚，就是名垂青史的女皇面首，白马寺的住持薛怀义。

韩愈一袭雪白丝袍，从袖筒子里取出一纸奏书，就是那篇流传后世的《谏迎佛骨表》，从左侧向前迈了一步，恭恭敬敬地双手呈给女皇：

"女皇陛下万岁万万岁！佛骨舍利是不应该去迎的呀！如今那帮做和尚的，光吃饭不干活，不保家来不卫国；不垦荒不种地，逃避兵役和徭役；又偷税来又漏税，是又装神来又弄鬼；农民全都出了家，工农加大了剪刀差。长此以往，国将不国了啊……"

韩愈悲愤地掩面而泣。

武则天听得有些心动，刚想张口问些什么，白马寺住持薛怀义赶紧上前一步，附在她耳边低声说；

“My 达令，亲爱的，不要听信他一派胡言！韩退之这人一向以知识分子中的精英自居，狂傲不羁，把谁都不放在眼里，到处用他那一套学说蛊惑人心，写些什么《原道》《原罪》《原惑》的，一心想要尊孔灭佛，要搭块板把孔老二给供起来。赶走了佛，我们还怎么尊称您及您之后的慈禧太后为老佛爷呢？这种人，专爱与政府作对，用不得，信不得啊！”

武则天微微颔首，觉得怀义的话不无道理。

韩愈一直都在对女皇察言观色，见状赶紧跪爬几步，匍匐在地，含着眼泪说：

“陛下陛下，佛骨真是万万迎不得的呀！且不说动用那么多人力物力财力，奢侈铺排，劳民伤财，单说那佛骨本身的真实性就令人怀疑。那哪里是些什么释迦牟尼的手指骨，分明是天竺妖僧用几块玉石假托的呵！可恨那些社科院的考古学专家们，慑于佛教势力的强大，不敢坚持真理讲真活，只会一味奉迎随声附合拍佛马屁。唉！可怜我大唐江山，几代君主都被蒙蔽了，把几块石头用小金棺材装着，从洛阳到长安迎来迎去的……”

薛怀义再也忍不住了，一个高蹦起来叫道：

“呔！大胆韩愈，竟敢说出如此欺君罔上、呵佛骂祖的狂言！现在已是武周时代，你还口口声声大唐大唐的，难道你是要搞复辟吗？”

韩愈把头一扬：“呸！小薛你这午夜牛郎！这里哪有你说话的地方？除了身上那根物件儿硬朗，你有何德何能，竟也能当起白马寺的方丈？”

薛怀义脸上一阵红一阵白的："陛下，他这是在辱骂陛下……"

武则天威严地喝住："退之！休要放肆！大堂之上，你竟敢影射朕是织女……"

薛怀义一旁急得直摆手："不对不对，牛郎是男妓的意思，好莱坞经典影片，达斯汀·霍夫曼主演的……"

武则天声色俱厉："好你个韩愈！身为朝中元老，竟然带头看起黄色录像，晚节实在也是难保。我且问你，不迎佛骨，不扬佛理，朕还靠什么来攫取民心，又怎得登基做成皇帝？想那泥腿子的农民起义，还要打出一些神神道道的招牌呢！朕劝你，安心离休当顾问，好好在家教养儿孙，侍弄花草，不要一闲着闹心就进谏上表。念你从前戎马倥偬为国出过力，朕也不忍重罚于你，只给你个象征性处分，贬到那荒僻的潮州当刺史去吧。"

说着，将那一支绿色牡丹，蘸了一些七宝琉璃瓶里的净水，朝跪伏的韩愈身上点了一点，起身，扬长而去。薛怀义在她身后紧紧跟随。

上来两个武士，架起韩愈往外走。韩愈一甩手："哈哈哈哈！仰天大笑出门去，我辈岂是蓬蒿人。"说完，扭头，愤然怒视卢舍那，"啐"一口黏痰朝大佛身上吐去。

镜头上摇。卢舍那大佛龇着两个虎牙，轻蔑地哂笑。定格。

导演说："OK."

阿梵铃看得木呆呆的，半晌，才讷讷地："我说晓明，你小子学过历史吗?"

王晓明说："得了吧，兄弟，我知道你要说什么。历史，历史是什么？历史就是卢舍那大佛嘴里那两颗虎牙，我想安就安，说拔就拔。”

导演听了，一旁瞟了他们一眼：“二位这话有点小题大做了吧？我看你们大陆的学者，把月亮和月经，曹雪芹和希特勒都能放在一起搞比较文学，晓明这个本子，实在很小儿科的啦。”

晓明和阿梵铃听了，一时都面带惭愧。

演员们忙着擦汗喝水。围观的群众又往前拥，想仔细看看女主角，并且把背心草帽都脱下来了，准备请她在上面签名。绳子圈里的土警察们又把电棍舞得嗖嗖响，不允许追星的人们靠近。

剧务又在换景。导演拿着本子哗哗翻着，看了一会儿，又叫住晓明：

“晓明，下一个镜头，武则天跟薛怀义造爱一场，我的想法，再添点戏啦。武则天也不是说一下子就跟和尚睡到一块儿去的啦，给点铺垫、调情啦，火候差不多了再往床上搞嘛。”

“这个嘛……”晓明一时有些挠头。

导演启发说：“武则天跟和尚还有没有其他因缘？”

“噢？巧了，巧了，”王晓明一指阿梵铃，“这个正好问他，他是专门搞佛学的。”

于是王晓明才想起来正式给阿梵铃和导演互相做介绍。阿梵铃这才知道，面前的这位就是以善拍历史巨片而著称的香港一代大导演李约翰。李约翰握着阿梵铃的手客气地说：“阿博士，幸会，幸会，不知你能不能在佛学方面给我们做一些指导？”

见问到了专业上的问题，阿梵铃根本就不用考虑，张嘴就发挥起自己的特长:“据我所知,皇后武则天很是景仰一代高僧唐玄奘,两个曾经有过交往的……”

“噢? 是吗? 请讲请讲。”导演和王晓明都来了兴趣。

阿梵铃继续背书似的说:“玄奘大师深谙‘不依国主,则法事难立’的道理,很注意搞好跟政府上层官员的关系,频繁地往朝廷当中走动,从印度留学回来,也没忘记带些象牙玉器之类礼物送给太子太宗。高宗显庆元年十月,即公元656年,皇后武则天怀孕将产,玄奘为她设法事祈祷平安,则天赏给高级丝绸面料袈裟一领。十二月五日则天生皇子李显,满月,玄奘进宫为小孩剃度,落发受戒……”

“Cut! Cut!”导演兴奋地大叫,“就这儿了,就这儿了。在这里加一个分镜头:武则天满月,玄奘进宫给小孩施洗,则天对他一见钟情,想把他留在深宫,养在枕边,三藏不肯就范,则天从此日思夜想唐僧肉。玄奘死后轮回转世,一转,两转,就转成了白马寺住持薛怀义。则天一见这个与玄奘长得一模一样的小和尚,当然就要勾引着上床的啦……”

王晓明说:“妙! 妙! 这蒙太奇组接的,不生硬,还有佛理依据。”

阿梵铃心想:人家导演毕竟是导演,擅长形象思维,一想就想到人物造型和床上动作上去了。

导演说:“小明你赶紧给编词儿,我去跟演员说说戏。”

王晓明立即低头往本子上唰唰唰地写,时不时抬起头来向阿梵铃请教两句。

不一会工夫，导演气呼呼地回来了："我说你们大陆演员怎么只认得钱啦？那个薛怀义听说要加戏，立即去向制片主任提出增加片酬，要跟港台演员同等待遇。我让制片主任跟他说了，要想同工同酬也得等到九七回归以后，薛怀义一听，加的这场戏就罢演了。"

导演两手一摊，有些发愁："晓明你说，飞机在天上飞，景也搭好了，这会儿我哪儿找一个和薛怀义长得像的演玄奘去？你们大陆演员，真是素质低，没有敬业精神。"

晓明也是大陆来的，听着这话挺反感，心里头不乐意可嘴上不便说什么，只好拿眼睛往演员堆里寻摸，看了半天也没有太中意的。目光只好转回来，落到阿梵铃身上时，忽然眼睛一亮，说："导演，你看阿博士跟薛怀义长得像不像？"

导演正坐在石头上抽闷烟，听了这话，扭头看了阿梵铃一眼，说："有点像，身材五官都差不多，不知阿博士有没有演过戏。"

不等阿梵铃回答，王晓明就抢着说："李导，阿博士一直研究佛学，对那套礼仪比较精通，演起来肯定比真和尚还和尚，您就让他客串一场。"

导演沉吟一下，说："救场如救火，那就先上妆，试试啦！"说完捻灭烟头，接过王晓明改编好的本子，去给女主角说戏。

阿梵铃真的急了，哐哐哐地擂着王晓明："臭小子，搞恶作剧，成心耍我是不是？"

王晓明说："嗳嗳，兄弟，你可别狗咬吕洞宾。想进这个剧组的戏子都快把导演门槛挤破了，可谁有你这福分？凭空白捡一个角儿。”

阿梵铃说：“我他娘的哪演过戏？你这不是逼良为娼吗？”

王晓明说：“哟，看不出来，还挺正统的嘛！不会演？没演过怕什么？我写过剧本吗？也没写过，可那十几万块钱的招标也太他娘的诱人了。写，写！狠狠地写！满怀激情地写，花里胡哨地写！别人都在戏说，我为什么还要正襟危坐？你知道我通过多少层关系才把剧本递到导演手上的嘛？你这会儿已经是天上掉馅饼啦，还不赶紧偷着乐？有道是肥水不流外人田，谁让咱俩是住一个楼里的哥们儿呢。”

说着，又推了阿梵铃一把：“上吧，还犹豫什么。”

阿梵铃心里七上八下的，有些蠢蠢欲动。于是咽了咽唾沫，借着晓明的助推力，拿出一副豁出去的架势跟着化妆师去上妆。

化妆师边瞅着薛怀义的脸盘子，边照着给阿梵铃描眉画眼线、戴发套，并把薛怀义身上的袈裟扒下来给阿梵铃套上。薛怀义边脱衣服，边愤然怒视着这个半道上冒出来的、不给大陆演员争脸的叛徒和奸细，瞪得阿梵铃一激灵一激灵的。

导演对阿梵铃说：“你不用紧张，我让晓明就给你写两句台词。你和武则天初次见面，武则天千方百计勾引挑逗你，你要面带潮红，气喘吁吁，仰望则天，说，‘贫僧已经将身许佛，原谅我不能再献给皇后了。’表面上看你一派镇定，佛心似铁，实际上是暗怀惋惜，身不由己。就两句啦，好好记一记。”

阿梵铃紧张得两个手心已经开始冒汗，导演的话一时没怎么听清，脚底下有点没根似的站不稳。

导演拿起小喇叭，开始喊各个部门注意，又扭头叮嘱阿梵铃：“放松一点好啦，我让女主角给你带戏，你只要跟上趟就行了。注意，眼睛不要瞅镜头。”

导演说：“开始。”

场记“啪”地打板。

第301个分镜头：

一阵梵乐响起。阵阵乳香袭来，刚刚坐完月子科的武则天身着玲珑纱，头缠白布条，雍容华贵、风情万种地斜倚在凤榻上，对面站着唐玄奘。

武则天：“听说大师才华横溢，在印度曲女城论文答辩大会上，大显身手，舌战群佛。六千多名印度僧人学者仰慕您的威名，又看见戒日王正坐在主席台上为您撑腰，所以都没人敢向您提问，您轻而易举就赢了，被推为大乘帮帮主和转轮王。您的事迹早已传回国内，引起巨大反响。您是我中华民族的脊梁啊。”

玄奘大师低头不语。阿梵铃让照明的大灯泡子烤得脸蛋子通红，感觉得到摄像机镜头正围着自己前后左右地拧着，脸上的肌肉都紧张得僵了。

武则天说：“您不贪恋异乡荣华富贵，身居国外十多载，不忘亲人和家乡，一心学成归来报效祖国。派你这样的人出去，我们放心。”

说罢，武则天在侍女服侍下起身，下得床来，将两厢闲杂人等喝退，然后一摆胖腰，莲步轻移至玄奘身边，娇声软语道：

“大师西去留学十六载，想不到还是这么年轻英俊……到底是佛门弟子,修炼出舍利真身,遭了那么多洋罪,却怎的都不显老啊!就留在我身边,当个宰相,好不好?”说着伸出两根葱珑剔透的玉指,轻轻托起玄奘的下颏,“好不好? 嗯? 好不好?”然后双唇轻颤,眼圈泛红,眼眶中蓄满动情的潮水,舌尖轻舔着玄奘的耳根:“我实在需要你……的辅佐啊。”

阿梵铃登时感到一股兰气直从耳道通入脑仁儿,酥痒刺激得难以自持,两腿暗地里抖得像筛糠。他怯怯地抬起眼来,迎面满满的是一团香艳。再一对接大明星那勾人魂魄的眼神,脑袋瓜子“嗡”的一声就大了,满脸潮红,气喘吁吁,仰望着明星,直勾勾地,半天说不出一句话来。

导演助理急了,在一旁大喊:“说台词说台词!‘贫僧已经将身许佛……’”

阿梵钟脸涨得更红了,梦呓般的嗫嚅着:“贫僧已经将身许佛……”

“口型张大点,再张大点,说‘原谅我不能再献给皇后’。”导演助理又在边上喊。

“原谅我不能再献给皇后……”阿梵铃像鹦鹉似的应声说。

武则天一听,走开几步,退回原位,叹口长气:“唉! 郎心似铁,佛心似铁。我才懂得为何取经路上那么多女人想吃你的肉而不得……也罢,也罢,就让我从今往后,吃斋打坐,诵经礼佛,日夜遥望慈恩寺,实行一夫一妻制,让围绕你的空气也围绕着我,离你近些再近些。”说完,飘飘然走出画面。留下一个阿梵铃在原地不知所云,张皇失措。

“OK!”

导演一声喊，大灯泡子全灭了，阿梵铃还傻呆呆地站着，梦没做醒似的。王晓明上去扯起他：“兄弟，真有你的，你可为我长脸了。”导演也说：“好极了，真不相信阿博士从来都没有演过戏。”

阿梵铃还在痴呆呆地遥望着女主角，王晓明在他肩上猛拍一巴掌，“嗳，兄弟，这是戏！戏完猢狲散，你可别真进去了。”

阿梵铃说：“这还不都是你一手炮制的。”

吃过晚饭阿梵铃跟着王晓明去导演屋里看带子。有几个演员也在座，幽暗之中，阿梵铃看到了韩愈和武则天，薛怀义却没有来。武则天只顾跟导演说笑，见他进来，连个招呼也不打，仿佛根本不认识他这个人似的。阿梵铃心里怅怅的。

剪辑好的带子哗哗往回倒着，又慢慢放了出来。阿梵铃看到了一个红头涨脸的自己，觉得新奇而又陌生。女主角比他眼见的还要美，几个特写镜头把她的优点全放大了。

画面一个闪回，满目都是盛开的牡丹。武则天锦衣罗裙在花丛之中笑着捏条纱巾奔跑，薛怀义骑一匹白马，四蹄飘飘地在后面慢动作追逐笑闹。

姹紫嫣红的炫目色彩在镜头中纷纷掠过。薛怀义追到跟前，把女皇从花丛中拾起来放到马上。白马受惊。怀义抱着女皇从马背上跌落，在牡丹丛中翻滚。武则天优雅地仰面躺倒，怀义趋近，毛烘烘的大手探进女皇开领很低的上衣。女皇眼睛半睁半闭，嘴里喃喃叫着：“玄奘……怀义……”

薛怀义一个脸部特写，画面叠印出他的前生唐玄奘：阿梵铃正两眼冒火，面色潮红，气喘吁吁……

阿梵铃看得心里扑扑乱跳，心说这是怎么搞的？好像真的是我干的似的……这个镜头若真是我演的该多好……可到时候该怎么向妻子解释呢？

武则天还在呢喃着：“怀义……玄奘……”一个大特写，女皇双唇微张，睫毛轻颤，玉臂在薛怀义的光脊梁上急不可耐地划拉着……

镜头慢慢上摇，上摇。伊水河欢快地流淌。卢舍那大佛抿着两颗小虎牙，多情而羞涩地微笑……

主题歌随即响了起来：

则天武帝
武帝则天
万民景仰
万众狂欢

牡丹淫荡
淫荡牡丹
装点墓园
光耀永远

## 欢　喜

昨日英雄煮酒桃园结义，华山比武论剑

阿梵铃打老远就看见氢气球上拴着的这两个巨大条幅,正在古滑国玄奘故里的上空飘扬。他急忙抱紧麻袋,脚不停歇地向前赶去。那些个玄奘石棉瓦厂、玄奘唐三彩窑、玄奘一号高产实验田、玄奘百货商店等等以玄奘来命名的单位呼呼呼地从他身边掠过,他也顾不上细看,连跑带颠儿,直奔会议地点——玄奘希尔顿宾馆报到。一进宾馆大门,就见那哥特式尖顶门框上,挂着一条通红的横幅:热烈庆祝玄奘圆寂国际大会在故里召开。

阿梵铃默默念了两遍。虽说这条幅上的语法不太规范,但是他那一路上一直遮蔽在重重帷幕中的思维还是隐隐约约给揭示开了。论文的思路,像蚕丝一样正从封闭的茧壳里向外抽离,越来越坚韧,越来越明晰了。对,就写玄奘,写那个把印度佛教系统带回到中国来的佛学大师,把被吴承恩王晓明还有李约翰这些二百五文人艺术家给戏说糟蹋过的一代高僧形象,给扭转过来,还历史以本来面目,重新确立玄奘在学术思想史上的崇高地位。

“师兄,你怎么才到呀?导师等你都等急了。”

师妹小梅蹦蹦跳跳地从里面跑出来,上前挽起他的手,像挽着亲哥哥似的,说:“快进去吧,会务组有那么多活等你干呢。”

阿梵铃张开嘴,想说一下路上在摄制组的耽搁,想了一下,又把话咽了回去,高高兴兴地被师妹挽着,一同朝里走去。

师妹小梅是个小神童,才二十三四岁,从四川外语学院考来的,极有语言天赋,十五岁就给保送上大学,二十出头就已硕士毕业。在气温低湿的盆地里却学出了一口地道的美式英语和流利的加拿大法语,并且顺带着把法兰克福德语也打通了。学了外语不急着出国,偏要到北京念一个博士玩玩。那年她把几个有名望的博士生导师都上门去相看了一遍,不知怎的,就相中了真空导师,回去把真空的几本著作背巴背巴就考上来了,外语差一点得了满分。真空导师在收她还是收另一个外语差却专业考第一的男讲师时,还着实地犹豫了一番,最后还是录取了小梅。事实证明真空收对了,小梅来后导师很得她的济,以后凡有国外信函往来,一概交给小梅代为处理。

阿梵铃也十分喜欢自己这个聪明伶俐的小师妹。带着她,无论走到哪里,都能给搅起一片生机。这次会议是导师真空坐庄,特意把她带来当大会翻译的。

阿梵铃跟小梅二人进去,见过了真空导师,又跟另一位以前就认识的空空大师打了招呼,赶忙就戴上会务组工作人员的胸牌投入工作,给络绎前来的报到者发材料,收住宿费。

正在这儿脚不沾地地忙着,忽听门板“啪”“啪”给拍得山响,有人在门外大喊:“冤枉! 冤枉啊!”

众人都抬头一怔。真空对阿梵铃说:“去看看,何人在此大声喧哗。”

阿梵铃应声拉开门道:“何人在此大声喧哗?”

门外站着一个黑红脸膛、穿对衣布衫的老者,看了看阿梵铃戴的胸牌牌说:“请问学者大人,你们是不是开玄奘会的?”

阿梵铃说:“正是。请问,这开明盛世,你有何冤? 有冤为何不去县政府门前喊？怎的跑到宾馆门前来了？”

老者说：“我这冤非跟你们喊不可啊……”

话没说完，空空大师打里边走出来，一看，说：“这不是唐招提寺村的老陈吗？老陈你好，快请屋里坐，请进来说。”

老陈进来，见过真空导师和小梅，又冲一屋子人抱了抱拳：“各位学者大人，你们怎知，这个滑国的玄奘故里是假的，真故里却在鄙人的唐招提寺村。”

众人一怔。连真空导师也怔了。大家惊诧不已。空空大师连忙说：“是的是的，老陈为这事给我写过好几封信了，还特地去北京佛协找过我。”

真空大师问：“你怎知滑国故里是假的？”

老陈说：“玄奘诞生的那几间草棚如今尚在，玄奘故居的牌匾吾也都立起来了。在下本人也俗姓陈，跟玄奘大师同姓，不才正是他老人家一脉单传的后人哪。”

小梅好奇地插嘴问：“没听说玄奘结过婚哪？怎么就有了后人了呢？”

阿梵铃急忙扯了扯小梅，阻止她这种有失身份的童言无忌。

老陈说：“咱们闲话少叙。请学者们快快跟我上车，实地考察一番就明白了。”

几个人不由分说就给架上了等在门口的一辆叫“130”小货车。尽是坑坑洼洼的土路，车子颠簸得厉害。空空大师介绍说，老陈从前是村里的私塾先生，一直都教书，国学造诣很有一些，说起话来喜欢用些古代汉语。

到了唐招提寺村口一看，老陈老伴和乡长小陈正立在道口迎接他们。乡长小陈说起话来文诌诌的，对本乡的风土人情历史典故了如指掌、如数家珍。众位学者暗暗佩服，有历史的地方和没有历史的地方就是不一样，对先人的自豪全都写在一张张面色凝重古色古香的脸上呢。

迎面就是玄奘出生的草棚了。三间小草房孤零零地兀起于一片麦田间，老陈说这是村人自动腾挪出的一块宝贵的地盘。房顶上都苫着油毡纸和石棉瓦。房檐下挂匾，匾下立碑。匾镌金字：玄奘故居。碑刻人名，都是捐款腾地重修草棚的乡人邻里。棚中分坐三尊金身塑像，左为关公，中间玄奘，右间是观音菩萨。

小梅好奇地往草棚里探头探脑张望，一边心存疑虑地嘟囔："师兄你说，玄奘他爸当年也是在这一带当过大县长的，县长家能就住在这破草房里吗？"

阿梵铃看了看一脸虔诚地做着介绍的老陈和小陈，忙制止小梅："别瞎说！伤害了地方人民的感情。"

小梅吐了吐舌头，不说了，跟随众人进了草棚边上一间小帐篷。这是老陈特地支起的玄奘生平事迹展览馆。帐篷里有一些经书袈裟、石碗石筷等实物，朝阳的一面贴着复印下来的玄奘族谱，还有一张拓下来的三尺长的玄奘负笈取经图。老陈自己的一张免冠正身十八寸大彩照紧贴在玄奘负笈图旁边，粗粗看去，在扫帚眉单眼皮儿椭圆脸等诸多方面二人极其相似，由不得人不相信两人一千年前是一家，只是画上的玄奘从没为吃饭穿衣发愁过。也不曾担心什么旱涝收成，看上去心宽体胖显得年轻，而老陈作为一个乡村民办教师，常为发不出工资而苦恼，满脸皱巴巴的十分苍老。二人搁在一块，辈分很难确定。

老陈说：“诸位学者们，你们定是知道唐招提寺的吧？”

小梅快嘴快舌：“知道，挺大的，后来不是给毁了吗？”

老陈说：“寺是毁了，可残碑还在，遗址就在村头小学校里。据史书载，玄奘诞生地位于招提寺西南十五华里处，就是吾这三间草房的位置。可他们滑国那个故居，却在小学校正北方向，斜了去啦，差好大一截子……”

小梅说：“怎么量出来的啊？准确吗？”

老陈说：“请地质勘探队的来量的，绝对有准儿。另，从族谱上可以查出，玄奘是吾先人之表弟，吾应称其为叔伯祖爷爷。论据总共有二十五条之多，吾已寄给空空大师看了。”

空空忙说：“是啊是啊，我看过了，老陈说得极有道理。”

半晌都在沉默不语的真空导师，这时慢慢开口问道：“既然如此，最初滑国故居还没修建的时候，你们为什么没首先做这项工作？”

乡长小陈懊悔地说：“唉，唉，这都是我们一时决策失误，才造成如此严重之后果。老陈当时就提出过要修建玄奘故居，但由于那时乡党委一班人的主要精力正放在抓大秧歌上，秧歌搭台经济唱戏，修故居的事就被耽搁了，就被邻近的古滑国给抢去先建了。眼看着一车一车的外宾猛往滑国故居拉，我们这才充分认识到，玄奘的国际影响要比扭大秧歌大。所以乡里决定，坚决支持老陈的一切活动，给出车出经费，一定要把修故居的权利夺回来。”

老陈老伴也插嘴说:“俺也坚决支持他,俺就在这窗口办了个杂货铺,挣两个现钱供他往城里跑……”

众人这才注意到,帐篷背阴一面开了个小窗口,上面摆着些汽水面包针头线脑之类杂物,来买的人并不多,生意十分清淡。

乡长小陈说:“老陈这是在用玄奘精神重建玄奘故里,十分不易啊。”

众人一听,不由肃然起敬。空空说:“老陈你放心,我们一定替你呼吁。”真空想了想,说:“老陈,给你们两份请柬,正式邀请你和小陈去出席纪念玄奘圆寂的国际学术会。”

老陈感动得不得了,陪着众人出来,一定要跟几位学者在草棚前照张相。老陈老伴忙转身回帐篷,搬出个大木牌子来挂上,牌子上是白底红字:玄奘故居管理处。老陈老伴说:“平时没人来,就不挂,花了不少钱打制的,挂在外边风吹雨淋,怕浇坏了。”

开会的学者、沙弥和比丘尼陆陆续续到了。真空大师邀请来了日本、韩国、印度、斯里兰卡、尼泊尔、香港、台湾等众多国家和地区的使者。这些人都属于一个学术圈儿里的,彼此相熟,每年都要凑到一起开一次国际研讨会。今年轮到真空做庄,地点选在玄奘老家,跟洛阳牡丹花儿凑到一起开。欧美方面来的不多,只来了一个德国小子,美国的大叔因为签证被使馆拖延了,因此电告来不了,真空听了万分着急,很担心会议的规模和国别不够,让人说成是亚洲国家区域性会议,在圈子里头没面子。灵机一动,忽然想到去请尼泊尔国大使。大使是真空在印度留学时的好友同窗,笃信佛教，接到邀请，很痛快地来了，并表示开这个会是中尼友好关系史上的一件大事，反正他眼下手头没活，一定要坚持把会开完，奉陪到底。大使一到，会议的规格便平升了一个档次，玄奘希尔顿宾馆赶忙把从未启用过的总统套房拾掇出来了，隆重迎接大使阁下。

真空大师正在高兴，一大群迟到的印度学者找上门来，反映宾馆住宿费收得太贵，请求真空帮忙说情，能给他们收便宜点。真空对印度国情比较了解，知道他们出趟国也极其不易，跟我国一样经费包干，节余的都归个人。真空于是找到宾馆经理，说能不能照顾一下发展中国家来的？宾馆经理一听为难了，说真空大师，你看我们这小地方出一个涉外四星级宾馆容易吗？这都是我用我的乡镇企业十年辛苦钱换来的。再说会议一百来号人的伙食费已经由我们宾馆包了，宿费也只是收了国家标准的一半，我们是没法再减了。

真空大师回来一说，印度使者们不高兴了，说那我们不住这儿了，到街上找家便宜的私人小店住去。真空一听害怕了，若真的住出去，那不是寒碜我这个地主呢吗？这种事情印度人是干得出来的。于是赶紧坐下来，把这群印度朋友召集到一块，耐心细致地做思想工作，用一口地道的南亚英语极其恳切地说："各位各位，看在都是老朋友的分上，请给兄弟留一点面子吧。要么这样，大家先交一半的钱，先安顿下来好好休息，剩下那一半我去想办法，实在不行，我真空个人替大家掏了。"

印度人这才交钱，领了出入证，进了各自房间。真空把阿梵铃叫到自己屋里，说："待会儿再有印度朋友找我，就说我不在。"阿梵铃遵命守住门和电话,又不解地问:“那您还请这么些印度人来干吗?”真空说:“谁请了这么多?给了两份帖子他们复印了二十份。我可上哪儿替他们讨还那一千多美元的住宿费去呢?”

第二天上午的开幕式极其隆重,重金请来了几个大报记者和电视台照相的。主席台上坐满了当地“玄委会”的领导。阿梵铃从散发的会议材料上才得知,当地已经建起了规模庞大的“玄委会”,县乡一级领导都是常委,另外,在开发玄奘资源方面有突出贡献的村一级干部也给纳入在内。会议的几万元经费都是由他们赞助的。人家出了钱,理所当然该坐在主席台上供人瞻仰。唐招提寺村的老陈和小陈坐在台下看得眼巴巴的。由于他们村的草棚故居到现在还没得到正式承认,所以尽管他们在挖掘玄奘宝藏中也做出了很大成绩,可还是连个“玄委会”的委员都没弄上,一时间心里有些怅怅的。

其实感到失落的还不光他们俩,台下硬板凳上还坐着一些全国一流的学者专家。在学术大师遭崇拜的年代,老头子老先生们都曾被当成文物级偶像对待,出得门来前呼后拥,他们的名字总是在国家一级学术刊物上频频出现。平日里若是哪个年轻人想去登门求教拜访,或是报社记者们贸然上门采访,他们都可以随随便便叫老伴出门把人家打发掉,或者干脆牛气冲天地把人家拒之门外不予理睬,弄出一出出“程门立雪”式的故事新编。可如今不行了,稿纸上堆出的名气不顶用了,没有钱到哪儿都玩不转了,连一个小县城的主席台竟也轮不上坐。老先生们就胡子翘翘地想:有什么了不起的嘛,也不过就是个金钱面前人人平等。想当年我们不是也挣大洋坐黄包车吗？现如今虽然不能奉为上座、捧到天上，但比起被踩在脚下、洗澡割尾巴的时候还是强多了。

真空是唯一被安排在台上就座的学者代表。他特意穿了西装打了领带，把头发也抹得锃亮，奋力挺直一把老腰杆傲然坐着，像那个孔乙己似的，再怎么着也得穿长袍把酒站着仰了头喝。轮到他讲话时就平平仄仄抑抑扬扬膛声洪亮气贯长虹，惹得电台电视台的记者好一顿子录音录像。台下的学者们这才觉得心潮略平，同沾风光。

“玄委会”的领导也一个接着一个地致词，为玄奘大师产在当地而深感自豪。“鲁迅先生早就教导我们说，玄奘是中国的‘脊梁’”。他们的发言稿里不约而同地这么引用着。其实这句话最早是由真空大师从鲁迅的杂文中摘出来的。鲁迅也不过是在一长串排比句中提到“有埋头苦干的人，有拼命硬干的人，有为民请命的人，有舍身求法的人……这就是中国的‘脊梁’。”①真空就把“舍身求法的人”直接改成是玄奘。他这样一引用后，别人都看着这话挺好，于是便争相传抄，抄来抄去，抄大发劲儿了，最后就明目张胆地给加引号：“鲁迅说玄奘是中国的脊梁。”

开幕式过后，一场酒宴是必不可少的。在玄奘希尔顿宾馆一楼能容纳上百人的餐厅里，僧俗两界采取背靠背形式欢聚一堂。这一边是素鸡、素鸭、素火腿，那一头是佛手、佛瓜、佛跳墙。“玄委会”领导又偕同宾馆经理一道挨桌给宾客们敬酒，穿旗袍的乡村小姐不时地给添菜加汤。

① 鲁迅：《中国人失掉自信力了吗》，《鲁迅全集·6·且介亭杂文》，118 页。

酒足饭饱之后，众人到外面集合上车。警车“呜呜呜”地闪着红灯在前边开道，“凯迪拉克”里坐着大使和秘书，“子弹头”里装着“玄委会”领导，余下的坐进几辆豪华空调大客，人马浩浩荡荡在县城大道上招摇着，直接奔向古滑国那个公认的玄奘故居参观。唐招提寺村的故居没被列到会议参观景点上。老陈和小陈并没有因这一小点挫折而丧失信心，他们准备在会议期间挨屋游说，跟每个代表都呼吁一遍。

到了玄奘故居一看，果然气势不同凡响。占地方圆好几里，几进深的大四合院，雕栏玉砌，青堂瓦舍，亭台楼榭，好不气派！后山墙还留着一个豁口，后面的两块菜地又给腾出来了，准备继续向外扩建。小梅里外巡视了一遍，啧啧称赞说：“好大的气派啊！这才像是个县长家住过的地方。”唐招提寺村的老陈和小陈则圪蹴在后山墙的豁口上，脸对脸地比比画画，像是在商量筹划着什么。

众人随着瞻仰遗容，参观纪念堂，念语录，戴像章，聚在塑像下照全体相，齐声高唱会歌《莲华浩荡》：

法轮常转
法相庄严
永远健康
万寿无疆
啊玄奘，啊玄奘
莲华浩荡
浩荡华莲

浊绰不染

圆满大千

啊玄奘，啊玄奘

真空大师心里一直被印度人欠房钱的事牵着，一点玩的兴致都没了。晚上阿梵铃来找他去参加联欢晚会，他却懒得动弹，说那些人的节目都是老一套，我都听过多少遍了。你自己去玩玩吧，我还得抽空把闭幕词写出来。说完真空就坐在桌前，把提交上来的论文草草翻了一遍，唰唰唰地伏案写了起来。

阿梵铃兴致勃勃地去楼下礼堂看节目，一开始还感到挺新鲜。县剧团的演员叽哩哇啦狠吼了几嗓子豫剧，幼儿园的小孩子们上来跳临时编的日本舞、朝鲜舞、印度舞。负责串场主持的是个抹着红脸蛋儿的大小伙子，大概是受了场上日本人的熏染，报幕不好好报幕，点头哈腰地表示谦恭，还竭力把嘴角眉梢肌肉向媚笑的表情牵拉，样子十分欠揍。多亏小梅站在一旁口吐莲花，唇齿生辉，一口美国卷舌音译得生动而又利索，把会场的气氛组织得生机勃勃。小梅穿一身嫩绿的羊毛套裙，像一株挺拔的春天小树，把所有人的注意力都吸引住了。

轮到各个国家和地区的代表登台献艺的时候，就没有多大意思了。日本人上去唱《拉网小调》，比比画画屡教不改地非法捕捞着公海里的鲸鱼。讲朝鲜语的“倒垃圾”“倒垃圾”地唱，满心虔诚地赞美着那一地区特产的桔梗咸菜。香港人忧心忡忡地唱起《东方之珠》，对1997年的回归表示半推半就。台湾僧人释惠明走上台时，小梅不由一怔：皮肤这么好，这不是小帅哥童安格吗？整个人都不一样了耶！走近一看，并不完全相像，惠明没有头发，还穿着青布袈裟。但是那清丽的长相，仿佛每个毛孔都是干净的，往人群中一站，分外显眼，让小梅止不住怦然心动。小梅就想起童安格在北京首体演出时，自己在台下献花没献上去的遗憾。释惠明深情唱起弘一法师的《古道送别》时，小梅听着全都像童安格的“明天你是否依然爱我”，眼都舍不得眨地从侧面瞅着惠明，一时听得痴迷迷的。

外宾唱完了便轮到内宾唱。一个从云南来的自称叫释庄子的便衣和尚自告奋勇登台表演。释庄子剃光头穿西装打领带，给大家朗诵了一首毛主席诗词《沁园春·雪》，铿锵有力，慷慨激昂，还带动作的，说他自己从小是学着毛主席著作长大的，后来就出家当了和尚。小梅看不惯便衣和尚，闭上嘴躲在一边有意不给他翻，但是台下凡是懂得汉语、热爱过毛主席的，就都给了释庄子不少的掌声鼓励。

次日上午分小组专题讨论开始。小梅、阿梵铃、德国人、印度人以及老陈、小陈等一些中国人分在一个组里。德国大力士约翰·克林斯顿一上来就抢了头筹，抓住话筒子就不肯放松。昨晚的联欢会上，他一听满场的东方文化大合唱，数风流人物全看他们亚洲人的今朝，心里就明白，那个美籍阿拉伯种的萨伊德的反西方文化霸权理论已经给串烧盗版过来了，全体有色人种明显地对欧洲白人抱有种族敌视态度，自己若是上得台去绝对不会有好果子吃的，于是就知趣地躲了出去。一种被冷落的感觉折磨得他夜不能寐。在欧洲他坐庄开会的时候哪一次不是唱主角呢？失落和失眠活活折磨了他大半宿。现在好不容易有了一个战略反攻的机会，他必须紧紧抓住不放。所以研讨会一开始，他就操着一口熟练的汉语以疑问句形式开场：

“请问，你们中国人，为什么总说和尚是中国的‘脊梁’？”

一句话把大家问蒙了，满场的中国人都面面相觑，全都不知道怎样回答。小梅和阿梵铃也都手脚发慌。正巧真空大师巡视各小组讨论情况，临时经过这里，听了提问，真空大师略一沉吟，几秒钟之内默练了一套“太极八卦障眼梅花桩”，步法娴熟，身形虚幻，脸不红，心不跳，沉静地吐着气脉说：

“密斯脱克林斯领，你理解错了，那句话的意思是说，中国的‘脊梁’是和尚。”

克林斯顿果然给绕腾糊涂了，晃得眼花缭乱地找不着北。他深知汉语语法十分复杂，主谓宾一颠倒说不定就换成了什么意思。自己的日耳曼拳脚实在比中国功夫差了不少。克林斯顿的盛气一下子消了，老老实实地开始用英语宣读起论文。小梅负责翻译，一遇到他说梵语单词儿时，小梅就卡壳，求援似的回身张望真空导师，真空已经退出到别的小组巡视去了，小梅憋得脸色通红，流利的英语变得结结巴巴。印度人英语梵语都是国语，听懂克林斯顿的话毫无问题。中国人则由于小梅的结巴而把克林斯顿的发言听得支离破碎、断断续续的。

克林斯顿像一只好斗的公鸡，鸡冠子又很张狂地竖起来了，不无得意地用汉语说：“我希望你们中国人都能学点梵语，否则，我们之间无法构成对话，在国际上不好交流。”

几句话说得小梅难过极了，眼泪直在眼眶里面打转，可怜巴巴地把眼光转向师兄阿梵铃。阿梵铃看在眼里，疼在心上，转而又无比愤怒起来，咬碎口中牙，怒发三千丈。此时不打更待何时？不打不足以平民愤，不打不足以慰梅心。打！该出手了！

他暗自敛气，发起“大自在天般若金刚铁砂掌”，功力直冲德国佬的面门：

“请问这位先生，你读的是汉文经还是梵文经？”

克林斯顿骄傲地说：“当然是梵文经。”

阿梵铃一声冷笑：“哼，研究玄奘大师的业绩，不读汉文经怎么能行，难道你不知道他留传下来的手迹都是标准的古代汉语吗？”

克林斯顿被这一掌击得满脸开花、满地找牙，眼中揉满了沙子，有些晕头转向了。

座下便衣释庄子，一身的五项全能正愁没处施展，见状赶紧跟上来，打出一记“蝴蝶梦断逍遥拳”，直捅德国佬的腰眼儿：

“请问密斯脱克，有两本新书，《白话大唐西域记》和《绣像插图本波罗蜜多心经》，不知你读过没有？”

克林斯顿研究佛学也有二十来年，可从未听说有过什么“白话”和“绣像插图”文本的。他知道什么是直拳和勾拳，却不懂什么叫胡搅蛮缠嬉皮赖脸拳。于是便十分诚实地回答：“没有。这两本书我在德国图书馆还没有看到。”

释庄子不屑地“嗤”了一声：“不读这两本书，你怎么能了解中国玄学研究的最新成果？我们还怎能坐在一起交流？”

克林斯顿立马就感到肾虚、腰酸、尿急尿频、小便失禁，难以自控地跑了一马。

小梅擦干眼泪，大声把这些汉话翻译给在场的非中国人听。阿梵铃这时也对便衣和尚有了好感，心说到底都是毛泽东思想哺育下成长起来的一代青年，鬼子进村时，能够同仇敌忾，在一个战壕里并肩作战。

唐招提寺村的老陈却不大关心这些个，出出进进一上午去了七八趟厕所。老陈原以为会上能讨论有关玄奘故居的事，希望能有人为他们村说几句好话。跟着坐了大半晌，见洋人说的些什么“玄奘的梦不是梦，是弗洛伊德，是里比多，是性”，听不大懂。老陈只好不停地跑到厕所里去通风换气。乡长小陈也坐累了，想抽根烟解闷，刚一点上，旁边的印度和尚就被熏得痛苦不堪地用手扇。小陈把烟掐了，心里头就有些不耐烦，闷闷地想，敢情国际会议就是这么一回子事，拿钱把一帮不三不四的人归拢到一块堆儿，吹牛皮、干嘴仗，说一些不着调的话，操，还不抵扭大秧歌热闹呢。要是这样的话，故居爱承认不承认去吧，外宾不来就拉倒，省钱，还省心。

讨论一结束，阿梵铃就主动上前跟释庄子握手。释庄子递上自己的名片，说会后马上要去北京，有一些生意上的事需要跑一跑，到时候少不了前去阿博士处骚扰。阿梵铃一听，原来不仅有什么港商外商奸商儒商，连佛商都有了。就握着释庄子的手连连说：“没问题，没问题，看在佛祖的面子上，能帮上忙的我一定帮。”

下午去参观最著名的金山寺，警车又呜呜呜地开道，顺着盘山公路爬到山顶。海拔很高,任凭发多大的水也是漫不过金山寺去的。但见山上祥云缭绕,香火袅袅,排队买门票的人从山顶一直往下漫延到半山腰,黑市票价已给倒到八十元钱一张。金山寺住持法海大师与真空是老相识,对一行人等表示热烈欢迎,将众人引进外宾接待室。分宾主落座以后,负责招待工作的和尚们端上橘子苹果,给每人赠送皮兜,内含精美印刷品数份。阿梵铃打开一看,是中英日文的金山寺月刊,每期封面都登有法海大师与前来视察的中外各国首脑合影的照片,相比之下他们这一行人的级别已经显得十分一般。再看看墙上,一转圈贴着的都是某年某月某国佛教徒寻根觅祖,来金山寺集体受戒剃度的照片。阿梵铃恍然大悟,难怪和尚们的接待工作做得这么有条不紊,极其熟络,敢情人家这套功夫是天天在练着哪!

法海大师跟尼泊尔国大使单独照相,又跟其他国家的僧尼合影。照完了相,宾主分别讲活,法海简要介绍了金山寺在弘法方面所做的工作及取得的成绩,说本寺历史悠久,香客云集,寺里经常向贫困地区和希望工程捐助一些款项,以积功德,普济众生。真空大师听了,眼睛忽然一亮,说,本次玄奘会议是一次有国际影响、意义深远的大会,会上收到各国学者提交的不少高质量有价值的论文,想出本论文集,还望法海大师给题几句词,并在经济上给予支持。法海说没问题,宣扬玄奘大师业绩也是本寺所应该做的。出论文集的经费我们寺里包了。真空一听,大喜过望,立刻带头鼓掌。临出门的时候,真空灵机一动,又私下跟法海提起印度人欠宾馆住宿费的事,法海听了,说:“没问题,我给报销。不用拿发票。”

哈哈！学者在寺里化缘成功，一下子解决了两大难题，真空导师心花怒放，脚步轻快兴致勃勃地在寺里各处转悠着。阿梵铃和小梅跟在导师身后照应着，忙着给照相。寺里各个大殿的香火都旺得不得了。善男信女们见佛就磕头，逢神便烧香，功德箱里钱塞得满满的都放不下了。小孩子们给大人扯过来按在佛跟前下跪，不跪就啪啪地吃耳光，从小就给扇出一脸虔诚的宗教信仰。晨钟暮鼓花五块钱便可同时敲响，分开敲的话每下三块。放生池里汪着一泓清澈的泉水，人们都争相往里投钱打水漂。路过观音菩萨像下，见两个小和尚正拎着麻袋，大把大把从功德箱里往外掏钱往袋子里装。真空不由十分感慨，顺口问其中一个小和尚：

"出家几年了？"

小和尚正忙碌着，头也不抬地说："半年多了。"

真空说："那么你知道玄奘是谁吗？"

小和尚摇摇头说不知道。

真空说："你看过《西游记》没有？没听说过唐僧取经吗？"

小和尚不耐烦了，脖子一梗说："鹅干啥非知道唐僧不可？鹅只要记住，释迦牟尼是鹅祖宗，法海大师是鹅师爹，鹅就能成佛。"

说完不理他们，又埋头继续数钱去了。

真空边走边摇头说："这和尚，怎么连玄奘都不知道呢？唉，他怎么能不知道玄奘呢？"

阿梵铃在后面听得一个劲儿地偷着乐，回过身来找小梅，小梅却不见了。扭头望去，见小梅正跟台湾那个释惠明走在一起，两人有说有笑，亲亲热热的。阿梵铃不由心里酸溜溜的，心说外来的和尚好念经,和尚的歌儿就那么动听?!

小梅还真就是昨晚让惠明的歌声给迷住的,痴迷迷地非认为他是童安格的化身不可。昨晚回去偷偷查了登记表,见表中“职务”一栏下惠明填的是“副教授”字样。又装成漫不经心的样子向导师打探,真空说这惠明是中华佛学院毕业的博士,也是个很了不起的社会活动家,哪有会哪到,四处讲学弘法。小梅一听,他是博士自己也是博士,正好可以对等……脸一红,就不好意思往下想了。

小梅说:“释先生的歌唱得真好。”惠明说:“不好不好,二十多年前学的,都快忘了。”小梅惊讶地问:“什么? 二十多年前?”惠明说:“是的啦,我今年都四十岁了。”小梅说:“看不出来. 您不说,我还以为您只有二十几岁呢。”惠明笑着说:“哪里哪里,过奖过奖。”又说:“梅小姐的英文好棒啊! 是跟导师学的?”小梅说:“不是,我是从外语学院考来的。”惠明说:“怪不得。”

两人有说有笑边走边看。路过竺法兰和尚墓前,小梅“哐哐”踢了两下墓碑说:

“竺法兰这和尚真是多事,平白无故的来中国传什么经,没有他们这些人,中国的历史早就该改写了,我们哪还用天天读什么破经啊?”

惠明诙谐地笑笑:“他们要是不传经,梅小姐还可以当翻译有饭吃,我可就要丢饭碗喽。”

小梅想了一下,自己也“扑哧”乐了。小梅的理论功底比较差,研究起佛学来非常吃力。每天清晨,研究生院都是她起得最早,站在操场上抱着一本佛经猛背。样子不堪其苦。师兄阿梵铃在这方面没少帮她，差不多都成了她的第二导师。

小梅说："释先生什么时候坐庄办会，让我们也好去台湾玩一玩啊？"惠明说："可以的啦，明年的玄奘会就准备在台湾开，梅小姐真的想来吗？"小梅说："那当然啦。"惠明说："那咱们一言为定，我请你做会议翻译，免交一切费用。"小梅瞪大眼睛问："真的？"惠明说："当然喽，像梅小姐这么聪明漂亮的翻译，我想请还请不到呢。"

小梅听得心里"怦怦"乱跳，脸蛋上飞起一抹红晕。

阿梵铃从远处朝这边望着，从脾到胃一齐往上泛酸水。长期的同窗共读研经修佛，他差不多已将小梅视为己有。可面对外来的和尚的吹捧，那点同窗之谊早被小梅丢到脑后去了，看也想不起看他一眼。阿梵铃无可奈何，四下望望，想找个有趣点的同伴。可队伍里除了几个来蹭会的家属拙荆，连个悦目的女人都没有。只有当地一个女硕士生还算年轻，却见她穿着跳了丝的长筒袜窜来窜去的，逮着一个老外便扯着跟人照相，一副没有见过世面的样子。阿梵铃了无兴趣地跟在导师身后，脚步也变得拖沓沉重起来。

眼看着会快开完了，回程的车票却成了大问题。正赶上牡丹花会，宾馆预订的车票全都落空。一窝人急得像热锅上的蚂蚁。真空大师更是着急，耽误两天走，中国人还好办，可是印度人在宾馆耽搁一下，可又是好几百的美金，这便如何是好？真是请佛容易送佛难。正急着，有当地知情者告说，去求法海大师吧，他肯定有办法。真空将信将疑，抱着试试看的心理来到金山寺求见法海大师。

法海听真空说明来意后，说："老兄弟，你别着急，先喝口水歇歇。"

然后法海叫过方丈助理印泥和尚，让他给城里的居士林挂长途电话。接电话的是居士林名誉林长，在政府某要害部门任职的马老马印顺同志。法海亲自将买票的命令下达过去。名誉林长接到指令后，便叫通常务林长释仲尼。仲尼二话不说，立即开始给散布在各党派团体机关院校中的居士们打电话，Call 他们的 BP 机。一声令下，居士林中万马奔腾，作协居士李大千、画协居士张苦禅等等居士纷纷出动，开始搞票，一天之后百十来张车票全都落实了。马印顺老坐小车亲自将票送到宾馆。

全体与会代表惊叹此地佛教事业发展得好，要是世界各国全都这样就好了。闭幕式上大家高高兴兴地敬酒吃自助餐，荤的素的全打乱了，僧俗两界采取面对面形式打成一片，皆大欢喜。宾馆经理握着真空大师的手真诚地说："你们已经把我们宾馆的影响带到国际上去了，下次一定再来呵！"招提寺村的老陈也摇着真空的手说："您老可得为我们做主，明年的国际会一定到我们村去开。"尼国大使也讲活，说中尼友谊史上又增加了新的一页篇章。"玄委会"领导重聚镁光灯下，举起酒杯，与大家齐唱：

法轮常转
法相庄严
不健不康

无寿无疆

……

## 觉　悟

答辩的日期一天天临近，阿梵铃昼夜兼程赶制论文。

宿舍里，小梅正帮他写着英文提要，阿梵铃剪刀糨糊并用，正在归拢着《玄奘大辞典》的词条。他跟在主编真空导师的名下，担任了辞典的第八副主编，分担的词条自然也就比别人多出一倍半。桌上摆着座右铭：不出国，便出家。这是他拿来吓唬妻子用的。妻子虽然不懂佛教，但吵起架来每句话却都直指人心，只用一个“钱”和“房”字，便数落得他英雄气短。钱嘛每月只有那可怜的一百来块，房嘛至今两人还挤在研究生院的单身宿舍里。妻子整天价絮絮叨叨，情急之下，阿梵铃便写下如此之座右铭以表心志。妻子见了，从鼻孔里“哼”了一声，从此还是消停了不少。

门开了，王晓明趿拉着拖鞋，端着个大茶缸子走了进来，一进门便嚷：“兄弟，倒点热水。嗬，梅师妹也在这儿呢？”

小梅白了他一眼：“哎哎哎，谁是你师妹？谁是你师妹？师妹是你随便叫的？”

阿梵铃问：“怎么回来了？片子拍完了？”

“完什么完，早呢。”王晓明端起暖瓶倒水。“开放式结尾，还指不定多少集呢。”

“那你不跟着，回来干吗？”阿梵铃问。

“我是地陪，只跟龙门那一段，顺便回老家看一趟老婆孩子。法门寺门前的武打戏，由西安当地的女作家作陪。我得赶紧赶回来做论文了。”

“原来剧本不光是你一个人写的？”阿梵铃好奇地问。

“钱哪能都让我一个人挣了呢，这叫集体协作，入股分红。”

王晓明“嗞嗞”地吹着茶缸边上的茶叶沫子，瞟了一眼阿梵铃桌上的词条，拿过一张瞧了瞧，不屑地一笑：“我说兄弟，都什么年月了，你还在写啊写啊的写词条？得赶紧炮制长篇啊！我瞅瞅写的什么？玄奘？嗬，又在供神了。”

小梅说：“哟，瞧你说的，不供神我们吃什么？总不能吃人吧？人吃神总比人吃人强多了。”

王晓明一怔，像是不认识小梅似的，直盯盯地瞅着她，把小梅看得直发毛：“看什么看什么？我说得不对是怎么着？”

“对，对，太对了！”王晓明一拍大肚皮，“我还当是你在说我呢！托老人家诞辰百周年的福，这阵子我跟着吃了不少的席，刚刚还在人大会堂开了一个座谈会呢。”

阿梵铃说：“嘿，怪了，你写你的武则天，跟老人家有什么关系？”

王晓明一摆手：“别再提武则天，别提武则天，羞煞洒家了。洒家的论文要集中系统论述老人家的文艺思想，已经敲出了十万字，这手指头刚敲顺，好像刚开了个头似的，保守地估计，二十万字怕是打不住了，越敲越觉得句句是真理。实话跟你们说了吧，谁要是敢说老人家一个‘不’字，我坚决跟他斗争到底。”

小梅冲他撇下撇嘴：“得了吧得了吧，破红卫兵，又在渎神了。”

晓明眉梢一挑:“渎神也比自渎好哇。渎神也不过是骑在神像脖子上浇尿,自渎是什么?自渎就是别人想要强奸你时,你自己却先把裤子脱下来……”

阿梵铃说:“恶俗,恶俗!说话当心,这儿还有女士在场。”

王晓明说:“别圣洁了,你们佛家舍身饲虎,早已说明这道理了。翻开历史查查,自渎的人还少吗?”

小梅说:“你不要总污蔑佛教好不好?你是不是以为我们佛祖是个大面瓜,老实好欺负哇?有本事你写《撒旦的诗篇》,写《基督的最后诱惑》,看不把你打入十八层地狱,判你个五百八百年。”

王晓明“嘿嘿”一笑:“哪能呢哪能呢,我佛普度众生还度不过来呢,哪会给人判什么刑?就凭这一点,可信!大度!开明!”

说着话,放下茶缸子,踱到阿梵铃的书架前摆弄来摆弄去,抽出一本《六祖坛经》,翻了翻说:我最近刚刚评完几首唐诗,对禅宗颇有兴趣,也学着以禅入诗了。不信我念给你们听听:

你是我的菩提树
我在树下打坐了四十年
我在佛前求了两千年
三生石上结下前缘
我想闹一个恋爱
我想闹一个爱恋

小梅“扑哧扑哧”地乐,阿梵铃也忍不住笑着说:“你可别在这儿糟蹋佛了。你们这些文人,读了几段佛语录,看了几页蔡志中漫画,就自以为吃透佛了,其实连开悟还未曾开悟呢,还奢谈什么佛……”

“咦,咦,你这是在怎么说话呢?”王晓明不满地脖子一梗,“佛是大家的佛,又不只是你的佛学博士的佛。你说什么叫开悟?你说什么叫开悟?这个问题我比你清楚多了。”

小梅说:“那你说什么叫开悟?”

王晓明摇头晃脑地说:“开悟嘛,开悟如破瓜,都要经过阵痛,有个从拒斥到乖觉的过程。我最近就破了不少的瓜……”

小梅用手指堵上耳朵:“不听不听,流氓念经。呸!呸!”

王晓明笑呵呵无比骄傲地说:“从来流氓无才子,自古才子多流氓……”

阿梵铃拦住他:“臭小子,别得意了,我劝你从今以后潜心向佛,让贞操坚固如佛家舍利,欲火猛劫,犹烧之不失也。”

王晓明说:“没办法啊,不是我想去破,而是主动向我献身的人太多。目前我手头还有二十多个文学女青年等着我给写文章包装吹捧呢,刚刚又有个叫徐坤的女作者托人把小说拿来请我给写评论。文章倒是有几分姿色,也不知道人长得什么模样。”

小梅说:“哟,真看不出来,原来那几个正在文坛上蹿红的青年女作家,都是从您老人家的肚皮子底下辗转成长起来的呀?”

王晓明摆摆手谦虚地说:“不敢当。不敢当。最近身体不太好。文学女人,心眼太多,玩不动她们。要玩也只能在圈儿外找……”

“得了得了,不跟你们说了,越说越没意思。”小梅站起身来,脸蛋红扑扑的,“我要上楼看书去了。”说完,甩了甩面条似的长发,开门走了出去。

王晓明盯着小梅的背影,半天没眨眼。阿梵铃拍他一下:“哎,看什么呢?”

王晓明回过了神,凑过来,在阿梵铃耳边诡秘地问:“哥们儿,你这个师妹,够聪明,智商绝对是一流的,不知……结婚了没有?”

阿梵铃乐了:“怎么,又打什么鬼主意呢?我可跟你说,人家已是名花有主了,她丈夫在美国,临出去前领的结婚证。”

王晓明一听大乐:“哈!这下我就放心了。我最怕再遇上个雏妞儿,不懂游戏规则,玩到最后缠上我,给我背上始乱终弃的黑锅。这下好了。得,谢谢你了兄弟,我先走一步。”说完端起大茶缸子,晃晃悠悠往外走。

阿梵铃在后面对着他的背影喊:“我说小子,你积点阴德,当心来世转生成乌龟王八。”

王晓明头也不回,嘿嘿嘿一脸坏笑,趿拉着拖鞋走了。

阿梵铃把最后打印装订成册的论文送到导师真空住处请他过目。导师除了不停地外出开会,余下时间全在著书立说。一套四间的单元房里,到处摆满了书。客厅、卧室、厨房、厕所、枕边上,铺天盖地全是书。书房里的书桌由一个增加到三个,早先那把历史悠久、结实耐用的旧藤椅,换成了最新式的计算机房里通用那种带五个小轱辘的羊皮小转椅。墙上挂着一个约稿登记簿,上面已经排得满满的了，一直排到了二〇〇〇年五月一日。导师的老伴退休之后便充当了真空的专职秘书，专门负责稿件的收发登记和稿费的领取工作，尤其细心地在约稿登记簿上一一注明了每家杂志的最高稿酬数目，主要根据这个来决定写稿任务的轻重缓急。

阿梵铃进去的时候，真空导师正坐在书房里忙着自己的脑力操练和智力游戏。导师坐拥三座书城，乘着黑色小羊皮滑轮椅，嗖嗖嗖地穿梭来往于几个巨大的书桌之间。那辆座椅像一枚乌黑光滑的多弹头导弹，在儒道佛的一团浑水之间轻快畅美地游弋，进退自如，火光冲天，打出的弹壳在水底深处堆成一簇簇的文化垃圾。

阿梵铃看得心旷神怡，暗想自己这冷板凳一晃也坐了个十来年，屁股都给硌烂了，也没能沤出什么有机肥来。自己几时也能修炼成精，乘上这种轻软的小羊皮椅呢？

趁导师呷着“龙井”浮上水面来暂短换气儿的工夫，阿梵铃忙把论文呈上，又请示了答辩日期、答辩委员会组成等等一系列事宜。导师就手给不空和空空两位老朋友写了短信，让阿梵铃拿着信和论文到两位大师家登门拜访，请他们做答辩委员会成员。另修书一封寄给金山寺法海大师，请他担任答辩委员会主任。一来是因为法海与真空交谊甚笃，法海是佛协会长、政协常委，是局级住持、《金山寺月刊》主编，属于行政和科研双肩挑干部，资格绝对够用；二来是因为真空得知法海将来北京出席政协会议，来回盘缠都由政协报销，这样又可以省下一笔答辩费用。

阿梵铃打听到法海开会住在京丰宾馆，赶紧打电话问清房间号，马上骑车带着论文去拜见。问了一下法海大师这几天的会议安排，法海说只有后天上午有空，有一场参观可以不去了。回来跟真空导师一汇报，导师说那就定在后天上午答辩吧。又电话请示了不空和空空二人，都说既然如此，那就悉听尊便，后天就后天吧。

接下来的一天阿梵铃忙得不可开交，跟院学位办公室打招呼，贴海报，订房间。小梅理所当然地要帮着忙乎。王晓明也跟在小梅屁股后边乱转。阿梵铃说："小子你就别在这儿添乱了，你看我这忙的。"王晓明说："没我你还真就不成。明天我给你找个专业摄影的给你录像，隆重点，人一辈子只能答一回辩。"阿梵铃说："你就是典型的形式主义。"也不再拦他，任由王晓明在小梅面前咋咋呼呼地穷张罗着表演魅力。

下午又去三个答辩委员住处一一将情况落实。不舍得花钱"打的"，挤公交太浪费时间，只好骑上一辆半新不旧的自行车从三元桥跑到北大，又到佛协，又顶风骑到六里桥北的京丰宾馆，一路累得半死。不空和空空都把明天上午要提问的问题向他透露了一下，不空说有关唯识宗的一节写得有点薄弱，你回去再考虑考虑。空空说，你的文章写得不错，我想就《瑜伽师地论》再提两个小问题。阿梵铃将问题一一记下，并通知了明天上午答辩时间，并给每人预付了一百元的车马费。

骑到京丰宾馆时天已全黑。法海大师正在修改预备送交大会的提案，呼吁进一步宣传佛教、弘扬传统文化、大规模建寺修塔。见阿梵铃进来，就说你的论文我看了，写得很好，正和我们的弘法精神相一致。你把它缩成个一万字左右的提要，我给你发在下期

《金山寺月刊》上。阿梵铃谦虚地说，法师您看论文还有什么地方论述得不够？法海想了想说，最后一节，我们今天重树玄奘的意义那部分还要加强，不光有历史意义，还要突出现实意义。明天我就拿这个问题提问吧。阿梵铃谢过大师，照例付车马费。法海不要，说你那点钱留着派更大的用场吧。我和你导师都是老朋友了，不必客气，有什么困难就提出来，缺钱吱声。阿梵铃听了一阵感动，感受到了父亲般的关怀。

星夜兼程地赶回研究生院。到了宿舍，见妻子已经睡下，不由得怨她不够意思，不能坐等他回来。这时他的神经十分紧张，非常想找个人说说话消解一下悄绪。走过去想把妻子弄起来，又想她明儿一大早又要六点半赶班车去公司，还得穿超短裙，搽脂抹粉的，抹得脸上皮肤一块一块地起疙瘩，心想挣那千把百块钱养家也实在是不容易，挺心疼媳妇的。一想，还是去找小梅聊聊吧。

住在研究生楼里的人几乎都是夜猫子，不到凌晨一两点钟没人睡觉。阿梵铃挟上论文和书本上了五楼敲小梅的门，见王晓明和小梅两人正煮鸡蛋下面条吃夜宵。阿梵铃说，打搅你们好事了，给我也来一碗。王晓明说，你守着媳妇还吃里爬外的。小梅说，谁再嘴烂，我跟你们急。三个人咝咝哈哈吃着热面，阿梵铃就把几个委员提出的问题都跟小梅说了一遍，并没有希望她回答，只是借机会理一下自己的思路。

王晓明说：“要是换了我，我就把你的论文从头到尾全都否了。什么瑜伽玄奘的，统统鬼话，讨论这些毫无意义。”

阿梵铃说：“怨不得你能编出韩愈跟武则天对质那出戏来呢，

整个儿就是一个历史虚无主义。”

王晓明说：“错了，错了，这叫虚无主义历史。玄奘啊韩愈啊，说了归齐，也不过就是当朝者手里的一杆枪，需要儒的时候就祭孔，重用韩愈，需要佛的时候就推玄奘，供释迦牟尼。比方说你我，学问做得越大，越摆脱不了将来当枪的命运。”

小梅插嘴说：“当枪好啊！谁要想拿我当枪，我立马就放炮。这年头出名不容易，连《人民日报》也不轻易批谁了，谁要想上头版头条挨批，听说得先给特约评论员送礼才成。弄得成群成群的黑马们急得上蹿下跳，抛蹄尥蹶子的活像一头头小叫驴。”

“所以啊，我说女人才不要妄想着当枪，不要那么急着被人骑。”王晓明诡笑着望着小梅。

小梅亦嗔亦怒地“哼”了一声，在他的大脑袋上亲昵地拍了一巴掌，两人对视着含情地笑。阿梵铃想看样子王晓明这小子是已经得手了。女人成熟起来可真不容易，一路上不知要遇到多少男人的牵引，一不小心，就容易给领到邪路上去。自己妻子不也是天天跟着公司经理天天在外跑吗？难道……阿梵铃不忍往下想了，觉得是一种亵渎，心里又有些酸溜溜的，还带着几丝苦。

小梅说：“听说你们所的一个人编了套基督教丛书，在外面挺轰动的？”

王晓明说：“这你们还不知道？是我们所读在职的，就住我对面，不常来，笔名释耶稣，从前编了套《顿悟》丛书，赚了大钱，现在又主编了一套《忏悔与皈依》丛书，入了党，又提成副所长啦。”

小梅说：“基督教要是传进来就好了，我也跟着研究一把，出国就可以去欧美大转一圈，省得研究这破佛教，只得去亚洲地区转悠。”

王晓明说：“基督教传过来怎么行？政教不合一还了得！出了在野党谁负责？你负责？你们那位道安和尚不是说过吗，不依国主则法事难立，这和尚也太聪明了……”

“这算得了什么，”阿梵铃不屑地打断他，“我真空导师阐述得更精确，他说要想传播点什么思想，必须献媚国王，巴结商人，勾搭妓女。”

王晓明啪地一拍脑袋：“我的天！真空不愧为是真空！文化精英！精辟，精辟！看来姜还得是老的辣。可这话又说回来了，现如今哪还有什么思想？思想早已像鸟儿一样飞上天去了，那留在地上的，不过是一具具思想的空壳……”

“……以及一堆堆鸟粪。”小梅抢着说。

几个人哈哈大笑。小梅插上电咖啡壶欲煮咖啡，刚一接上电源，灯就灭了。楼道里立刻有人出来乱骂，大喊：“拔出来，拔出来！也不怕你家着火了。”王晓明说你看看你看看，过的什么日子，研究生楼还给装限电器，这还怎么出成果！我看过资料，当年玄奘译经的时候，政府给高额岗位补贴，给安排宏大的译场，有卫兵把门，指派民政部高级官员负责后勤事务，把全国最有学问的、外文好的、中文底子厚的和尚全都抽调到译场给玄奘当助手，这一切我们今天都没法比啊！

阿梵铃说：“你小子别太形而下了，整天盯着这些鸡毛蒜皮的……”

王晓明说："兄弟你也甭跟我假清高，来那个形而上主义。你翻译一本书我看看，买不起版权，看你怎么翻。就算你就着白开水苦哈哈地译出来了，赔钱，出版社不给出，成果无法与读者见面，还怎么会有轰动效应啊？"

小梅插话说："这还不容易！请求国家出面，把它当成政治思想工作教材，各机关团体必须购买，每星期三下午集中学习讨论，看谁敢不学！不学就撤那个部门领导的职。"

王晓明说："哈哈，这就是重新树立玄奘的现实意义，你记住了没有？"

几个人哈哈大笑。灯猛地亮了，晃得人睁不开眼，没等他们眼睛适应过来，门"咚"地被推开，阿梵铃妻子披头散发闯了进来，唬了他们几个人一跳。

"我就知道你又跑到这儿来了。深更半夜的，有什么话还说不够啊？"

阿梵铃妻子阴沉着脸，正想发作，转眼见王晓明也坐在这里，不禁有些讪讪的，自我解嘲说："我怕他太累，明天答辩起不来，这才来找他。"

阿梵铃脸红一阵白一阵的，起身跟着妻子离去。王晓明不怀好意地冲他挤挤眼。小梅气呼呼地坐在那里喘粗气。

第二天阿梵铃胸有成竹地迎接来宾。研究生院来旁听的挤满了大教室，又加了不少椅子。这些人从小都学过《论雷峰塔的倒掉》那篇课文，知道法海大师化作母螃蟹的蟹黄了，看了海报上的

“法海大师”字样,就纳闷这螃蟹怎的就活了?就都带着神秘主义色彩跑来观瞧。占好座位后,见主席台上一具砖红色袈裟中端坐着的是一个与常人无异的面容慈祥的老大爷,兴致降低了不少。想退出来,也不方便了,只好听阿梵铃在那儿情绪激昂地讲述论文要点。

给了他半个小时的时间讲述,但阿梵铃准备得太充分,背书似的嘴皮子飞快,只二十分钟就把事先准备的东西都讲完了,坐在那里没了话说。法海一看,就请委员们进行提问。不空大师首先发问说:“我想就论文当中的一个没有说清的小问题问一下作者,玄奘西行到达印度后是按什么方向走的?”

阿梵铃满以为大师会按昨晚商定的题目来提问,万没想到不空临场发挥,改变了话题,不禁心中暗暗叫苦。怔了一下,忽然明白了,这是不空大师在向空空大师发难呢!不空和空空宿怨已久,在学术上各执一端,两人花了大半辈子的心血考证玄奘在印度取经是从南向北走的还是从北向南走的,为此事两人商榷、论战、恳谈已达半个多世纪之久,而自己的导师真空大师则一直都在两人中间坚持着搞一分为二,两面都落得了一个好人缘。可是真空导师实在不该在这种场合把两人同时请来啊,这不是害了弟子我嘛!无论我回答是从南向北走或从北向南走,不是得罪不空就是得罪空空,两人都有可能在最后投票通过时画“×”,这便如何是好?

阿梵铃急得出了一脑门子的热汗,把求助的目光转回导师。导师真空这时要做回避,只能旁听而不允许插嘴,只用一种意味深长的眼光瞅了瞅阿梵铃,那意思仿佛是说:党考验你的时候到了!

这一仗只能打赢不能打败。阿梵铃更是急得不行。

空空大师听了不空的发难，不甘示弱，也临时改变了策略，提问说："你论文中提到的玄奘故里是在滑国，据我所知，唐招提寺村也是玄奘的故乡。那么你的这种说法是不是可靠？请拿出考古学依据来。"

阿梵铃一听，这又是在点我这蛇的七寸啊！在滑国修玄奘故里，是不空大师最先提出来的，不空近几年在印度讲学出了名，被当地人以"小玄奘"尊称，回国后便呼吁要弘扬玄奘的丰功伟绩，应该重建玄奘故里。几番奔波折腾，终于把故居在滑国建起来了，"小玄奘"的名字便随着老玄奘的业绩而传播得更远、更响。

而空空之所以对故居问题这么热衷，一来就是因为此事是由不空最先提起的，所以他就要别这个劲儿，想方设法找个理由论争一把；二来也是受唐招提寺村老陈和小陈之托，替他们村呼吁，同时也有了强有力的捣乱推翻不空的依据。因此，在听了不空的发难以后，他便眼疾手快、步法矫健地把不空甩出来的还在吱吱冒白烟的手榴弹，立即就从地上捡起来又塞回进敌人的碉堡里。

阿梵钟此时心里明白，自己马上就要给炸得鼻眼歪斜、身首异处、血肉开花，而人家交战双方却是不会有任何损伤的。想到此处，表情变得哭丧起来。

法海大师并不晓得这其中的许多关节，仍按昨晚与阿梵铃商定的题目，请他再进一步论述今天我们重提玄奘的历史意义和现实意义。阿梵铃听了，感动得几乎要流泪，心说今日法海，已非往日法海，不再动不动就把人往那个雷峰塔下压。还是出家人宽宏大度，与人为善哪！出家跟在家就是不一样啊！

主任法海宣布暂时休庭，给阿梵铃半个小时时间考虑问题。阿梵铃大汗淋漓地出来，进了隔壁一间小教室。师妹小梅在门外替他守着，不让别人打扰。

阿梵铃独自一人呆呆坐着，闭上眼睛，把论文写作与答辩的前因后果细细想了想，不通，没有形成答案。所有的思绪都被尘缘遮蔽了，阻塞得满满的，似空非空而又极其滞胀。他不由得叹了一口长气，然后，站起身来，走到一大堆混乱的桌椅中间，双脚上举，大头朝下，倒立，默练起“吠陀奥义书往世灌顶”瑜伽功。

世界恍然间变得异常空寂。屋外操场上的喧闹、隔壁人群的喧哗，统统都听不见了。真气随血脉汩汩流动着，尽涌于脑顶。刹那间，他觉得通体舒泰，澄清空明。通了！通了！正襟危坐时想不通的前因后果全打通了，自有文明几千年以来的前因后果全疏通了。现世的一切纠结一切龃龉全都化解在一片片宁静淡泊的乐音当中，无悲无喜，无欢无忧……

待到小梅敲门告诉他时间已到时，他这才醒来，发现自己竟倒立着睡了一觉。

大梦初觉，阿梵铃神色异常平静地走进考场。答辩委员会主任法海说：“阿梵铃同学，你都考虑好了吗？请你先回答第一个问题。”

阿梵铃面无表情地说：“我考虑过了。玄奘到达印度以后，是转着圈走的，一年一年又一年，一圈一圈又一圈，历时一共十五年，笑傲南亚次大陆，打遍佛林无敌手，让我大支那的威名四处传播远扬。”

不空和真空一听，手榴弹没响，臭子儿，一时无话可说。真空则得意地颔首微笑，心说到底是我带出来的学生，关键时刻懂得如何运用战无不胜的唯物主义辩证法。

法海大师又问：“那么说滑国是玄奘故里，根据是什么呢？”

阿梵铃说：“滑国是玄奘故里没有错，说唐招提寺村是玄奘故居也绝对有道理。名人坟多故居多，这在历史上也是很正常的。我认为这个问题是个学术问题，学术问题不一定要追问结果，而是应该千秋万代连续不断地争论下去。当务之急，是尽快将两点连一线，建成玄奘旅游经济开发区，增设一日五游景点，为发展贫困地区经济做贡献。”

法海大师听了，只觉得眼前一亮，赶忙拿笔记录下来，准备补充进政协提案里去。不空和空空表情都挺复杂，真空仍在一旁含笑不语。

法海大师又问：“那么最后一个问题，重提玄奘大师的意义在哪里呢？”

阿梵铃眼看着雄关漫道都已过，眼前只剩迈步从头越了，不禁心里激动，慷慨激昂：“玄奘是中国的‘脊梁’……”

正在一旁负责做记录的小梅“扑哧”一下乐出声来，阿梵铃狠狠瞪了她一眼，小梅低下头去，不敢再笑出声，握着笔的手还在乐得乱抖。

“我们要学习玄奘百折不挠的精神，为了求取真经，舍弃身家性命不要，不怕饥寒交迫，不怕政府通缉，不怕土匪打劫，不怕美女妖惑,什么困难都挡不住他西去留学。”

台下旁听者中那些挖门盗洞一门心思想出国的,这时都瞪大了眼睛听着。

阿梵铃见状不由得更加激动:今天有些年轻人出国,拿不到签证就退缩了,没钱买机票就愁眉苦脸,刷了几天盘子就叫苦连天,这些都是短识之见。几千年以后的历史将会证明,凡是出过国的,全是开明者;老死家里的,都是土包子。因此,谁也没有权利责难当代青年的出国热。有诗偈曰:

向西向西向西
西方存在真理
玄奘光荣圆寂
吾辈前仆后继

“哗——”旁听的研究生们甩出一大片掌声。答辩委员会的人不置可否,并不觉得阿梵铃的话对他们个人构成什么威胁,因为他们都是出过国的了,即便是未能留学,后来也都补过课进行过高级学者为期半年以上的访学进修。倒是真空导师心里隐隐不安地想:“这小子,这话是说给我听呢!一直就张罗着要考托福出国,我批评过他两次,让他这两年先安心念书,出国的事,等毕了业再说,这就不高兴了,冒出这么一大堆怪话来。倒也没什么不对。听说他自己已联系了哈佛大学?愿走就让他走吧,反正我的任务已经完成了。”

宣布投票结果，全票通过。王晓明、小梅等都前来祝贺，请来的那两个摄影师忙不迭地录像。

中午要安排答辩委员们宴会。空空和不空是绝不会在同一个桌上用膳的，都推说有事要走，法海那边也有会议餐等着。阿梵铃便将餐费和答辩费一同塞进各人手中，分别给送进“夏利”远去。扭头一看，真空导师手里拿着一个红包在等他。真空把红包交给他说：“拿着吧，这是你法海伯伯随的喜。”阿梵铃感动得又险些流泪。

妻子下午提前回来，听说答辩顺利通过，心里十分高兴，张罗着晚上把帮过忙的人请回家来小撮一顿，特别提了一句要请小梅来。以前她总是对小梅疑神疑鬼，想自己见天价在外奔波，家里只剩小梅跟阿梵铃这师妹师兄的天天混着，日久难免摩擦出火花来。小梅每次来找阿梵铃通知事儿，她都对人家冷眼相对不给好脸。昨晚想趁停电上楼去抓鬼，结果闹了一个大尴尬。回屋后听阿梵铃愤愤地解释说自己根本没沾小梅的边儿，人家早就跟王晓明好上了。她这才心里稍稍有了些安慰，回头又把阿梵铃奚落了几句，说些没人会把阿梵铃看上之类的话。阿梵铃心里气鼓鼓的，上了床蒙头装睡，也不理她。

今天她特地请假回来，期望能缓解家庭紧张局面，在炒菜的品种上用了不少心，赢得了王晓明等众食客的一致称赞。

宴罢众人散去。阿梵铃动手把合并在一起的两张单人床拆开，各归原位，把“不出国，便出家”的座右铭安放于自己这边床头上。然后，坐床，费了九牛二虎之力，才勉强把韧带僵硬的左腿弯过来叠在右腿上，结成了一个跏趺座。

妻子不动声色，像看猴戏似的瞧着，见他搬腿时费劲的样子，还嬉皮笑脸地问："用我帮忙吗？"

阿梵铃半闭着眼，正色道："从现在起，我要身体力行了。别招我。"

妻子不说什么，端盆到水房哗哗洗漱，回来走到镜子跟前来回照着，洒香水，抹晚霜，套透明睡裙，又把挽的高丽髻松开变成披肩发，然后袅袅娜娜地带着一身香气过来，以一种温润柔韧的质感，轻飘飘地落在阿梵铃的腿上。

阿梵铃觉得腿上静脉开始曲张，一条条小虫正麻酥酥地向腰部游着，痒痒的。但他仍敛心静气，收紧丹田，不让功被妻子破了。

妻子见他并没有戒色的决绝，于是更加大胆地撩拨，细嫩的手指直向他敏感的佛根部位摩挲。

阿梵铃终于定不住了，气脉不匀，呼吸急促，面色潮红，就势一把将妻子揽住，放开双腿，交相缠绕，遂做成了一个双欢喜结。

屋里的灯"啪"地熄了。阿梵铃和妻子互相鞭策着，气喘吁吁，向着佛国的至极境界紧赶慢赶。

四大皆空。夜色阑珊。

1994年5月30日于京西浴风阁

# 呓　　语

## 1

如果你身边所有的人都说你不正常，那么你是不是也跟着认为自己有病了呢？

我可不。我是那种坚决不服从多数的人，我坚信真理往往掌握在少数人手里。因此在任何场合我都据理力争我没病，我是个心理和智力都完全正常的人。而他们认为这种执拗正是偏执性精神病的表现，说我差不多病入膏肓了。

那天我在资料室里找书，听见马老太太在外间屋叮嘱资料员小张："苏芃这孩子可病得不轻，今天一大早我瞧见他在路上一个人边走边笑，连我跟他打招呼都没听见，往后你可要提防着点。"

我听了真是义愤填膺，怒从心头起，恶向胆边生。碰到这种情况你会怎么办？立刻冲过去撕烂她那张老嘴，把长舌妇的舌头抽出来当鱼鳔踩？可是转念一想，那样又有什么好处呢？还不是给他们提供了"苏芃有病"的有力证据？所以我把火气硬压了下去，提醒自己千万注意，或者是别人笑时跟着笑，或者是看清周围确实无人时再一个人敞开了笑。

像我这样一个聪明、清醒的人，怎么会有病呢？毕业时导师把我留校而没有留我师姐和师弟，足以说明他老人家信得过我，孺子可留也。当然，你知道，现在的研究生毕业后工作可不那么好找。我师姐风度翩翩，改行去四通当公关小姐去了，我师弟也跋涉千山万水去了一个说英国话的国家。我的确是动手晚了点，等我开始找工作时黄花菜都凉了。再说我学的外语语种是日本语，日本语意味着什么你知道吗？小语种，只能去海对面那一个国家。别以为小日本八嘎呀路有多大能耐，其实连一个殖民地也没留下，日本语充其量也只在日本人民中间口口相传，等到写的时候还得从中国字里借偏旁。恨就恨在我的家乡曾经是“满洲国”，连我奶奶这么一个中国大字不识的老太太，也能说上几句“我哈腰啊你妈死”、“赛油那拉”之类的东洋活。可是我大爷却给活埋在了平顶山。你说，我能把这世代的仇怨吞下肚子，然后挤出满脸谦卑的笑去吃日本料理吗？

师恩深似海。我怎么能不给导师长长脸，在各方面都取得优异的成绩来回报他的栽培之恩呢？我完成组织上交给的任务从来都是勤勤恳恳、任劳任怨。为了把课讲好，我几乎是起五更爬半夜，废寝忘食，钻图书馆，跑资料室，借来导师的讲义反复研读，对着镜子练表情、打手势、对口形，把每节课都背得滚瓜烂熟，讲课时根本不用看讲稿，食指和中指间夹的“万宝路”是为了增加风度用的，打手势时当空划出两道烟圈，产生烟雾缭绕的效果，借以创造深邃迷离的意境。当然，个别时候也需要振聋发聩，丢掉幻想，准备斗争。比如在烈日炎炎的下午，学生在课堂上昏昏欲睡，尽管他们都努力把眼睛瞪到最大望着讲台，但眼神儿很空洞很飘忽，这时我就知道他的那藏在眼睛后面的大脑此刻一定处于休眠状态，于是大喝一声：

“To be, or not to be?”

就听课堂上一阵骚动，间或有几个打瞌睡的女生头磕到桌子上“当”的一声响，学生们面面相觑，前后左右的问点谁的名啦？提什么问题啦？然后一齐把疑惑的目光投向我，磕了头的女孩子脸微微发红。这时我觉得自己无比高大和神圣，成了真理和知识的传播者，便字正腔圆对着一个个亮晶晶的脑门子悠然道来：“生存，还是毁灭，这还是一个问题。”我爱学生如爱自己的兄弟姊妹，教他们治学方法，给他们开参考书目，督促他们多写文章练笔，考试前尽量把复习题范围缩得一小再小，以减轻学生的考试负担。听我课的学生逐渐增多，甚至还有外系的也来旁听，尤以女生居多。我颇为自负，脑袋瓜子一阵一阵地发热，忘记了自己身上存在的那个应该克服却又一犯再犯的缺点。多少次的实践都有力地证明，我越是想把事情做好，就越是适得其反。好像打小时候起就这样，看到小猫困得大白天里眯缝着眼，我好心好意把清凉油抹到它眼睛上给它提神，结果那猫嗷嗷乱叫差点儿把房盖儿给闹塌喽。

这学期的课果然没能例外，我又重蹈覆辙。学生们对我的课反映普遍良好，认为我的课比老教师的有味，不落窠臼有所创新，尤其是我对文化问题的某些见解颇对他们心思。我说咱们老祖宗够狡猾够圆通的了，拿儒道佛三家互补，敢情无论输了还是赢了，都能找出几个条条来给自己的行为做辩解，总能有点说道，要是只有儒家一种理论，陶渊明还不早就杀身以成仁了，哪还有心思在东篱采着菊花斜着眼儿看南山呢？那岳母刺字现象也挺值得推敲，把“精忠报国”刺在岳飞背上毫无道理，老太太若真想赠给儿子一个座右铭，干吗不刺在她儿子能瞧得见的地方，比如前胸、胳膊或大腿根儿什么的，刺在背上给谁看？岳飞若照镜子看那字儿还是反的呢，你说岳老太太有多虚伪，她哪里是在鼓励岳飞呀，这不明摆着要为儿子日后加官晋爵铺一条路，以向人表明其家教良好吗？所谓柳下惠坐怀不乱的故事也让人怀疑他到底是谦谦君子呢还是不具备行为能力。一个千娇百媚的大姑娘坐在你怀里，你就能一点都不颤抖、心跳不加速、血液也不滚滚翻腾？除了能说明柳下惠阳痿还能说明些什么？咱们老祖宗的文化缺乏活泼泼的感性生命冲动。

我的观点赢得阵阵掌声，并迅速蔓延开去。组织上很快就知道了。没有什么事情能瞒得过组织。同志们围成一个扇形，对我进行认真的批评教育，归结起来，我大致犯了以下几点错误：菲薄了民族精神，对民族英雄有亵渎之意，尤其是课堂语言不美，“阳痿”一词纯属医学名词，这种暗示会影响学生的身心健康，尤其是会给男学生的婚后性生活投下阴影。开始我还使劲儿争辩，可是看到同志们那样诚心诚意地帮助我，让我简直无法谢绝大家的好意。马老太太的发言尤其让我感动，“怒发冲冠，凭栏处，潇潇雨歇……”她抽泣着，“我们那一代人就是这么唱着过来的，小苏你这孩子好糊涂哇，你怎么连英雄都敢反了你……”说到此她已痛心惋惜得泣不成声。我本来想说，我怀疑的是后人编造的背上刺字故事的真实性，而且矛头直接对着岳老太太，跟岳飞本人没有丝毫关系，可一看马老太太涕泪横流为我痛心疾首的样子，不禁也感动得险些顺着她的思路怀疑自己有没有反英雄的动机，差点跟她一块儿谴责我自己。我们系主任还说已经查过我的档案，我家三代贫农苦大仇深，基本上可以排除阶级立场问题，应该属于个人认识上的毛病。一席话使我如蒙大赦，又感动得差点儿晕眩。我不言不语默默聆听教诲。

可不说话也不行，只能证明了我对错误还没有认识。组织上决定给我停课处分，什么时候思想改造彻底了、认识深刻了才能重返讲台。我像一只遭霜打的茄子，耷拉着脑袋瑟缩在角落里。导师向我投来恨铁不成钢的目光，刺得我头皮发麻，心里一抽一抽地发紧。

## 2

身为一名教师无课可讲就如同政协委员无会可开，空怀参政议政的心思，有劲也使不上。我内心深处遭到了无与伦比的空前严重的打击。回想我的前半生，从小学考入中学考到大学直至读完研究生，基本上没遭受过挫折，不假思索地到时候就考，一考就中。人生是条直线，前边有需要考的我就顺着考，考上了就达到了目的。我习惯了听课做笔记考试放假的生涯，校园的几尺围墙给了我庇护感。直至登上讲台那一刻我才发现我不再是永远的学生，失落和惶恐悄然涌上我的心头，然而却不能在那么多渴求知识的天真无邪的圆眼睛面前流露出来，我用烟圈儿把这种情绪遏止住了，可我却无法遏止生活给我的一个接着一个的打击和刺激。

自打我必须对自己的行为完全负责以后，也就是说，自打我不再是学生不再可以对自己的行为不负责任以后，我就总是磕磕绊绊跌跌撞撞脑门子乌青浑身青一块紫一块。

我真恨我爷爷给取的这个倒霉名字。在我刚出生的日子里他为给我这个唯一的男孙取名，一个月之间头发白了不少。最后在邻居一私塾先生帮助下选中了这个“芃”字，说是取《诗经》中“芃芃其麦”之意，盼望苏家香火从我这儿开始像麦子那样一茬茬长了割割了长生生不息茂盛地延续下去。可我活了二十多年，百分之九十九次都被人喊成了“苏凡”。主任在帮助我提高认识的全系大会上谆谆教导我：“苏凡啊苏凡，你就是个自命不凡，自以为是，虚心一点不好么？”我能说什么？站起来反驳他吗？领导是诚心实意帮助咱，咱怎么说也要给人家留点面子。再说，我也确实自命不凡过，当学生时常常揽镜自窥，努力挖掘与伟人的共同之处。功夫不负有心人，天长日久，果然有所收获。在总体上虽然不能与某一伟人单独相似，但在个体上却颇具众多伟人的特征。

我夜不能寐，仔细回忆白天同志们在会上的发言，认真翻阅经典著作，努力纠正错误认识。经过一夜奋战，洋洋万言的检讨书脱稿了。第二天一大早我就把它交到系主任手里。主任捏着厚厚一摞稿纸稀里哗啦地通读一遍，然后抬起眼帘：“文章写得不错，前后呼应，自圆其说，引经据典达二十五处之多，很有说服力……”

我听了心里暗自得意。文思敏捷是我的强项，中学时没少得过作文竞赛一等奖。

“但是，”主任又语重心长，“你的认识转变得如此之快，这不符合我们一贯的原则。思想改造需要一个漫长的过程。先回去吧!隔一段时间再说。”

我明白了认识提高太快了也就跟没认识差不多。于是我把自己憋在宿舍里拼命地读书,在书里面寻找答案,累了就盘腿静坐苦思冥想,一会儿郁闷失望一会儿又兴奋异常,一会儿愤怒已极,揪头发、扇耳光、戕害自己肉体,一会儿又大彻大悟得道成仙灵魂净化。我就这么在书山书海里翻来滚去,直看得字和书脱离开来,字们全都“唰唰唰”地凸现,整齐地排成方阵在我面前跳草裙舞,字缝儿都渐渐隐去消逝变得不可捉摸。回想起周树人当年就在这里找到过“吃人”二字,不知他长着什么样的火眼金睛,用的是多少倍的放大镜。

我决定出去透透气,在大自然中找回我的良知。这一出去不要紧,可让我吃惊不小!街上到处都是活动着的照片,男照片和女照片在我眼前身后晃来晃去。太阳是一根大火柱,牢牢支撑着也炙烤着地和天。商店里的售货员朝我翻着死鱼眼睛,我一定被看得变了形,往试衣镜里一瞧,果然我像大号蝌蚪,鼓鼓脑袋扁扁腿。一个女人穿着镶金片的亮闪闪的套装,手里还握着一根冰糖葫芦,很像扑克牌里的红桃Q。我挤了她一下,觉得像是洗扑克牌,有轻微摩擦的感觉。她回过身来,“噗”地一口痰吐到我身上,让我恶心了半晌。我想我还是应该回到我栖身的床上冥想比较安全。

我被自己脑子里各种稀奇古怪的念头压扁了。思想的急流奔涌着要喷薄而出,语言的速度却成了表达的障碍,我不由得结巴起来。大凡结巴有两种:一种是没话硬挤,另一种就是我这样的极富智慧的人。人们不都是先看见闪电后听见雷声吗？思想就像那闪电，快得惊人，那雷……啊那雷声怎么能跟得上呢？但这也分什么场合，当我想虚心接受领导教诲时，雷声自然就比闪电慢，一旦我站在讲台上面对一个个红萝卜般鲜润光洁的脑门子时，那就自然是雷声先行，根本用不着依赖闪什么电了，就听那雷声成串成串的叽里咕噜轰轰隆隆滚过，全是响雷，绝没有闷屁。

同屋的阿炳几次抱怨我梦里磨牙的声音吵得他睡不好觉。但是他又十分感谢我，说我梦游时到水房洗衣服，连他泡在水盆里的裤衩也给洗了。我很想跟他谈谈我的读书心得，可他的心思全在二十六个英文字母上，根本无法与他构成对话，我只好在梦里独白。我被我丰富的思想憋得大汗淋漓，辗转反侧，中气下沉，每隔十分钟就爬起来去一次厕所。阿炳直怀疑我在手淫，他假装关心地摸我的头问我是不是发烧，眼睛却盯着我的那个部位看是否湿透了。我猜透了他的用心。我痛改前非的忏悔心已经把别的欲望都排遣掉了。我更加执着地深入地思考。

阿炳背英语的声音总是无情打断我深蓝色的冥想。他的破耳机最近总漏声，连我这个二外学英语的都听出来了那是一道极简单的听力题：两年前我妹妹十四，我比我妹妹大两岁，试题问的一定是我今年几岁。连傻子也知道答案是十八，阿炳却在百折不挠地听这一句话，把带子倒得“吱吱吱”要冒火，拿把刀来刮我的心也比这声音动听。阿炳听得不急不躁、不温不火，一副成竹在胸信心百倍的神态，让我好生羡慕。我想也许光在书里和大自然里寻找答案还不成，应该到人群中去找，不断地对照同志找差距。我的毛病大概就出在这儿,太以自我为中心,从未认真观察关心一下周围的人和事,不曾汲取过别人的长处,难怪要犯错误呢!

一旦我真正睁开眼来认真地把目光转向同志们身上细细打量,才发现我们这个世界到处生机盎然,除了我在自个儿折磨自己,人人都活得滋润着呢!

我首先想到应该找我们主任谈一谈,请他多批评教育我,给我指点迷津。可是我们主任实在太忙,除了承担本系的大部分课,还应邀到外系去上课,另外还自己联系了校外的一个专业证书班的课,骑着辆破自行车从西城赶到东城,黑灯瞎火地赶回来第二天一大早又要讲系里的课,也怪可怜的。但这种想法也不过是杞人忧天,我们主任从不知道什么叫辛苦,讲课已经化为他生命中不可分割的一部分内容,他讲来讲去,讲出了家里的大件小件,讲得两个儿子毕了业娶了媳妇,又给八十多岁的老母体面地送了终。要是有一天也给我们主任停一停课试试,我想他肯定"吧唧"一头栽倒在地生命完结了。另外他每年还要在学报上发一篇洋洋万字的学生专题讨论纪要,然后依此作为科研成果,外加累计成天文数字的课时一步一步地升上副教授,并且又据此马上向正教授职称冲击。容易吗?不容易!评高级职称名额那么紧张,你想在这过程中要排除多少异己,费多少唇舌绞尽多少脑汁呵!怪不得我们主任那一头花发越发地白了呢。我摸不准主任守着系里一大摊子事儿,愿不愿意抽出空来跟我谈话。我只听说主任经常找女孩子促膝谈心,并且常伴以一些亲切的形体动作,比方说拍拍肩啊拉拉头发啊捏捏手什么的。有一次下班后跟小张姑娘一边促膝谈心一边抚摸她的手，把她抚摸哭了。看来我多半不会有小张那种福分。要么，我干脆去找小张姑娘，跟女孩子在一起聊终归要舒服些。不是说男人喜欢倾诉女人喜欢倾听吗？可是也不成。小张研究生毕业刚分来，要在资料室里先坐一年班，晚上的时间她又忙着充实自己，已经参加了四个社会办的学习班了，包括皮尔·卡丹时装裁剪班、贤妻良母烹饪班、“太空青蛙”舞蹈班及“魔幻玛丽”绘画班，全是自费，她整天把自己忙得其乐融融，我还怎么好意思去占用人家宝贵的青春时光呢？

## 3

我也极想变着法儿活得好一点，可仔细想想，没有一件工作能真正让我发挥特长，憋得我只能这么高不成低不就地悬着。要么，我干脆把科学技术化为生产力，趁着无课可讲到外面去开发个第三产业创个收赚点钱？可咱是那种见钱就上的人吗？好歹也叫个大学教师，师者，传道授业解惑乃为本分也，一旦让我离开书本离开学生，还真就放不下咱这知识分子架子，真就没法用一双翻惯了书本的手，去练摊去倒腾美元或拎着旅行包到东欧当国际倒爷。读这么多年的书已经浑身都是文化味儿了，要想去掉还真就不容易。况且，我连自认为最拿手的本职工作都没做好，你说我这人还干什么能行吧，有志者应该在哪儿跌倒了原地爬起来才是，咱不能总往那旁门左道上想。

可是，不来点惊世骇俗之壮举实在难以扭转我在领导心目中的形象。电视上常放的英雄好市民给了我启发，我要是能有点英雄行为把我的错误抵消了，把我在同志们脑海中造成的坑坑洼洼的印象抹平了该多好！不然那地方将终身留着一片斑斑点点。我也知道想当英雄这种想法忒俗，忒没新意，落入我这般境地的人都会自然而然地往这条道上奔。我以不落窠臼的方式犯了错误，也只能以忒落俗套的方式予以挽救。愈俗愈会让同志们觉得合乎常情、顺理成章，会让同志们感觉到我本质上还是个好孩子，到了关键时刻，我的那些潜藏的优秀品质仍会熠熠闪光。

我很平静地开始了当英雄的准备工作。先从文字方面入手，花了几天工夫，把来往书信和日记重新整理了一番，编纂完毕从头审阅时，我被自己纯洁无私的情操和高尚完美的品质感动得热泪盈眶。接下来的是要把思想化为行动。拦惊马是我产生的第一个念头。我们抗大小学老师在我刚启蒙时就讲了英雄勇拦惊马和救落水朝鲜小孩儿的故事，以至于在我成年后的今天，这种潜藏着的无意识自然而然地从沉睡的心灵深处浮升上来在大脑皮层表面凝结成一种清醒的意识，促使我做出某些模仿。

城市的街道早就被人和人造出来的各种形状的轮子充满了，哪里还容得下四条腿的牲口来溜达？我把视线转向周围的郊区，盼望着某一天在乡间小道上能和惊马邂逅相遇。令我失望的是现如今的马对人类的生存空间和生活习性都已了如指掌习以为常，彼此关系十分融洽好得简直没脾气，哪匹拉车的马没给规范过，想找出一碰就惊的马谈何容易？我仍不甘心，一见有马车路过，就用自行车挤它别它，往马身上扔石头子儿朝它脸上扬沙子吐唾沫，直到我气喘吁吁火冒三丈暴跳如雷，它也不过打了个响鼻儿抖了抖身上的毛，用一种物我两忘的目光乜斜着我。我意识到我犯了一个根本性的错误，用来拉车的基本上都是骡子或者驴，能称得上是马的动物实属罕见。

我把车扔在道边上，坐在白菜地里直喘粗气，看什么都不顺眼。有几块地里的白菜正在起垄，一棵棵绿油油、白胖胖的憨样挺招人喜欢。我心里说你们甭得意了，别看人们跟养个胖小子似的侍弄你，天气预报还天天为你们报上几句，一会儿让人给你们散热通气，一会儿又提醒别冷着冻着你们，好像挺金贵似的，末了还不是才卖二分钱一斤？也就是个孤芳自赏吧，谁真稀罕哪！

我在八道口的铁轨边上逡巡了许久，想象着某一日火车来时正好有一辆公共汽车卡在路口，司机望着急驰而来的列车惊慌失措，脚踩的不是油门而是刹车，满车乘客大呼小叫有人已奋力砸车窗玻璃。这时只听一声大喊："快闪开！"就见我顾不上锁自行车，拨开人群，一个箭步冲上前去，拼将我的全身力气把汽车推了出去！就在车轮离开铁轨的一刹那，列车带着一阵风声呼啸而过，我被无情地卷了进去，鲜血染红了冰凉的铁轨。一车人得救了，我却用自己年轻的生命谱写了一曲动人的乐章。我的遗体告别仪式将在八宝山革命公墓礼堂隆重举行，我躺在鲜花翠柏丛中接受人们的默哀和鞠躬，我们主任以无比沉痛的心情握住我父母的手，表示深切的哀悼和问候，感谢他们养育了我这么个好儿子，马老太太也泣不成声地说可惜呀我早就看出小苏是个好孩子，怎么说去就去了……在三月五日的报纸上会刊登我的事迹和大幅照片，我的一生又变得白璧无瑕，谁也不会再提我曾有过的失误，就当没那么回事一样……

让我稍稍觉得失望的是，那个道口自从三年前出过一次事后已经加强了安全防范措施，列车刚开到七道口，八道口远远地就开始亮灯，提前十分钟就把全封闭式的栏杆给拦上了，连个耗子都休想闯得过去。我认识到冰冻三尺非一日之寒，英雄也不是那么好当的，不光要有平时的优秀品质高尚情操垫底儿，同时也需要机遇让人一显英雄本色，都是在你毫无思想精神准备的时候猛不丁地出现险情，让你必须动真格的，那叫真英雄。像我这种人再努力也脱离不了"思想上的巨人，行动上的矮子"那种类型，而且我根本就动机不纯，难怪马不肯为我惊、列车不肯为我脱轨以成全我的小人之心呢，连那没生命的钢铁以及不会说话的畜生都把我阴暗的心理一眼望穿了吧。

## 4

我要从南走到北，我还要从白走到黑，我要人们都看到我，却不知道我是准。

我机械地朝前走，不知不觉又站到二〇一寝室门前。原来我苦苦地若有所思地走了好久，不过是兜了个圈子，根本就没有前进。地球以圆的方式无情地蒙骗了作为人类的我。

寝室就是寝室，不是别的什么，比方说它不是家也不是厕所。在狂风卷起黄沙漫天翻个儿迷住你的眼睛时，能够躺在寝室"咯吱咯吱"作响的床上听听流行音乐，也不失为一种快慰的举动。

门在里面反锁了。我想肯定是我梦游期间阿炳老婆迅速占领了我的床铺，尽管从他老婆家到这里先要坐十几个小时的长途汽车，再坐两天一宿的火车，可阿炳老婆还是百来不厌。现在阿炳生活的全部目的，就是调老婆到身边来。还有一个隐含的目的阿炳只对我一个人吐露过，老婆说她远在美国的二姨、二姨夫答应给他们作担保，连他们俩去的机票钱也包了。但有一条，老婆说必须先把她调到北京然后两人同时飞。阿炳说这话时颇为自己的海外关系而面带骄傲之色。但我们的校规很明确：没房子不能调家属。阿炳于是又正式向学校提出分房申请，得到的答复：按照校规精神，家属不在本地的不能申请房子。阿炳愤怒地把酒瓶摔到墙上：我操他妈的！可惜校规没有亲生母亲让他占这份便宜。好在他老婆的剧团常有到京观摩学习的机会，时不时地能一解燃眉之急。

门开了阿炳老婆面带酡红。屋里飘荡着一股洗衣粉味儿或者是阿炳分泌出来的味儿。我收拾一下过夜用的零碎儿和他们告别，想套出话来问他老婆要待多久，但没有明确答复。我又嘱咐他们最近楼里常丢东西，要注意安全。其实我要说的是你们插上门再睡觉，免得像那个周末，我醉醺醺地从外面回来，摸黑爬到床上倒头便睡，早晨睁眼才发现与阿炳夫妻同宿了一晚。想他们定是新婚别后太煎熬，门都忘了插。

挟起行李卷儿踅进二〇五室，屋里乌烟瘴气，有四个人在搓麻将，另外五个人在等着替补，看的人比玩的人还来劲儿。“诗人”看得连眼皮儿都不眨。玩的是“一二四”赌，一个子儿一角，一圈下来算账。我嫌赌太小，玩起来不过瘾，一宿输赢不过几毛，就鼓唆他们加番。胆小怕输的找借口退下去了，“诗人”怕输又极想玩，犹豫半天才说:“苏芃,先借哥们一张,赢了就还你。”边上的人起哄:“你小子他妈的赢了还输了就不还了是不是?借钱玩输了不心痛吧?”于是码好牌重新开局。酒气烟气臭袜子味儿还有上铺一个小子的呼噜声在屋子里经久不散。起床号响时几个人纷纷撤退准备讲上午的课,换上来几个刚睡醒的继续战斗。我手伸进裤兜捻了捻,估计战绩说得过去,差不多赢了两张。“诗人”绝对是优秀炮手,连续几把都点庄。赌场就得胆子大,越怕输越输。中午下课时“诗人”回来就嚷:他妈的现在的学生哪还有一点尊师重道了?哥们儿挟上讲义一溜烟跑到教室,一看黑板还没擦,气得哥们儿都糊涂了,张口就问:“今儿个谁坐庄?”

我和衣上床,并警告玩的人小点声,别他妈的使劲儿摔麻将子儿。噼噼啪啪的撞击声和稀里哗啦的洗牌声总在我耳边回响,不知是梦是真。连续两把自摸和,轮到我坐庄。手气不错,一上手就是五小对儿。扔掉“九筒”后又凑成一对“三条”。我单调“六饼”。明明瞥见上家“诗人”抓了一个“六饼”,可就是不打出来,我急得不得了,又不能动声色。我决定不换牌了,硬憋下去,唯一的希望是“诗人”主动点炮。可恨的是他拿着废牌愣不打,真让我又急又气,一下子憋醒了。起来去厕所放了一次水,差不多到了午饭时间。我刮过胡子刷好牙,给胃里补充了足够的营养,又换上一件像样点的西服,精神焕发地到操场领学生跳舞。

跳舞并不是我自愿的消食或减肥的举动,而是组织上交给我的一项光荣任务。我不是一直都被闲置着吗?主任说了:“苏凡哪,你对自己错误是否有认识,就看你这次任务完成得怎么样。我们为什么不派别人单派你呢？这就说明我们还信任你、重视你，并没有人因此而歧视你。我们的政策历来是惩前毖后、治病救人嘛，啊？哈哈。”

“去吧，”主任和善地拍拍我的肩，“就看你的实际行动了。”

“是，保证完成任务！”我挺起鸡胸脯受宠若惊地点头。

晴空丽日下，几丝风柔柔地吹拂着操场四周深绿色的树梢。男女学生搭配成对围在我周围站好，每人手里都捏块红纱巾。“蓝色天空像大海一样，广阔的道路上洒满阳光……”音乐毫无表情地流淌出来，有些嘶哑，录音机效果不太好。但是秋天的空气让人心里很畅快。我伸手，抬腿，做鲲鹏展翅状。学生们在我周围伸手，抬腿，阳光下的身影分外耀眼，晃得我有些晕眩，脑子有些混乱，好像在哪儿见过这些飞舞的旗幡和年轻兴奋的红脸蛋儿。就连那振臂的姿势都似曾相识。我转圈儿，踮脚尖儿，垫步，挪步，滑步，握拳，伸掌，做兰花指，摆头，微笑，眯眼儿。学生们转圈，踮脚尖儿，挪步，眯眼儿，微笑，握拳，做兰花指。我很投入，学生们也很投入。我们都很容易投入。太阳是一把金梭，月亮是一把银梭，交给了你也交给了我。年轻的朋友来相会，光荣属于你属于我属于我们这一辈。最后我们熟练了，仿佛不是自己要跳，而是有一股外在力量推动着我的身体，做出各种不由自主的形体动作，旋转，振臂，踢腿，微笑。音乐推动着我们，空气推动着我们，风推动着我们。我们跳哇跳哇跳，谁也无法停住脚，必须不停地跳，跳，跳，上升，上升，上升……

筋疲力尽后我们回各自的住所。寝室像个黑洞，可我还是不得不钻回来。阿炳媳妇留下一股夏娃孙女的味儿后恋恋不舍地离去。书上说没有哪个女人不是夏娃的孙女。我在没来得及清扫的伊甸园里呼吸着人类原始的气息昏昏睡去，不断地下沉、下沉、下沉……

## 5

我的任务完成得很出色，区里给了我们学校一张奖状。主任觉得我还是可以教育好的，从培养接班人的雄图大略考虑，决定重新起用我，让我回到讲台上。当然，我导师的名望也起了一定作用，他替我求过不少情。由于我的不能及时接班，害得他老人家还要系里返聘来讲课。当然也许他心里很愿意返聘，但是看到别的年轻人都顺利晋升职称而自己点名留的学生还是无名无分，老人家心里那该是个什么滋味？

我心里难道就好受吗？我算什么？什么都不是。我干了什么？好像什么都没干，又好像什么都干了。眼看快评职称，我真是干着急没办法。学校规定，助教提讲师，必须开两门以上课程，课时累计达到一百二十学时。同时又规定，青年助教阅历浅，经验不足，不宜多给安排课。我有什么办法？

还是主任想得周到，决定再给我一个戴罪立功的机会，给我安排了一学期的形势教育课。主任说，这是我校新增设的一门课，老教师年纪大了，无力承担此重任。他们宁愿讲史，守着一本讲义用个十年二十年也不换，而形势日新月异，要求随时把握住时代脉搏，备课任务比较艰巨，只有交给年轻人勇挑大梁，这也是对我的又一次考验。“我们就是要把年轻人放到风口浪尖上去考验,要大胆使用嘛!”主任说。

主任这么信任我,我还能说什么呢?

我下决心紧跟在从没有犯过路线错误的老主任身后,避免出现“左”的或“右”的方向性的偏差。每写好一节课的讲义,我都毕恭毕敬地拿去请主任过目,请他在讲义上用红笔划道,都跟他摊在办公桌上显眼处的《人民日报》上划的红道一般长。我按照主任的批示反复修改,保证不犯第二次错误。我深知人不能两次踏进同一条河流的道理。主任干什么我就跟着干什么。主任给学生捐一个月的工资,又给子弟兵捐了两个月的工资。我的工资花光了,就把搓麻将赢来的钱捐出来,给学生捐二十元,给子弟兵捐十元。主任给制作大熊猫彩灯捐款,给灾区人民捐衣物,我也给大熊猫捐了十元钱,给灾区人民捐了两件汗衫。圆明园灯会开幕那天学校组织我们兴高采烈地前去观看,发现我们学校的大熊猫彩灯夹在众多公司企业雕梁画栋浓墨重彩的彩灯之间,越发显得一副傻大黑粗的穷相。可能是由于扎灯工人的疏忽,把熊猫的眼睛给装上了绿灯泡,闪着狼一样的绿光。大熊猫在转台上手举花束旋转几圈后,喷泉的水管不知怎么出了毛病,水竟然从熊猫身体腰以下相应的部位喷出来,滋出一道弧形水线,好像大熊猫在撒尿。我一看就傻了眼,敢情捐了半天钱就给弄成个这模样,自惭形秽得一个劲往主任身后躲,生怕在灯光下被熟人认出我跟大熊猫是一个学校的。

可是你听听我们主任怎么说?他不住地连声称赞:“好哇好哇,这叫人工天成,艺术真实高于生活真实,别看其他的灯都精雕细琢，可是死气沉沉，就不如我们的大熊猫憨态可掬，就是个生动、可爱……”

一席话令我从心底佩服我们主任深厚的艺术功底和敏捷的才思修养，赶忙从主任身后一个箭步跃上前去，倒背双手挺起鸡胸脯迈着鸭子步，用不屑的目光把周围的彩灯一一睥睨而过，时不时从鼻孔中哼出一两声冷笑，以表示对那些灯上散发出来的暴发户的铜臭气的蔑视。

雄关漫道真如铁，我决心而今迈步从头越。

一腔子的改造体会，满肚子的佩服之情，我特别想找个人一诉衷肠。阿炳跟我在一个系，当然有些讳莫如深。只有“诗人”最能理解我的心。

“诗人”跟我关系一直不错，当我觉得思维混乱脑子不大清楚时就特别能跟他诗意相通聊到一块儿去，为此，“诗人”特别佩服我艺术感觉的敏锐和准确，常将我当成他同一战壕的战友。有一次我们在寝室对着啤酒瓶子吹，“诗人”说，凡是他听说过名字的中国大报小报大刊小刊，没有他没投过稿的。我说，凡是能算作一种类型的中国诗从文言到白话没有我没作过的。“诗人”说，他的诗从登在报屁股上杂志缝里到今天结集出版算是真正地崛起了。我说，我的诗由于担心被人对号入座所以至今仍在民间以手抄本方式流传。“诗人”嚼碎几粒花生米说爱情和死亡、自然和人生是他诗歌吟咏的永恒主题。我吃了一口榨菜说我的诗风经历了从婉约到豪放的嬗变最后在现实主义和浪漫主义结合中找到了归宿。“诗人”放了一个响屁然后脑袋一歪开始打呼噜。我抱着最后一瓶酒不放给他讲述我的诗意历程。胡同里砖墙上条条街道是战场红小兵斗志昂带头写稿贴墙上。我爷爷曾把我随口吟出来的这些句子工工整整记录到本子上,起名为《缀玉集》,家里来了客人,总要把我叫来背上一遍,在客人由衷的赞叹声中我窘得不住揪自己的衣角,试图反抗这种玩偶的角色,可被人夸得晕乎乎的感觉又令我着迷。是小林开启了我的心智教会了我什么是诗,我们通常不是用笔而是用目光用执手相看泪眼却无语凝噎生成一行行的诗。说到这儿我意识到我走了嘴,偷觑了一眼"诗人",见他已软成烂泥。小林是我永远珍藏的秘密,我就是交出了生命也不会交出她。

"诗人"硬拉着我去一个艺术沙龙。那时天空骄阳似火,没修好的那段柏油路,臭油漆黑亮照亮地反射着太阳光。满街都是白花花的膀子和大腿在晃,蛤蟆镜后面隐藏着高深莫测的眼睛。我和"诗人"一路挤着汽车又钻地铁,边走边一层层地脱衣服,脱得只剩下背心裤衩才无可奈何地住手。那是一个很著名的地方。主持人起身迎接"诗人",又搂脖子又抱腰。"诗人"向我介绍说这是他的忘年交朋友,会八门外语的著名学者。我毕恭毕敬,用中国话表达了一句常用日语:"初次见面,请多关照!敢问您贵姓?"

"不必客气,"主持人很谦逊,"在下免贵姓焦。"

主持人一一介绍来宾。哇!我惊得差点背过气去,在座的差不多全是各个艺术领域的名流。也不知"诗人"是如何打进他们内部的,就凭他的"一个长长的叹息成熟在棉花堆里"的诗句?过后"诗人"悄悄告诉我,他跟主持人曾共同拥有过一个女演员的两份爱,"诗人"高风亮节主动让贤,这使得他跟主持人不但没有反目成仇反成诤友，引出艺坛一段佳话来。

主持人很愤慨地说，以前艺术界屡遭出版界强奸，如今艺术界暗送秋波以至于自投罗网，却都得不到出版界的青睐，想出本纯艺术的书简直比登天还难，真是艺术的悲哀和文人的悲哀，话锋一转，他说起此次聚会意图，说自己刚打通一家出版社出一套纯艺术丛书，欲将二次世界大战以来的世界先锋艺术编成百科大辞典，逐步分解、归类，贴上标签收入一丛丛划好的选集里。大家彬彬有礼、客客气气地讨论谁解剖哪部分谁来哪个词条，条理清晰、口齿凌厉地分析现代作品的时代背景主题思想艺术特色。学过外语的尽量不说中国话，把荒诞叫成“阿波舍得”（absurd），国学底子深厚的便用孔颖达的训诂学方法对“荒诞”一词说文解义。出于对国人理解力的共同忧虑，美术家建议将毕加索的画正本清源，将被扭曲的大变形的脸孔扭正过来，以便看清其现实主义的本来面目，“一定要添上毕加索未画上的另一只眼”。音乐家主张将现代摇滚爵士乐逐个音符剖析，以弄清每个切分音、每个休止符所代表的涵义。文学家说，一觉醒来人就变成大甲虫的把戏一点都不稀奇，咱中国作家不是也在蝴蝶梦里变成过小蜜蜂吗？戏剧家认为《等待戈多》的结局缺乏亮色，既然哈姆莱特都可以穿牛仔裤在台上走来走去，戈戈和狄狄最后应和戈多以大团圆收场，这样才能更加符合民族的欣赏习惯。“我们等待的东西一定会来的。前途是光明的，道路是曲折的，既然那棵秃树已经长出四五片叶子，那么贝克特是不是就预示着戈多会来，一切都要好起来呢？”

众人一致啧啧称赞。什么非理性啊、先锋啊、前卫啊、现代啊，没有什么深奥玄妙的,全是故弄玄虚,在理性之光的照射下一切全都迎刃而解。资本主义早晚要过渡到社会主义,资本主义审美意识越超前,不就离社会主义越近了吗?让我们共同等待那一天的到来吧!大家满怀信心、笑意盈盈地讨论通过了编委会名单。“诗人”由于年轻力壮承担了大部分编务,所以名字紧挨在两个主编八个副主编之后。然后大家起身,互相交换名片共进晚餐。

出来时街上洒满昏黄的灯光,行人抱着胳膊缩着肩膀低头疾走,满地枯叶在脚下“咕咕”作响,西风瑟瑟。我有些惴惴不安地请教“诗人”,我怎么就感觉不出“阿波舍得”来?“诗人”拧了拧眉头,上下打量着我,然后问:“你现在胃里好受吗?”

我仔细体会了一下,思忖着答:“你还别说,是有点撑得难受。”刚才为避免无人可搭话的尴尬,我一刻都没让我的嘴停止咀嚼。

“这就是了。没吃饱时感觉着痛苦,那叫饿;吃饱了还感觉着痛苦,那就是‘阿波舍得’。”诗人又进一步开导我,“再不,你琢磨琢磨毕加索的画,看把那人脸扭曲的,几笔就勾勒出本质。”

我心悦诚服地点头,好似醍醐灌顶,很想体验让两只眼睛害相思病一只在前一只在后脑勺的滋味,却怎么也学不好,只好对对眼儿聊以自慰。不料“咚”的一声撞到树上,头上青包三天未消。

## 6

我的理解力越来越退化,真担心是脑子里的病严重起来了,但又绝不能向任何一个人吐露。这种隐忧害得我常常眼前一片模糊。比方说现在我连中国字儿都看不太懂了,费劲巴拉地背了一下午也没能把“人”的概念记下来，人成了“阴阳之交合的演变与万物灵长之共振而疏离于蛮荒的深层集体无意识透射于表层后所回应之物种”。我真不知道人到底是什么玩意儿了。人就是人不是猴子也不是狗，多么简单。越是不懂，就越需要学习，不然我怎么能担当得起传道授业解惑的重任？

现在的学生越来越不好唬了，问题提的越来越不着边，听起来都像外国留学生。我那个班上已有两个嘉宝三个普拉蒂尼一个马拉多纳外带一对儿里根和南希。我最得意的还是自号“钱总赢”的学生，以冷眼观世界众人皆醉他独醒。他常来跟我探讨一些人类深层文化结构问题，并把超过钱锺书定为自己的人生奋斗目标。他说自己已通读了两遍《管锥编》，很急切地向我打听青莲是谁。面对这样的肯于坐冷板凳、以继承民族优秀文学遗产为己任的好学生，我能打消他的积极性，告诉他先去弄懂作家们的字啊号啊什么的吗？人家钱先生跟作家的关系都到了什么份上了，脱口就能叫上来他们的名号，先生的著作如果文学青年都能看懂，那还叫有学问吗？书袋子不是说掉就掉的。我以最婉转的方式教育我班上的学生，要对自己有个正确的估价，干什么就要踏踏实实干好，把自己全副武装了，一旦给你个支点，不就能转动地球了吗？也指不定哪天天就漏了等着你去补呢，到时候现炼石头还来得及吗？可学生们立即就问，老师你说咱这天还有希望漏吗？你说这不是外国话又是什么？这难道是我这个中国人能回答的问题吗？

再次遇上“免贵姓焦”是在贺兰山脚下的一次会议上。导师将出席学术年会的帖子让给了我。“诗人”闻讯也萌生了到西部寻找灵感的念头，随即联络上“免贵姓焦”，很快弄到帖子及某个协会的赞助经费。开幕式上“诗人”把我介绍给他的校友张鸿雁。虽说初次见面，张鸿雁的名字我早有耳闻，他是我这个专业的少年英雄，翻译过几本二十世纪最新文化理论书，又留过洋，得过国内青年社科成果奖，在圈子里知名度颇高。“免贵姓焦”以前与鸿雁就认识，那时鸿雁还只是个实习研究员，而他是出版社的副译审。眼下鸿雁已成了副研，离正研不过相差几天光景。“免贵姓焦”也顾不得十几岁的年龄差异，一口一个“张先生”地叫，可能是因为会八门外语却一个国家也没去成而感到气短。无论鸿雁到哪儿他都不离左右，因而会议过程中频频出现我跟“诗人”、鸿雁及“免贵姓焦”四人同行的场面。

还好，我那个怵名人的老毛病这次没犯。鸿雁人极其随和，又在我导师名下听过课，所以待我有如亲师弟一般。鸿雁问我在搞什么课题，我不大好意思地说我的全部精力都用在认真上课改造思想和当班主任上头了，结果学问上总不见起色，投出去的稿子一篇给退回来另两篇更如泥牛入海，连点动静都没有。鸿雁说做学问就得耐得起寂寞，坐得住冷板凳，受得起苦，禁得住穷。他自己就像疯狗一样的拼命，一天炮制一万字，不撒尿不拉屎不吃不喝。好在上过山下过乡苦惯了。但是，鸿雁话锋一转，我们的目的，并不是要把板凳焐热，而是要厚积薄发，瞅准时机跳出来。他鼓励我鼓起勇气向权威挑战，学庖丁解牛，从大处入手，好的开始已经是成功的一半了。我嗫嗫嚅嚅地说我总以为大音希声、大象无形，想动手却不得要领。再说名气大点的权威差不多都被对话、商榷、谈片、总论、近视、远观过了，就剩了几个死去的名人。我跟死者论战又有什么轰动效应呢？顶多是让人家的徒子徒孙们胖揍一顿。鸿雁也替我惋惜没赶上他所处的青黄不接、点炮就响的空白时代。不过他认为事情并不绝对，若能逮个名人二代围攻一番也必将大有收获。“免贵姓焦”接茬说：“你们没发现今天上午发言的于敬斋有多神气，光他自己就占了三个小时，根本容不得别人说话，不就是破格提了个正研究员嘛！他是怎么破格的我还不知道？写了一本破书就到处找名人写评语和推荐信……”

一席话勾起我们对会议场景的回忆，于敬斋确实比较狂傲，把自己的论点当作普遍真理强加给在座的莘莘学子，并断言在他身前和以后的研究方法都是错误的。学术问题其实大可不必这么攻势凌厉非要定出个你错我对。“免贵姓焦”又极力在我们身边煽风点火。此时我们还不知道他跟于敬斋在一个单位时，曾有过比杀父之仇夺妻之恨还厉害的评职称之争。鸿雁的好斗劲头被煽起来了，准备在明天上午的会上捅他一炮。“诗人”也在一旁摩拳擦掌。“免贵姓焦”主动承担运送炮弹的任务。我也不能违拗兄弟情谊，准备擂鼓助威。说不定这是我的一个机会。一行人共同归纳一番于敬斋的主要论点，定下反攻的方向，规定每人只攻一点，不及其余，各司其职，相互照应。

当《论坛》杂志编辑坐在我对面恳求我一定把那时候的发言整理成文章交给他时，我却怎么都回忆不起来我说过的话。编辑急得眼泪都快流出来了，说：“我们刊物许久以来都没有叫得响的稿子，那会儿我听了您几位的发言，真是耳目为之一新！发表出去，肯定有振聋发聩的效果，说不定世界文化史都要为之重写呢！”

编辑给我提升到这样一个崭新的高度，说实在的，我还真就不爱降下来。鸿雁够哥们儿。编辑本来是他的关系户，写这样的文章对他而言不过是牛刀小试，何况主要炮手就是他。但他却让编辑来找我，拉着哥们儿也脱颖而出一把，又让我大受感动。问题是我失去记忆的毛病又犯了，无法将说过的话有序地组合在一起，而且我也实在分不清哪些是我说的，哪些是鸿雁或者是“诗人”或者是“免贵姓焦”说的。只记得鸿雁的手臂总是强有力地向下劈，“免贵姓焦”的厚嘴唇不住地翕动，“诗人”诗兴大发嘴角冒唾沫星子湿意涟涟。于敬斋好像说过蛇是远古人类的图腾，敦煌出土的瓦片上线条全是蛇美丽的身腰曲线，从伊甸园带翅膀的蛇到中国水漫金山的白蛇青蛇一脉相传，说明人与蛇在心智上完全相通，人视蛇为祖宗所以从不吃蛇肉到后来酒店弄出“龙虎斗”名菜纯粹是对人类的反动。鸿雁首先反对这种观点，说蛇不是人类的图腾鸟才是，半坡出土的陶器上刻有鸟的图纹，载玄载黄，鸟驮着太阳飞呀飞给大地播放光明，一如男精播散之于女阴而衍生出人类，所以说鸟是男性生殖器的象征，由部分而整体，鸟即成人类祖先的象征。“诗人”从民俗学的角度补充说，对鸟的生殖崇拜在民间俚语中尤为常见。“免贵姓焦”站在世界文化的高度纵横捭阖，说他在日本美国及欧洲各国的朋友都来信跟他探讨过这个问题，蛇是人类图腾是过时理论早就遭否定了，当今世界流行的观点除了认为人是鸟变的还有的说人是鱼变的，人是蛤蟆变的，人类除了崇拜鸟、崇拜鱼还崇拜青蛙，但唯一能站得住脚的，还是对鸟的生殖崇拜，这种崇拜一直影响到我们今天的日常生活，美国佬就用形容生殖器的词儿来形容他们心爱的钱，一会儿说美元坚挺，一会儿又说美元疲软，由此可见一斑。我跟着也说了几句什么我忘掉了。总之那天上午我们着实出够了风头，在座的人都被我们唬得一怔一怔的，于敬斋的脸也时时泛白。我们一点都没想把于敬斋怎么样，只不过要压压他的气焰，提醒他江山代有学者出，各领风骚一两年，名人三代四代已经紧逼上来了。倒是“免贵姓焦”颇有报了仇雪了恨的快意。回校后从我导师那儿得知早些年于敬斋跟“免贵姓焦”曾平分出版社秋色，到后来几次评职称于敬斋都到学术委员们面前游说，控诉“免贵姓焦”的不务正业行径，书一本接一本地编，可都是下三烂的赚钱货，学风不正水平欠佳败坏了社里的名声。所以直到现在连张鸿雁都拿回了洋博士脱颖成副研了，“免贵姓焦”却只能抱着八门外语饮恨中华。

## 7

当天中午举行隆重的酒会宣布大会讨论圆满结束，第二天的日程是去黄河边上游览，可以滑沙还可以坐羊皮筏子。从今晚开始会务组就给断了顿不再管饭。我们几个人吆喝着回去寻找晚餐，“免贵姓焦”自然也要掺杂其中。一伙人进了一家小店端坐在一张桌前。我要了碗牛肉拉面，鸿雁三人要了饺子。“免贵姓焦”每夹起一个饺子都要先打量一下，好像要瞧瞧哪个是双眼皮儿的能自己滑入肚内，然后以极慢的速度咀嚼着，生怕先吃完了要去付账。不一会三四个学生模样的男孩子进来，一个个风尘仆仆的。

"诗人"边吃边搭讪,一问方知他们是西北高校的学生,利用假期要徒步旅行全中国。听说我们是从北京赶来这里参加学术会议的,男孩子两眼放光,一脸敬慕,双手托出记事本来请我们签名留念。"诗人"立即大做活人广告,先吹鸿雁,说张先生曾游历欧美是我国最年轻的副研究员还是全国八大杰出青年代表,才这点儿年纪就快要著作等身了,这次会议全靠着他做中心发言挑架子呢。男孩子越发恭敬得不得了,双手颤抖着将记事本捧了上去。鸿雁本来正吃得热火朝天,臭汗直要挣出汗毛孔,给"诗人"这一吹,倒像是喝了冰镇酸奶似的登时熨帖舒服不少,缩回去的汗珠儿聚成密匝匝的一层敷在脸上,油腻腻地闪着亮光,签名时把"鸿"字右边的"鸟"使劲划下去力透纸背,大有戳破本子不心疼之势。"免贵姓焦"晓得下面要轮到自己,便一整容颜,奋力将最后几个饺子一股脑往下吞。"诗人"把他捧得更玄,诸如"世界首屈一指文化学专家"、"精通六国文字"(他还给贪污了两国没说)、"译著数十种",等等。我偷眼打量"免贵姓焦",只见最后一个饺子在他的喉咙里费劲地朝下滚动,一时竟突起两个喉结来,逗得我忍不住想笑。"免贵姓焦"用汤把多余的喉结送下肚子,很谦逊地摆摆手:"哪里哪里,我老了不中用了,天下将是你们年轻人的。这位年轻诗人才华横溢、诗风雄健,在我国诗坛上独领风骚,出了好几本诗集了,马上又要有一本新作问世……"

他们在一旁神吹神侃,我在这边可有点撑不住劲了,说来说去,这里只有我是白丁一个无资无历,不禁在心里暗骂"诗人"王八蛋小子太损,做这种缺德的活人广告,让我这个卑微的小人物窘得无地自容，恨不能化作一团饺子汤热气消散了。于是灵机一动赶紧站起身来去窗口付账以溜之大吉。就听“诗人”在背后还在不住地说:“这位苏芃是袁先生的关门弟子得意门生，袁先生是国内外著名学者，日本人最服袁老先生了……”听得我的脸上一个劲地发热。交款台前站着同来开会的两个老先生，正在为总共一元零五分的面钱推来推去，不肯让对方替自己付款，最后商定由一人先付，回去后另一人按平均数马上送还。我挺替老头儿们不好意思的，又担心让那几个学生看见这种为几个小钱推搡的场景有损师长在他们心目中的威严，连忙用自己不太厚实的后脊梁把学生们的视线遮住了。

次日早早起身向黄河岸边进发。来的是一辆上了年纪的大客车，浑身都有裂缝，论资格够评副教授了。“免贵姓焦”反应极快，立即推说昨晚没睡好不太舒服身体欠爽，无力再跟年轻人打成一片，急急地抢了前排靠窗的位置坐下了。老先生们都给让到了前边，剩下后面两排颠起来不要命的座位留给了我们几个棒小伙。路没修好，跟老太太脸似的沟沟坎坎，座位上都没有扶手，“诗人”稍一疏忽，“腾”地给颠离了座位，头直撞到上面的车厢板，“咚”的一声，满车人都笑起来。“诗人”大叫受不了，孙子才坐这种老爷车。几个人悄悄骂主办单位太抠门儿，这么老远的路，又都是些有名望的学者，竟为省钱雇这种上了年纪该退不退的破车，直颠得人肝肠欲断。还没走完一半路，早晨吃的那点稀粥咸菜已经在我的胃里翻江倒海。再看“诗人”也在一旁牙关紧咬，面目狰狞，倒是真扭曲成了毕加索的画。鸿雁倒还平静，可能已给飞机上上下下折腾惯了。

车到一个小镇停下,大家下来对付一顿午餐。一家家小面馆前摆着抻好的面招徕顾客,锅里不知烧过几十遍的汤冒着滋滋的热气,一碗碗的辣椒酱羊杂碎摆在案几上,苍蝇惬意地在上面飞舞。我们在街上走了两个来回,明白了要找家没苍蝇的馆子那是痴心妄想。时间不多了大家赶紧钻进一家二层楼小店,屁股一坐稳,鸿雁就说大家随便点菜吧,这顿饭我请了。话音刚落"免贵姓焦"就跟土地公公似的一下子就不知从哪儿冒了出来。鸿雁说,嘿,您来得正巧,我一块儿请了。"免贵姓焦"忙说那怎么行那怎么行,不好意思不好意思,边说边点了一道鱼香肉丝。酒菜上齐了。鸿雁一副兼收并蓄中西文化的好胃口。"诗人"下车时吐了一回,此时蔫不唧地往嘴里扒饭,菜没动几口。苍蝇飞舞的英姿给我留下深刻的印象,无论如何都不忍下箸,只好皱着眉头以酒当饭。"免贵姓焦"的胃倒是应了一句冰箱广告词儿:密封隔味盒,保鲜不串味。

下半段路越发难走颠得凶狠。没出几站地我就忍不住要求停车方便。鸿雁跑到前边跟司机说了一下,几个人一窝蜂拥下车去,"诗人"也正难受着,顺便轻松了一回。"免贵姓焦"以为我们又在搞什么活动,也下车来打成一片,见此情形,又不好意思在厕外徘徊,只得跟了进去勉强出了一回恭。上得车来几个人越想越可乐,不禁哈哈大笑。"免贵姓焦"莫名其妙地回头张望,这下更让我们笑个不停。闻到湿润空气时我们又精神百倍,"诗人"一看到黄河就不禁脱口而出高声吟诵:"啊,黄河! 真他妈的黄!"

开会的初衷是要饱览祖国的大好山河，看来果然不虚此行。至于开的那一炮算是意外收获。鸿雁这么义气，我也不能不壮着胆子往外跳一跳。开始我还忸忸怩怩半推半就。要知道《论坛》毕竟是全国著名的学术刊物，我这么个小人物，实在有些小子惭愧则个。拟了几个题目：《鸟图腾论——与于敬斋先生商榷》、《从蛇到鸟的转化》、《鸟图腾论的民俗学依据》，觉得太羞羞答答，与那天会上的冲动相差甚远。于是写信向鸿雁求教。鸿雁很快回信，鼓励我发扬上九天揽月下五洋捉鳖的大无畏精神，还说杂志社有他的铁哥们儿，到时候自然会帮着批判我，把我批倒批香，直批到我被公认成学术界横刺里杀出的一头麋鹿。信的最后说，跳好了我便成为英雄，摔下来了我便是烈士，横竖都是光荣一回。

都到了这个份儿上我还有什么好顾忌的？我像打了一针兴奋剂，思绪像撒欢的小马驹儿上蹿下跳。连续撕掉差不多半本稿纸，我才郑重写下几个大字：《我的文化人类观——蛇图腾论批判》。不破不立。“最近我参加了一个会……”一派大手笔的气势。我文思如泉涌，灯光忽明忽暗，因有人偷点电炉子而时不时地断一会儿电，可我的情绪丝毫不减，唰唰唰唰地笔走龙蛇，我看到猴子青蛙蛤蟆骨朵飞鸟虫鱼一同在我面前飞来跳去，我跟它们一道茹毛饮血，我骑在太阳上飞，无数金星银星环绕在我周围，渐渐地我视线模糊了，字们又要凸出纸面来跳舞。我终于不堪重负地闭上眼，上床一销万古愁，只愿长眠不愿醒。

## 8

寝室里已容不下我一张清静的床了。阿炳老婆守在床头嗡嗡嘤嘤地哭，还伴以断断续续地数落，声调一点都不低，仿佛在宣读一封告楼道全体单身教工书。阿炳老婆已失去了新婚时随叫随到的献身热情，长长的铁轨把她拖得日见枯萎。她埋怨阿炳根本不在她身上用心，调动的事总是有一搭无一搭地半死不活地悬着，越来越没动静。“你到底想不想把我调过来？”阿炳老婆义正词严，脸上挂满了泪珠儿。

阿炳唯唯诺诺地赔笑脸：“不是我不想，而是实在没办法。”

“没办法没办法，你还算一个男子汉呢，除了让我一次次流产，你还会干什么？”说着说着阿炳老婆委屈成了泪人。

阿炳听了这话卑琐得不行，又得硬挺起腰杆来好言相劝：“不是说好了要让咱们孩子一落地就有美国户口吗？要么你跟二姨、二姨夫说说，咱们直接奔美国团聚去得了，就别在北京拐这么一个弯儿。”

“哼，想得倒美！连自己老婆都调不来，我姨夫会瞧得起你这种窝囊废？”

阿炳给数落得对自己失去了信心，一边听磁带一边默写：“长太息以掩涕兮，哀吾生之多艰”，然后带上厚厚一沓老婆的简历，骑着叮当乱响的破车杀向不可知的远方。

春节探家回来后阿炳说要请我喝酒。我有些受宠若惊，不知他遇到了什么喜事要我与他分享。我们俩住一个寝室这么久了，这样的好事儿还从来没有发生过。自打我留系里那天起，比我先分来两年的阿炳就把我当成了学习的榜样，比方说在学习总结会上他经常要说几句：“虽然我取得了一些成绩，但和苏芃比起来还有很大差距,我今后一定要努力向他学习。”弄得我挺紧张,像有虱子在身上爬,浑身怪痒痒的。那次我们一帮小伙子一道去昆明湖野浴,阿炳在水里扑腾着拼命追我,差点没呛得背过气去,我真害怕淹了他我还得背上个罪名。我让他追我了吗?没有哇!不就是年轻人都躁得慌大家下水里清醒清醒吗?我也并没有刻意显示自己的游泳技术的意思,要知道我是在水库边上长大的,小时候因为偷着去游泳挨了不少屁股板子,一到水里我就成了鱼。阿炳用的是学校游泳池里练出来的标准动作。并没有人顾得上看他欣赏他或讥笑他,可他就是愿意树假设敌,咬定青山不放松以期在冲刺的刹那一大步迈上去赶超个第一。这一点我总是搞不明白。我叫王小义你叫买买提咱俩个头差不离成为亲兄弟,多好,总那么紧张认人为榜样搞得我也浑身不对劲儿有什么意思。但是主任对他就很赞赏,不住地提醒我:“苏芃,你要像阿炳一样谦虚谨慎,懂得学习别人的长处,年轻人嘛,就是要找找榜样激励自己。”

所以这么些年来我跟阿炳一直不即不离若即若离倒也相安无事,偶尔高兴时阿炳跟我说几句贴心话,比方说他媳妇的二姨要给他做担保之类,但转眼就后悔,一再叮嘱此事只告诉我一个人,不足为外人道。我则糊涂一阵明白一阵,动辄昏昏然痴人说梦,也不知道多少次梦游的时候阿炳都当了听众和看官,关于我脑子有病的话题是不是先从他这儿传出去的也未可知。

阿炳买来烧鸡和酱牛肉,打开一瓶“四特”把两个杯子斟满,也不说话,“咚咚咚”地只管喝,我则丈二和尚似的坐在对面,静候对方点明中心思想。三杯酒下肚,我觉得不对味儿了,阿炳这是故意找醉呢！再怎么着我也不能见死不救，所以赶紧夺下酒瓶以好言相劝：“阿炳，有什么不痛快，说。我平日什么地方对不住你，就指出来，我一定努力改正。”

阿炳的脸已涨成了紫猪肝色，可脑瓜子一点都不糊涂：“哥们儿，我受骗了，她根本没有什么二姨夫在美国，她妈家那边只有一个姐。”

“咳——”我如释重负地乐了，顺手掰下一个鸡腿啃。“没有就没有呗，这有什么不好意思的，就当你从来没跟我说过。再说这对你又没多大影响，接着忙你的娶妻生子吧。”

“没影响？”阿炳鼻子里哼出两声怪笑，“娶妻生子？早知道这样我会娶她？她算什么？不就是个地方剧团跑龙套的吗？她看中我的还不是这块校牌子，以及毕业以后能来北京？我好糊涂哇……”阿炳捶胸顿足，声泪俱下。

我赶紧拿毛巾递给他，也不知道该怎么个劝法了。清官都难断家务事，更何况我自己的脑子本来就不大清楚。

“这么说你们往爱情的酒里掺了水了？”

“爱情！哼，爱情，我整个人都给装进套里了。毕业分配前那一阵闲日子，班里一个哥们儿常去泡剧团，时常拉上我，一来二去，跟几个女演员混熟了，其中就有我现在的老婆。那晚我们在外面跳舞跳到很晚，末了又去她们宿舍聊，我那位哥们儿钻进他所谓的女朋友屋里，我也经不起劝，意志薄弱，留在了我老婆床上。结果我刚分来工作没几天，她就找上门来说她怀孕了，要求我跟她结婚。今天我算明白了，连她的美国二姨都是假的，那她浑身上下哪点还能是真的？那晚上她那样声情并茂，而我却紧张惊慌得手忙脚乱，像是在水缸里涮了一下捞不着底，哪里还会知晓她是不是原装货？我是有责任感的人，最后娶了她，还自以为同时娶来了一张即将到手的美国签证。她说她已把孩子打掉了，准备到了美国再生。她的话我全信了，四处奔波给她调动工作。她自己呢，哪次来也没闲着，不是剧团就是制片厂地跑，最近又勾上了电影厂的导演，说是答应让她演戏里的一个丫鬟。她的事业发展得可真够快的，鬼才知道她记在我名下的打掉的孩子是谁的。可我还在这儿傻了吧唧地做出国梦。卑鄙！小人！”阿炳火气直往上撞，“嚯”地站起身来，大有一把推翻桌子的架势，我连忙把他摁住：

“阿炳阿炳，消消气，有道是唯女子与小人难养也。事情已经揭开了，你打算怎么办？”

“离婚！坚决跟她离婚，我无法再跟这种品质恶劣的人生活在一起了。”

离婚哪是件容易的事儿哟！往后的日子里就见阿炳老婆大闹天宫。系里正开会时她会突然闯进会场，历数阿炳喜新厌旧生活作风不正的罪状，并诬告第三者就是资料员小张。小张姑娘不过是到寝室来送过几回信，还都是我的。楼道里常见一个身影游魂似的走来走去，两眼发直嘴里还念念有词。我们屋里凡是能吊住一个人的钉子全都拔下去了，火柴剪刀等等危险品一概清除。就这样也没能打消阿炳老婆寻求一死的决心，她把手指捅进了电源插座里，因为个子不够高站在椅子上实施的行动，结果只是让电给打了一家伙并造成二楼短路，否则后果真是不堪设想。

此情此景，任何一个稍有恻隐之心的人都不会再将最初的离婚意图继续贯彻到底。偏偏阿炳是那种一旦下了决心就不准备再有所松动的人，他用自己的形销骨立、含泪的微笑，显示自己不甘受骗，宁愿“精神出走”从此后赤条条来去无牵挂的壮士情怀；阿炳老婆则用自己无畏捐躯的行动表明自己不甘当弃妇不忍嫁二夫的烈女之心。这场持久战直打得飞沙走石，昏天黑地。我们这些左邻右舍住着的单身汉们看着他们壮怀激烈混战犹酣，不禁都后背上冒出一层冷汗，舆论一会儿偏向阿炳一边，过了一阵子又偏向阿炳老婆一边，我们谴责完阿炳又谴责他老婆，可怜完阿炳又可怜起他老婆，最后连阿炳带他老婆一起谴责够了又使劲可怜。

其实我又有什么资格褒贬阿炳两口子？爱情这东西还不是当局者清旁观者迷？我与小林的爱就没能达到现实主义和浪漫主义的完美结合，远不如我写给她的诗那样出神入化。

## 9

最初我爱小林的时候只希望她过得比我好。随着爱情向纵深处发展，我爱她的目的逐渐转向拆散她和她丈夫。为此我常常觉得自己卑鄙，转过头来又常常认为自己的爱情超凡脱俗。每当小林用纤巧的手指抚弄着我的头发并喃喃叫我“傻孩子”时，我就感动得热泪盈眶，又特别想号啕大哭。我对她的爱再深切，也无法爱屋及乌，连她的丈夫一块儿爱进去。同性相斥的道理连傻瓜都懂，何况我这样一个聪明人。爱情的幸福弄得我神思恍惚，我在路上走着走着会情不自禁地对着马路牙子一个人发笑。开会时系主任在上面读着一份平板冗长的文件，我在下面会突然间“扑哧”一声充满感情色彩地笑出声来，惹得满屋子人都带着怪异的表情回头看我。马老太太在背后没少编派我。自从那次我无意间听到她跟小张饶舌后，不由得提高了警惕。以后不论上哪儿，我都随手带本书，遇到笑意憋不住往脸上涌时，就把书举起来遮住面孔，暗地里使劲咬住嘴唇，肚子里笑得叽里咕噜作响一个劲儿地上下起伏，嘴角眉梢却一如平常不敢丝毫下垂或上翘，面部肌肉抖动成奇形怪状的一团。

我在对待其他问题的态度上全都大智若愚、混沌懵懂，唯有对我跟小林的爱情一眼望穿秋水。小林是太阳，我不过是飞蛾扑火，就等着自生自灭。可我就是忍不住要去找她，向她请教诸如条件状语从句和让步状语从句的区别等问题。自打她当上我的二外老师那天起，我就被她那一口纯熟地道的美式儿化音给迷住了。当然，在她那个充满温馨的小屋里，我更喜欢蜷在她脚边听她用北京儿化音娓娓细语。为了我心中的杜尔西尼娅，我愿意抛头颅、洒热血，勇敢地跟风车和羊群作战。可我又能做什么？也只能是把桌上她跟丈夫的结婚照片翻过去扣上而已。但我能阻挡得了她丈夫在大洋彼岸的呼唤吗？

我要是个清醒的人，早就找个年龄相当条件匹配的傻丫头营造安乐窝去了，也免得像今天这样，对小林痴痴癫癫的疯狂爱情中总洋溢着“恋母情结”。我不知道小林为什么要回应我爱情的呼唤，一口一个“我的傻孩子、乖孩子”，叫得我心旌摇荡不能自持。也许她“慰情聊胜无”一场游戏一场梦拿我来填塞暂时的寂寞岁月，我不情愿以我的小人之心来亵渎她的一腔情肠，她那娇喘吁吁、放浪形骸的形体语言分明是在表示她毫无保留地向我奉献一切，我的怀抱才是她的最佳选择。

可小林向我承诺过什么吗？没有。越是这样我就越发爱她爱得不能自拔，越怕失去她我就越紧紧地缠住她。我们的爱情不见容于白昼，只有夜晚我才敢牵着她的手在湖边漫步，粉红的荷花和深绿的树叶子把我俩的面孔记熟了。在她走后每当听到微波拍岸的声音和树叶子沙沙的声音，我就揪心地痛苦，以致我在成了著名的诗人后诗集中总是充满了湖和树的意象。我一次又一次恳求小林留下吧不要走，她只是用无可奈何又不置可否的目光看着我。我也明白这是痴人说梦又不愿放弃幸福的冥想。机场上我仅能以一个学生的身份夹在她的亲朋好友中给她送行，和她握手的当儿我把字条塞进她手里，颇似游击队员交接情报。然后我想象小林在机舱坐定后迫不及待地打开字条：

……

也许因为你生长在我的窗前

才有了这出神入化的爱慕

倾心于你月光下的斑驳

满是渴望的眼睛随着你匆匆的脚步

那么热切的倾诉发自肺腑

　　那么长那么长的痛苦

　　那么深那么深的祝福

那么缠绵
那么短促
扑向你含情脉脉的新芽萌出
白杨树呵
和你同样天真是这个多梦的夏季
那么浓密的柔软那么笨拙的强悍
那么凄切的蛙鸣那么淋漓的雨珠
已经死在你怀里了
却不能在你的躯干上永远攀附
白杨树呵
风吻遍你秀美的枝叶
记忆在你的睫毛上浓缩
已经受过暴雨的洗礼
还会有什么样的青藤再能将你缠绕
还会有什么样的凭你扎根的泥土
白杨树呵
……

读到这儿小林泪流满面，和我相爱的日日夜夜一幕幕清晰地浮现在她的眼前。“亲爱的孩子，我会等着你。”她在心里这样对自己说。她把含泪的目光投向舱外，但见波诡云谲。这时空姐出来告诉大家行程已至一半，小林掏出面巾纸吸干泪痕，整理好头发和思绪，酝酿着和丈夫见面时的问候语。对新生活的渴望渐渐代替了对我的思念之情。

我的躯壳坐在民航的大客车里往回走，灵魂却在天上谛听小林的心声。尽管她的呼唤很微弱无力，可我还是捕捉到了。她需要我，这就是我的幸福。她在信里说："来吧孩子，这里有你需要的一切。"我不要一切，只要小林。我知道她寄给我的"托福"报考费都是她背着丈夫攒下的私房钱，我不能让她感到失望。为了她，我宁愿舍弃一切，以我一耳朵的破听力，毫不犹豫地加入了考"托福"的大军中。

不用说应试，光是报名就把我折腾个半死。开报名用的介绍信就很费了一番周折，要拿系里的公章去换校人事处的公章。系主任诧异的目光从镜片上面横扫过来，让我再考虑一下这个问题，这事儿他一个人批不了，要拿到系领导班子会议上审议，副主任和书记去外地讲学未归，我须等待几日。我一翻日历已时不我待矣。万般无奈，只得向"诗人"求援。"诗人"说他有个爱摆弄金石的哥们儿，要么先拿萝卜刻个章算了。我忙说不妥，犯法的事儿咱可不干。"诗人"说考个"托福"又不是叛党叛国的事儿，我从别的学校给你开个证明得了。

报名的队伍从语言学院墙外的小树林一直排到马路边上，影响了行人交通。有好事者站出来维持秩序，让大家都贴墙根一溜站着。明早八点才开始报名，我下半夜就起身赶去，想排个头几名，不承想早已有一个连的人排在我前头了，蹲的蹲，站的站，缩手缩脚，东倒西歪。排前几名的大概挺不住了，想取个巧，就想出个发号的主意，撕下活页纸标上一二三四号，直到把一本活页纸都发完，觉着这样一来自己排在前头的地位就稳固了，拿着活页号放心地折回去睡觉，没拿到号的却不敢离开，愤愤不平地想心思，终于想出把一本背烂的《托福词汇》撕了标上号重新发，刚才发的活页纸不算数。到天亮时拿着活页纸的人回来了，跟拿着《托福词汇》的一场混乱，吵得不可开交。

我属于号外，只有干着急的份儿。忽然想起我有个学生的姐姐在这儿工作，于是赶紧打道回府，不耻下求。事情很快解决。然而这只是一个开端，艰苦的鏖战还在后头。我也跟阿炳一样不厌其烦地听起“我妹妹两年前十四，我比她大两岁，请问我今年十几”，还把词典拆开了按字母顺序装订成二十六册随身带着，拉屎屙尿的空隙也拿出来背上一背。为了避免出去后时差带来的烦恼，我已经改用美国作息时间，把黑天当作白日过。

有几个考过的哥们儿向我传授经验，说自学成才不容易得高分，最好参加一个强化班突击一下。目前有一家“超强散弹魂斗罗”班办得正火，主讲者是几个博士生，主要是想赚几个钱儿以补贴家用。他们把“托福”都给琢磨透了，考前出的模拟题猜得都很准。另外他们私下还接洽代考业务，以五百分为最低起点，先交五百元，每超出十分多加二十元。如果你想要六百分，交七百元就行了。雇佣的代考者都是大学里有意发挥一己之长勤工俭学的学生。接着大家又埋怨说现在也不知怎么了，那些理科院校的小孩子一考就是六百多分，愣把美国的录取分数线标准给提上去了，活活气死人！以前有个五百五就了不起了。有一次清华的一个小孩竟然考了满分，老美不信，以为透题了，单独又考他一次，结果还是满分。平时看他们大脑袋小细脖背个大书包傻不愣叽的不起眼，敢情这方面的智商高着呢！

我接受了劝告，一狠心花了两个月的工资参加了“超强散弹魂斗罗”班。进去了才明白之所以叫“散弹”，是因为除了有“母”班外，在各处还设有“子”班。我拒绝了他们提供的代考的暗示，坚持自己考到底。我不能欺骗小林，更不能欺骗自己。再说我也实在没有多余的钱，“魂斗罗”班从别处借用语音室，每听一次收费两元，每发一次模拟题收一次卷子钱，这些都没列在招生简章上。就这样还人满为患呢！为了小林，我能半途而废吗？说什么也要坚持下去呵！

除了练听力，班上还教给学员在卷子上画圈儿的诀窍，以及尽快获得美国签证的诀窍。这些技巧给编进油印教材中，人手一册。我孜孜不倦地默诵着《如何尽快获得美国签证》一章。文中说，当你面对大使馆签证处的美国女人时，有两种最直接有效的办法会帮助你达到目的：一种是，夸她。不管她腰粗得像啤酒桶还是煤气罐，你都要带着一脸谀媚的笑赞不绝口：

“您今天看起来真漂亮，让我觉得今天的天气格外地好。看到了您就让我联想起盛开的玫瑰花。相信您这样善解人意的小姐，一定不会拒绝我到贵国为发展两国友好关系而尽绵薄之力的诚意。”话说到此，谁还忍心拒绝你这谦卑的要求呢？

另一种方法是，骂她。不管她长得多么漂亮赛过一朵花，你都要温文尔雅地破口大骂：

“别臭美了，你以为我愿意到你们国家去是怎么着，要不是你们三番五次打电话写信没完没了地邀请我,我会吃破土豆泥遭那份洋罪?别以为你们富裕了就有什么了不起,不过是占了人口少的便宜。如果你们也有我国人民这样旺盛的繁殖力,里根能把十二亿张嘴喂饱才怪了呢!我根本不打算留在你们国家,家里老婆孩子热炕头都在等我呢!”何时夸何时骂要见机行事,一般情况下骂比夸见效,更证明你没有移民倾向。

就在我昏天黑地备考期间,系里公布了评职称结果。由于主任觉得我又新添了专业思想不稳定工作不安心的缺点,所以决定再考察我一年以观后效。我的神经早已麻木,这些对我已经构不成刺激了,我的全部心思都是早日奔向小林,到地球的那一头一圆我的爱情梦。圆得了圆不了我不管,小林是我生命虚空中的唯一支撑,我不能松手,只能死死抓着。我安慰自己说,没评上职称说不定还是我的福音,否则得了中级职称必须经过更高一级机构批准才能放行,那岂不是又添了一个环节嘛!

等到小林的越洋电话打来时,我不得不呜咽着告诉她,就因为她不是我的法定妻子,所以我办不成手续,而且我在校的服务期也延长到了六年。小林劝我别灰心,再努力在直系亲属里找找海外关系。我听得出小林的儿化音更加地道和标准,又想象着她如今正在另一个男人的怀抱里娇声软语,不禁又涌起一阵揪心的妒意。

我把能找的关系都找遍了,不见有什么收获。我爷爷曾有个堂弟被国民党抓丁去了台湾,到后来就下落不明失去了联系。再查查我们家谱,往上追溯三十年,没找到什么人在海外,上溯一百年,连见过海的都没有。我一筹莫展,又不好意思再去麻烦“诗人”。“诗人”这些日子也正窝心，校务处突然袭击清剿“麻窝”，正巧把他给堵里边了，罚了两个月的奖金不说，还在全校“扫麻”会上给点了名。“麻窝”已向家属宿舍区做了战略转移，楼道里日见冷清。阿炳这些日子也不着家，正在泡外语学院，据说马上就要梅开二度再结良缘，对方是个跟他妈妈年纪差不多的老澳，跟过去后就能当上两个孩子的后爹。为此他紧锣密鼓地往外事办跑。可我就不明白自己为什么这么死心眼儿，非要死守着小林不可，莫非真是因为脑子有病而变得偏执？我狠下一条心，生生死死都为小林，为了小林我绝不出卖自身。

我在家谱上找呵找，找得筋疲力尽，直找到我的“托福”成绩过了有效期限。这时小林的一纸信笺不期而至，从里面飘然而落的是她跟丈夫及儿子的甜甜蜜蜜的全家福。小林白了，也胖了，一副心满意足的雍容相。再照照镜子看看我自己，跟游魂似的，只剩下一副骨头架子勉强支撑起个人形。

小林无疑是在用她给丈夫生的儿子来宣判她跟我爱情的死刑。这种无言的弃绝胜过任何语言的伤害。我想我完了。

捏着小林的全家福我又信步走到湖边，微波荡漾的湖水对我发出一种诱惑，我感到身子飘了起来。我把照片抛向湖中任其漂泊，又于心不忍地跳下去想把它救上来。我艰难地划水前行，手和脚都如同在虚空里摆动，在虚空里下沉、在虚空里上升，不断地下沉、上升……我拼命想抓住一丝能容我安身立命之物，可那广大无边的虚空却让我更加轻灵地浮游，轻得令我自己都难以承觅，越是挣扎就越是徒劳。我只好游回岸边的草地上喘息。

正午的太阳火辣辣的，阳光刺得我眯起眼睛，几只蜻蜓在我头上飞来飞去。夏天总是火辣辣的，没有什么不同，我想。白杨树的叶子在风中沙沙作响，笔直的躯干上一个个大而无当的眼睛一眨不眨地瞧着我。湖水依旧，树也依旧。我心想，得了，我就活成这棵树也挺好。

然后，我摇动着我的枝丫，向彼岸送去了梦呓般的低语：

直到凋零了你也不会明白

　　无论你荣枯

　　生死中轮回

始终陪伴你的

　　是夏夜的湖

　　白杨树呵……

1992年3月于京西浴风阁

# 斯　人

## 日　食

诗人生活的这座城市是地球上离太阳最近的城。如果谁以为只有海拔最高、人人脸上都晒出黑红褶子的地方才算是离太阳最近，那未免显得有些幼稚。进城的人每逢看到皇城那如血一般凝重的色彩呼啸着劈头砸下时，总会觉得这座城本身就是砌在太阳里的，所有的红色都被它一股脑地吸收，渗透进一砖一石、一草一木，弥漫在城市上空的粒粒浮尘中。

城里的人严格按照太阳的运转规律而起居作息。大清早太阳刚一出来，就会有几个兵士迈着丝毫不乱的步伐从天安门洞子里走出，到广场上把旗帜迎着太阳升起来。城里的一天就算正式开始了。

洒水车、自行车、面包车、小轿车们经过时，都要抬起头，举目朝太阳望上一眼，这才放心地走开。

晚傍晌太阳下去的时候，同样的几个兵士又踩着不变的步伐，在广场把那面旗帜缓缓落下。城里的一天就算正式结束了。

小轿车、面包车、自行车、洒水车们经过，又朝太阳望上一眼，又放心地走开了。

如果，冷不丁来了一次日食，全城的人都会骚动起来。人们立即停下手里的活计，三三两两或者成帮结伙，甚至几万、几十万、上百万地纷纷拥到广场上去，以焦灼、疑惧、迷惘、愤怒、惶恐的眼神凝望着天空，凝望着天安门，直看得眼球都飞离了眼眶，一个个地悬浮在空中，粘紧在门楼子上，处处都是游动着的人眼。

就这么望呵望呵……

直看到太阳照样升起。眼球才又放心地弹回眼眶，重新运转。

诗人忘不了他平生第一次踏进这座城时的情景。那时，他刚带着一身外省的风尘从火车站出来，四下张望着寻找自己学校迎接新生的校车。车子载着诗人三拐两拐上了长安街，霎时间，一阵红色“忽”地兜头扑满了诗人的整个视野。诗人不觉打了个寒战，随即又激动得手足无措，就觉着心里边“咯噔”一下子，一种触电的感觉从发梢直传到脚跟。诗人的心在撞击着那面红彤彤的墙。那种敲打声令诗人感到有几分晕眩。诗人的眼睛红了，甚至他的牙齿都红了。

那座威严的天子明堂整个儿地镶满了诗人的眼眶。诗人几乎不能够看得见人。

诗人被这种红色深深地打动了。

往后，诗人在每个周末都必定要从西郊的学校进一回城。由于这时诗人还没有正式成为诗人，看起来还不怎么富裕，所以诗人进城时总是选择步行这种既省钱又浪漫的方式。进得城去，诗人又总喜欢在那条中轴线上找个地方坐坐。有时是在金水桥的汉白玉石头上、巨幅画像的下面席地而坐，面朝广场高耸入云的纪念碑。有时是在广场威严矗立的纪念碑下，面朝通红的天安门和彩色巨幅画像，盘腿就地而坐，双目微阖，两手扶膝，默默地坐着，一坐就是几个小时。

不为什么，只为了坐着。

诗人这样解释自己的行为。

诗人还喜欢顺带着去天坛或者地坛、日坛以及月坛。每逢见到那个宽阔的灰色的平展展的祭台，诗人也总是习惯性地以这种姿势坐在那个祭台的中心。就那么坐着。

那种说不出来的感觉就叫作幸福。

这事儿要是搁在别人身上，诗人暗想，那么人家肯定要使劲咬着下嘴唇，很深沉很深沉地说，听到了什么什么远古声音的震荡，看见了多少多少朝代更迭的图景。

“而我没有。”诗人诚恳地想，“我真的没有。”

“历史到我这里已经断代了。”诗人稍稍有点儿沮丧，“我只能看见我自己。”

的确，在太阳耀眼的金光穿透了诗人眼皮那种明明灭灭的闪烁里，诗人眼睁睁地看见了一个流着鼻涕、穿着反鞋、一嘴豁牙子的童年的自己，张着兜不住风的嘴，挺直腰杆念经般地拖着长声背诵：“人固有一死或重于泰山或轻于鸿毛”“张思德同志就是我们这个队伍中的一个同志”。诗人童年最伟大的理想是当毛主席或者当爸。他最崇拜毛主席，其次是崇拜他爸。普天下毛主席第一厉害，他爸第二。于是童年的诗人在房前屋后一笔一画到处写满了

“毛主席万岁”和“小成是我儿”的字样。童年的诗人的红色日记在少年宫里展览，那里面记着大致相仿的句式：今天我学习了这篇文章以后，很受教育。毛主席教导我们要别了司徒雷登，我们一定要听他老人家的话，别了司徒雷登。

在有过如此这般谵妄的童年之后，诗人对自己竟能够成长为诗人这一现象感到十分困惑不解。诗人出了西直门边往学校返边思索着。一路上他又看到，灰色的马路上搭着灰色的立交桥，灰色的楼群漫步在灰路的两边。在一所紧挨着一所的学校灰色大铁门内，都有灰色的雕像迎风而立，令诗人产生无限的庄严与敬畏感。

看着看着，诗人不禁陷入了历史的迷思。

迷思。诗人忍不住自言自语。Myth，这个词儿真好。中英文念起来都比较中听。迷思是什么呢？Myth 又是什么呢？诗人念叨着，苦苦思索了一路。这时的诗人脚掌上已经磨起了两个血泡，而诗人由于正陷在迷思之中却并不自知。

回到宿舍后诗人打来一盆热水把脚泡上。屋子里立时有一股咸带鱼般的脚臭味袅袅升腾。同屋的人被熏出寝室纷纷找地方去喘气儿，诗人于是有了片刻的独霸一室的安宁。他从容不迫地用左脚心搓着右脚掌。涌泉穴给热水熨烫得无比通畅，于是诗人有了想大便的感觉。他便光着湿漉漉的脚丫子去蹲厕所。排泄的快感终于让诗人透彻地领会了现存的一切，迷思 Myth 之谜也随之訇然中开。诗人里程碑式的成名作就在这一瞬间产生了出来。

如果不是你

眼睛怎么会灼伤
直痛到心底
怎么会知道瞬间的光芒
会有一世痛楚的记忆
如果不是你
亘古的神话
怎么会繁衍出
那么多烫人的含义
怎么会破坏一贯的指向
产生某种莫须有的主题

于是一首《日食》便奠定了诗人在中国当代诗歌史上的崇高地位。当然,除了要肯定诗人的天才和悟性之外,也不该否认一个人的成功还要靠某种机遇。如果没有那个晚报记者来学校采风,并收罗了一大堆校报上的诗在晚报上发表,恐怕诗人顶多也只能是一个自生自灭的校园诗人,而绝加入不到崛起的诗群阵营中去的。按照诗歌史上严格的创作分期,洗脚并大便以后的诗人才能被称作是真正的诗人,这之前的他只能给模糊笼统地称作一个"人",充其量也就是个"准诗人"。

这以后诗人的诗就像茶壶里的水开了一样,咕嘟咕嘟成串地往外冒。诗人每有新作发表,便被人们尤其是青年读者争相传诵。有消息说,那一年的诺贝尔文学奖评选,诗人夺魁的呼声最高。据称最后落选也是由于诗歌语言转译方面的问题,而并非由于诗歌本身。

打那以后诗人开始分外注重向世界先进行列看齐。他先从马雅可夫斯基的阶梯入手，而后三角菱形蘑菇板寸麦穗乱装魔幻立体，接着是雪莱济慈蒲柏歌德惠特曼，再接着玛拉美波德莱尔艾略特在他诗里竞相出现，再往后他觉着自己的血管里处处流淌着博尔赫斯的后现代主义的血，令他自己的心脏都无法正常工作。

正当诗人孤芳自赏、自鸣得意，一味沉浸在自己独特的意象簇中意乱情迷之时，某天早晨他在街上偶然发现，世界正在闹通货膨胀信仰危机，诗也已经贬值到两分钱一行。诗人立时从不间断的创作高峰，跌入异常苦闷抑郁的低谷。又有一天，诗人突然发现诗本来就不是什么好东西，是专门制造出来残害人的性灵的。于是诗人合上了诗集，再一次陷入迷思。再后来，有人看见一个叫“蚯蚓”的摇滚歌星长得跟诗人特别相像，学院路一带的人全唱着他的歌在大学城里浪荡，他们的T恤衫上都印着诗人的头像并用红笔写着“蚯蚓哥哥我爱你”。最终有一天，人们在未名湖边一棵小歪脖树下发现了诗人的衣裤和一双耐克鞋，诗人却没有潜上岸来，并永远不再出现。这时候诗人虚岁还不到三十岁。

诗人消失以后，他的朋友们联合出版了一本名为《S(h)iren》的书，以示对他的追忆而并非怀念。这个书名起得很有些古怪，是“诗人”还是“斯人”抑或是“是人”也许是“死人”，总之意义相当不确定。或许是由于诗人消失的原因相当地不确定，对消失的结果也不好妄加揣测。谁也不愿意往最坏的方面想，但谁也控制不住自己的思路不往那方面倾斜。人们更希望这只是诗人为表示自己卓然不群而开的一次小小的惊世骇俗的玩笑。

带着这种期望，作者们在书中全方位、多角度地概述阐释详叙了诗人的创作历程。他们下大力气、花硬功夫采访了众多与诗人有过接触的人，收集了一大批有关诗人的历史资料，包括诗人已发的和未发的作品、诗人的日记和往来书信、诗人的片言只语，以及知名的和无名的批评家对诗人诗歌的赏析和评论文章。资料的大量堆砌，不但无助于他们解开诗人消失之谜，反而让他们自己也陷入了某种困惑。他们一直都认为诗人跟自己挺那什么挺哥们儿的，现在才发现诗人对他们来说竟完全是一个陌生人。诗人性格中的诸多矛盾和对立，使他们无法在最后得出一致性结论，但这并不影响《S(h)iren》成为一部优秀的纪实报告、自传体通俗文学作品。书一上市，崇拜者们便蜂拥而至争相购买，顷刻之间便告脱销，以后连印几次都供不应求。几天后全国各地疯狂出现大量盗版，仍旧不能满足读者需求。直到有一天几个女学生抱着《S(h)iren》，穿着诗人生前常穿的那种红色连袜裤跳河自杀，有关当局才不得不出面禁止此书的发行。

《S(h)iren》一书中重点记述了对诗人的一生成长起过致命影响的几个人。由于这些人目前还都完好无损地活在世上，因而作者一律将其真名隐去，统统托作贾雨村言。即便如此，在书引起轰动以后，书中人物的原型还是委托律师打了好几次名誉权官司。这些案子由于牵涉面比较广而迟迟不能判决。

所有这些都使诗人的消失显得更加扣人心弦，扑朔迷离。

从某种意义上说，高汉镛应该算作是让诗人遭受致命打击的第一人。

在某个季节的某个上午，高汉镛给诗人那个班级上完古典文学课后，在教室里把诗人单独留住，语重心长地对他教诲：

“你的诗我看了，写得很不错。但是还有一点缺憾。诗里什么外国的现代的韵都有，就是没有中国的古代的典。”

此刻的诗人已经成为一颗新星在诗坛上微微闪亮儿，并且正一步一步地朝巨星的自负方向发展，他并不能很好地接受高汉镛的箴言，反而不服气地辩解，说我用了“一万年太久只争朝夕”不是典？“打得赢就打打不赢就走”不是典？

高汉镛捋了捋花白头发，温和地笑笑，说你用的那东西称不上是典，你应该说“子曰：逝者如斯夫，不舍昼夜”才是典，“百岁光阴如梦蝶”“敌则能战之少则能逃之不若则能避之”才是典……

诗人听罢仍顽强地抵赖说，无论怎样你得承认我用的也是典，至少也应该叫新典。

高汉镛听罢哈哈一笑，说你这话里有个逻辑错误，是典就不能叫新，凡新就不能叫典。只有古代的诗文辞章才能叫典，所以你必须尽量往远古追溯。

诗人听了一时语塞，嘟嘟囔囔费劲地解释道：“可我只能上溯到毛主席那会儿了。”

高汉镛听了略一沉吟，半晌才摇头叹息说：“可惜啊，你应该从头认真补课。”

然后高汉镛不容分说，毅然架起诗人的手说：“来吧，你跟我走。”

诗人被动地跟在高汉镛身后，一边一路小跑一边不解地问：“我们这是要去哪里？高老师您为何要这样做？”

高汉镛气喘吁吁地说：“到了你就知道了。我是看你诗中充满了灵慧之气，觉得你这孩子还有救，所以才来引导你的。此事不足为外人道也。”

诗人却越发地糊涂了，心想，我还有救？这话是什么意思？

“我还有救?！唔?！”诗人在路上闷闷地想。

诗人扯紧了高汉镛的衣襟，顺着一个狭长的井口不停地往下潜着。风声在耳边呼呼作响，滔天的洪水在耳边哗哗流淌。许久许久，二人才陷落到了冥府的忘川，在一处幽深的洞府前立住了脚。

高汉镛点起一根火把在前边照路，引着诗人一个洞穴一个洞穴参观着。诗人看见，每一个洞窟里都码着整整齐齐一层又一层、一捆又一捆的长条形木片。

“这是什么?”诗人不解地问。

“历史！”高汉镛两眼闪闪发光，无限爱惜地轻拂着木片上的灰尘，止不住地感慨，“这些都是我们的先人编造出来的。数不清有多少年了。”

诗人茫然地瞅着那些个东西，毫无所想，毫无所感。

“Let’s start at the very beginning…”高汉镛摇头晃脑吟唱起来。诗人听出来了，是美国电影《音乐之声》的插曲。从头开始？是想让我学哆唻咪吗？诗人不解地看着高汉镛。

唱了几句开场白，高汉镛便顺着墙根的一面梯子爬了上去，在左手第一窟的“诗”部取下一捆沉甸甸的简子来，小心翼翼地在石桌上展开。

诗人只觉得有什么东西在眼前一闪，一股凉气“噗”地从裤脚管钻了进来，直接逼向自己的生殖器官。诗人禁不住“哎哟”了一声，本能地摆出一个防任意球的动作，双手交叉着护住裆部。

正在展卷把玩的高汉镛忙问怎么了，是不是有什么不舒服。诗人赶忙回答说没怎么没怎么，我感到有一股凉气穿透了我的躯体。

“是吗？我怎么没有感觉到？”高汉镛奇怪地问，并原谅了诗人的一惊一乍、少见多怪。他把诗人招呼到自己身边，让他仔细观瞧简子上的字迹。

诗人伸长了脖子，费劲巴拉地瞧着，见上面满是钩钩弯弯的图画，不大看得懂。

“你不必性急，静下心来。”高汉镛安慰着诗人，“静下心来，走进这些笔画里去，你就能获得真深奥义，以后再发生什么，你都会刀枪不入、水火不惧了。”

“我有点冷……”诗人这时已经不能自禁地上下牙打着战。

“开始时不适应，慢慢习惯就好了。”高汉镛慢条斯理地说，“师傅领进门，修行在个人，你且好自为之吧。”

说完，高汉镛便飞身隐遁而去，留下诗人独自待在冰冷的洞窟里发抖。

诗人十分惊惧不安，但又不好辜负高汉镛的一片好意，于是他不得不耐着性子坐下来，强迫自己去翻阅那些竹片和木片，耐心地做着索引和笔记。字画里边封存的阴气总是一阵一阵地往诗人的下体里灌，诗人的脚底冰凉，生殖器不时地往里缩小成一团。诗人惊骇得浑身直冒虚汗，赶紧浮上阳间来拼命地喘着粗气，做大幅度的健身动作，直到积蓄了足够的活力，才敢潜回到那些字缝里面去。

诗人的苦修苦行进展得相当缓慢，一天又一天，一卷又一卷，诗人不知道自己究竟在此坐了多久，那本就苍白的脸上已泛起了几丝蜡黄。

冰冷的板凳终于使诗人坐不住了。诗人想尽了一切办法取暖。他悄悄借来德国烘干机和美国电烤箱，以及日本的远红外线辐射仪，偷偷把所有发霉的东西一件件装进去烘烤、晾晒。诗人惊异地看见，在强大的电流压力下，阴气全都袅袅地融进了光线，不断地升腾，渐渐成了模糊的片段。诗人接着把剩下的实体一一翻检，逐个地重新串联，他接上电源，把“诗”输入磁盘，把符号结构节构解构建构，破译其隐喻象征密码元语言 metalanguage，于是，屏幕上“诗”就呈现为如下一个公式：

诗 = 寺 + 言

言 + 寺 = 诗

也就是说，“诗”原来是寺中人所言，寺中人言称为“诗”。

这个发现不禁让诗人心里怦怦乱跳，他简直不敢相信自己的眼睛。寺中之人都是些什么人？他们又能说出些什么中听的话来？除了叫人断绝欲念还能做什么？诗人有些后怕，使劲揉了揉眼睛，稍稍定了一下神之后，便悄悄浮上地面，运用获得的这一启示观照人间。果然，他发现，高汉镛的确是成天病病歪歪的，满世界的人也都蔫头蔫脑地打不起精神来，原来他们都是被“诗”给阉过的。他同时也明白了，古久先生的陈年流水簿子里，为什么总是散发着一股伤口化脓的腐臭气味。

“高汉镛他哪里是想救我，这分明是害了我。”诗人愤愤地想。

“也许，他并不是故意的？”诗人又产生几丝疑问。

这个发现让诗人的思维一度中断，大脑暂时出现一片空白。诗人一连数日悲哀地坐在那里，这种打击很是让他经受不起。

诗人在无所适从中以植物人的状态昏昏然睡去。醒来时他已经成了彻底的叛逆，不甘再做被诗阉割的奴隶。于是诗人照准古久先生的陈年流水簿子，狠狠地踹了一脚。

这一脚的响动委实不小，首先惊动了正在拿着小红镜子对照检查自己的女老姜。

老姜抬起头来，看了诗人一眼。

又一个给诗人留下致命伤的人就这么出场了。

“哎哟小诗哇，瞧你这个莽撞劲儿……可不大好，我已经替你把脚印擦掉了。”女老姜嗔怪着诗人。

诗人虽然已在女老姜管辖的学报编辑部供职了一段时间，却无论如何都把握不准女老姜的心思。更年期的女人，常常分泌出过量的荷尔蒙或麝香，不知她是受了自己分泌物的诱惑呢还是别的什么，反正她一天到晚总是醉眼迷离地盯着诗人，时不时地还与诗人进行些衣裙的轻微摩挲、身形的合理冲撞动作。

女老姜嘴上这么说着，暗地里却已很用心地将诗人的脚印偷偷地描了下来，藏到抽屉里预备着做鞋样子。她见诗人对自己的话毫不理会，于是又忸忸怩怩一步一摇地晃了过去，拍拍诗人的肩膀，俯下身来用耳语般的声音对诗人说：

“我说小诗啊，瞧你那个大脚丫……我预备着做双鞋子送给你呢。”

说完她还貌似害羞地别过脸去，用手捂住性感的大嘴。

“你尽管做好了。”诗人漠然地说，苍白俊秀的脸上略带着几分郁悒。他知道，女老姜是古久的责任编辑，从上到下他们早就互相串通好了的。但他早已横下一条心抗争到底了。

女老姜又看了诗人一眼。诗人并没有去接她的目光。

女老姜悻悻地回到主编的座位上，“唰唰唰”挥笔给诗人写下几行领导玉言：

1. 你以为你是谁

2. 你知道你在干什么

3. 你是不是有病

4. 你到底想干什么

5. 翘盼你的回音

然后，她把纸条从桌子下面传给了诗人。此时，编辑部的全体同人正挤在紧巴巴的屋子里各自盯着桌子上的稿子忙碌，诗人也正伏案奋笔疾书。恍惚间诗人觉得桌子下面的脚被轻轻磕碰了一下，诗人没大理会，以为是自己神经过敏，结果又被碰了一下，这次是粘在诗人脚上不再松开。诗人抬头看看，除了对面桌上的女老姜，别人的脚都触及不到这儿。诗人正迷惑着，却见老姜正用眼神示意他学她的样子，把手臂弯到桌子下面去。

诗人觉得有几分诡异，好奇心促使他乖乖地把手伸了出去。诗人感到自己的手碰到了几根肉乎乎的滑腻的指头，还似是而非地捏了诗人一把。诗人还没回过神来，手里便给塞进了这张纸条。

诗人展开纸条，迅速浏览一遍，还好，五个问题都不难回答，这种提问方式还特别类似于小儿女在中学课堂上传递情书的把戏。诗人于是提笔在纸条背面写上了标准答案：

1. 我以为我就是我
2. 我知道我在干什么
3. 我非常正常
4. 我想干什么就干什么
5. 我已经回答完了

然后诗人将纸条揉成一团，勾起食指从桌子上面用力弹了过去。纸条做变速直线运动，不巧撞上了女老姜丰厚的胸脯。老姜登时满脸少女的娇羞，嗔怪地飞了诗人一眼，从贴身内衣兜里又把那面小镜子掏出来，认真地照了一照，舔了舔嘴唇，拉了拉头发，这才心神不安地将纸条打开。随后老姜脸上的色彩迅速变幻着，终于在最难看的那一种色调上定了格。

诗人则若无其事地望着窗外，一条腿架在另一条腿上悠然地晃荡。

下了班之后女老姜把诗人单独留下。

“你这个样子让我很失望很伤心啊，你知道我在等你吗？”

诗人一脸痴呆呆傻呵呵地看着女老姜的嘴，并不搭话。

“你哟，其实你不懂我的心……”

女老姜梦一般轻声叹息着。

诗人看到女老姜的眼神正在变热，还挺潮。诗人赶紧把眼光从女老姜头顶跃过去，直盯着地身后的那堵白墙。

女老姜站起身来，款步轻摇到诗人身边，亲热地将诗人肩膀头上几根无形的头发一一拂去，又无限爱抚地替诗人拉了拉衣领：

“唉，你什么时候才能懂事……”

诗人闻到一股暖烘烘的肉香。这就是那种迷惑人的麝香吗？诗人想。他依旧木怔怔地盯着那堵白墙，就是不吭气。女老姜费尽心机设计的本应情节跌宕、高潮迭起的一幕戏，现在却成了一场相当空洞毫无意义的独白。

电话铃恰到好处地响了。诗人得以及时走开。

女老姜狠狠盯住诗人的背影，恼怒地在心里边发着誓言：

“小子，咱们这事儿没完。”

《S(h)iren》的作者们一致认为，若没有那个叫绿的女人在诗人的生活中出现，那么诗人就有可能只是“斯人”“是人”“死人”或者“石人”，而不会成为后来那个响遏诗坛的诗人。因此，他们不惜花了大量篇幅，浓墨重彩且又采取自然主义的笔法，肆意描绘诗人和绿之间的雷鸣电闪般的情爱。这种描写的根据据说就是诗人从作品52号直到作品82号那一连串的颂扬绿的十四行情诗。他们认为当这场轰轰烈烈的恋爱结束时，诗人的生命就已经完结了，那之后的诗人无论如何也不能称作是原本的诗人。

事实上，诗人与绿的初次交欢很不成功。绿以清新亮丽的装束严重地刺激着诗人的视觉，令诗人那习惯了红与灰色的双眼很有些经受不起。

需要说明的是，诗人跟绿相爱时，绿已名花有主、成家立业。这就使他们的爱情与历史特别是近代史上的某些“君知妾有夫，赠妾双明珠”式的著名才子佳人的恋爱故事有了几分雷同。

还需要说明的是，诗人的第一次恋爱充满了恋母情结。在这一点上诗人显得特别的中国。

按说诗人与绿的第一次相识，一点也没什么动人之处。那是在校园风起云涌的文化哲学系列讲座的某一次会上，一些青年教师和研究生担任主讲，诗人还只是作为一名本科生坐在听讲位置上。整晚的讲座显得异常空洞和沉闷，几个年轻的主讲人轮番上台，嘴里念着东抄西凑拼起来的稿子，装模作样地表演着自己的口才和形体。那些老掉牙的语言已经让诗人感到有几分不耐烦，他干脆把眼睛闭上，在脑海里苦苦搜寻着自己下一首诗的意象。

恰恰就在这个时候,绿出场了。

绿就是在这个春天的夜晚,在一阵怡人的清风中翩然来临,像一片轻盈的叶子悄然飘到那个厚重的讲台上。

唯一的女演讲者的出现,让乱哄哄的会场出现了暂时的静寂。正在搜肠刮肚、苦思苦吟的诗人明显感觉到了会场气氛的变化,不由得停止思索睁开眼来。

于是,一波轻盈的翠绿便柔柔地在诗人眼前漾开。这万红丛中的一点绿、万灰丛中的一片绿,让诗人万般惊喜,也让诗人万般痴迷。诗人不禁又闭上了眼睛。

诗人完全看不见了自己。

诗人的记忆倏忽飘逝了……

这一刻记忆已经飘逝
这一刻生命无法遏止
这一刻撞击就要撞入玫瑰花房
这一刻多少呓语都不再荒唐……

绿的演讲题目很简单:与古久先生对话。接着,她啪啪啪甩出十个要点,论证当今形势下古久存在的不合理性,条条切中要害。在结束语中她又大声疾呼:革命的同学们,我亲爱的战友们,孔子死了,古久也老了,旧的那一套东西统统该进坟墓里去了!

绿的演讲令座下学生们精神为之一振,眼镜片后面反射出无数道兴奋的亮光。本世纪开始以来时断时续地砸烂"孔家店"、除

“四旧”破迷信反传统的药捻，重又在这一拨小青年心里冒烟儿了。他们呼着口号齐声为绿喝彩，恨不能立刻抬着绿上街示威游行。

演讲结束后，诗人夹在蜂拥的人群里上前请绿签名，并抓紧时机言简意赅地表达了对绿深邃的思想、犀利的辩才的由衷敬佩之情。绿问过诗人的名字后说，你就是我们的新星诗人吧，我读过你的作品，其中几首我非常喜欢。

面对绿的夸奖，不知怎的，一向骄矜自傲的诗人竟显得十分地矜持，有那么一瞬间还莫名其妙地红了红脸。这一景观马上被绿准确无误地捕捉进眼里。

诗人和绿的相识就是这么简单，除了对彼此才思的赞许，一点也看不出有什么一见钟情的味道。而绿那洁净明快的色彩对诗人视网膜的冲击，还有诗人苍白的脸上迅速弥漫的那层薄薄的红晕，却为他们以后的合欢埋下了深深的伏笔。

再相见时已经是在学校里的大学生剧社，诗人苍白的脸色颀长的身材特别适合于演几出名剧片段中的文人墨客。而作为在职研究生的绿因其优雅的气质被邀来客串剧中女主角。这样，他们便有了足够的时间和机会，互相切磋推动着进入角色。

诗人不敢肯定自己的情感跟所扮演的古人究竟能有几分相通。导演再多的提示他依旧还是懵懵懂懂。多亏了绿给他带戏，几个手势、一个眼风，就能牵着他进入规定情境。绿和他之间，愈来愈有了极深的默契。在舞台正中清凛的灯光下，他们衣袂飘飘翩然起舞，幕后伴着清怆的男女合唱：信陵父子，如姬夫人，耿烈呀太阳，皎洁呀太阴。接着两人执手相将，且舞且唱：舍生以取义，杀身以成仁，把人当成人……唱到此处他们已涕泪双流，彼此眼中都只剩下模糊的一片，只有紧紧拥抱在怀里的一团实体，才能作为一种暂时的偎依。

戏演到这个份上，演员和观众都难以分清台上台下。多亏此时大幕急落，把舞台与观众有效地予以间离，生死离别般紧抱在一起的两个人这才惊惶地松手，否则还不知戏将如何进行下去呢。

戏是越演越精，学生剧社的名气也在学院路地区叫得越来越响。男女主角得意的同时，又模糊地感觉到戏外戏也正不自觉地自然而然展开，他们既当演员，又当自己的观众，听任这场戏朝某种暗中企盼的方向发展。

**繁漪：**萍，不要离开我。这间屋子，已经把我闷死了。萍，你救救我。求求你，带我一块儿走吧！萍……

（繁漪伸出双手，扑向周萍。）

**周萍：**你……不要这么说，我……哦不……

（周萍懦弱地步步后退。）

**繁漪：**（紧逼几步）萍，你带我走，求求你……

诗人看到绿的眼底深处旺着一团火。那是一股压抑不住的燃烧的生命的烈焰，在奋力地挣扎着、渴求着，分外痛楚并惹人怜悯。诗人不禁动起了恻隐之心，升起男子气概，不自觉地伸出手去迎住繁漪。

绿愣了愣，想提醒诗人戏错了，此刻是她邀诗人在自己房中练戏，诗人的站位也不对，远远偏离了剧本的规范。绿犹疑了一下，话到嘴边，却没有说出口，相反，她却握住了诗人伸过来的手，轻轻拉着贴向自己的胸口。

诗人便觉得手掌心里有两团火焰在起伏波动，他回过了神来，心里“突突”地狂跳不止，脸上涌起一阵火辣辣的热潮。显然诗人从不曾有过室内剧的经验，还十分缺乏对突变情况的处理能力。

绿看着诗人脸上醉酒般的酡红，浑身不禁激起一阵快意的颤抖。她那被岁月蹉跎磨砺得十分粗糙迟钝的女性感觉，现在全被诗人一脸无比生动的纯洁给唤得敏锐起来了。绿情不自禁地将身体里积蓄的所有能量，都毫无保留地向诗人辐射过去。

诗人的怀抱里塞满了一团柔若无骨的翠绿，一朵绿色的太阳“轰”地在诗人通红的血管里炸了开来，一股热辣辣的火舌正在诗人的血液里肆意地撩拨，不住地升腾、翻卷，令诗人口干舌燥。

“我该干什么呢?”诗人紧张地想，前进或者后退，他一时还拿不定主意，显得无助而又迷离。

“此刻我到底该怎样做?”诗人更加紧张地思索着，急切地想运用他所学过的书本知识来解决眼前的翠绿。美人香草在水一方……岂在朝暮两情久长……天上比翼地下连理……一脑子的狗屁爱情诗竟一时全都用它不上。诗人又羞又恼，充分体会了什么叫作书到用时方恨少。他尽力装出一副男子汉的雄姿，盲目回应着绿的摆布，脑门上已经急出了一道道的热汗。

弄清了诗人还只是一块未经雕琢的璞玉这个基本事实之后，绿的心里不但没有嗔怪，相反却多了几分得意。于是绿装出心满意足的样子，耐心地开始对诗人进行启蒙教育。

那学期末，剧社在城市里的巡回演出暂时告一段落。校领导给他们摆了隆重的庆功宴，接着又放两场电影犒劳大家。诗人和绿此时都心照不宣，暗自期盼着有一场只属于他们俩的庆祝仪式。电影才放到一半，两人就像预约好了似的双双溜出礼堂。

正是一个雨天，平日一向喧闹的校园此刻显得寂静和空旷。畏于人言，两人不敢造次地做出什么亲热的举动，甚至连拉拉手的勇气也不敢有，只是不即不离地交换着湿漉漉的眼神。一种无言的欲望渐渐在他们体内膨胀，雨点打在脸上后顷刻便化为气体。煎熬着的欲望简直要把他们压垮了。到了尽头，已经无路可走，于是他们便翻墙进了圆明园。

雨越下越密，整座圆明园都给遮进烟雨里。四处望不见人，只有天籁在不断撞击着耳鼓，窣窣窸窸，汇成无声的嘈杂。

绿和诗人走过湖岸，越过池塘，穿过一片用篱笆围起来的农家玉米地，一直来到大水法下面，默默地靠着石头站住了。两人谁都没有说话，只是彼此亲热的眼神更加密不透风。

“你希望我们有个庆祝仪式吗?”绿用热辣辣的眼神问。

“你说我们应该有个庆祝仪式吗?”诗人用粗重的喘息作为回答。

绿俯在诗人耳边，轻声给他提示着台词：

“哦，吾王，这是你的国，这是你的马，这石头的鬼魅也很狰狞。但它是你的。你须战胜它，你须征服它。”

诗人在绿的形体带动下进入了规定的情境，他仿佛觉着自己又站在了舞台中央。天幕开启了。他不能退却，这是他的责任。千古文人的游侠梦，就全要在他的胯下马、他的一杆枪中兑现。

雨水冲刷着朽石，也不断抽打着他们灼热的生命，激发着诗人的勇气。诗人的血给浇烫了，他不再羞怯、不再懦弱，他强悍鲁莽、孔武有力。他纵情驰骋，释放着隐秘的自己，感到自豪，也感到惊奇。

猛地，一声惊雷在苍穹滚过，闪电刺破了天空，积贮了几千年几万年的洪水唱着啸着，轰然倾泻而下，几百只蛙们饮着大雨，英勇而嘹亮地合唱，玉米们摇曳着枝干，合着阵雨的旋律幸福地灌浆……

雨天是绿开放的季节
听，听，那雷鸣
腾跃
绿
永世激荡着听觉
睁开眼是你
闭上眼是你
绿
威武不屈地拔节

诗人的整个假期就消磨在与绿翻云覆雨的情爱里。那爱情本身仿佛就是一场格斗，诗人总能看见自己成了一位英勇的骑士，在拼力降服某种无形的敌人。每次厮杀他都能以击败对手而告终。

假期结束时诗人也整个儿地变绿了。

《S(h)iren》的作者们一致认为,绿的责任心让诗人大受裨益。如果不是绿的循循善诱,那么诗人创作成熟期的到来至少还要往后延宕许多年。诗人在绿的沃土上成熟以后,他诗里所有的隐喻和意象都变得抽象而深邃,所有的直喻和叙事都变得具体而犀利。人性的美丽和生机、阉割的残酷与萎靡日益成为他的诗的主题。诗人越发出落成为有棱有角、轮廓鲜明的男人,所有男性的锋芒无不一一从他发育成熟的体态上生动地显露。

女老姜的眼神越来越不对了。她又看了诗人一眼。

诗人毫不理会,继续不断地振聋发聩地比喻着。他没有想到,女老姜急切占有的欲望,如今已演变成了一场杀机。一场名为《哗变》的独幕剧,已被暗中策划好了,只等着诗人入瓮去演那个男主角。

## 哗　变

幕启时人们已经依次坐好。

"你说了,就是你的不对。你必须说你没有说。"女老姜坐在上首,两眼放光地逼视着诗人。

"我说就说了,没有什么好否认的。"

诗人坐在老姜的对面,目光炯炯地直视着她。

编辑部的同人们紧挨墙根坐着,左手坐一溜,右手坐一溜。会议室里烟气弥漫。一幅黑白阴阳太极图挂在白墙正中。阳光从窗棂子里射进屋内,照得每个人的脸上都阴阴阳阳。

"他是现代派了,他比我们都超前,看得都远呢。"右手的一个发言说。

“那是他从洋人打包进来的旧衣服堆里捡的剩，现代个狗屁，简直是拾人牙慧。”左手的一个很是不屑。

“我有必要去拾破烂吗？”诗人硬着头皮壮着胆子质问。他心里明白，如今他说的每一句话，都可能成为日后的证据，但是他却非说不可。

“你们，总夸祖宗四大发明的荣耀，为什么，就不敢承认子孙的智力超常呢，难道这样就辱没了你们了吗？中学生们刚刚拿了奥林匹克金牌奖呢。”诗人毫不留情地反驳。

“他不愧是迷惘的一代啊，体现出了真正的孤独感和忧患意识。”右手的一个表示赞赏。

“No，no，no！‘感到孤独’可是人家戈多第一次说的，‘忧患’也是出自人家老缪缪塞之口，哪一句是中国人自己说的话？还不是个假洋鬼子！”左手的一个叼着烟斗，朝天花板上吐着烟圈，十分得意地引经据典。

“哼，我用拐得那么远吗？”诗人没在乎那几声“no”，依然据理力辩。“请问‘众人皆醉我独醒’、‘独怆然而泣下’是早在多少年？‘先天下之忧而忧’又是多会子的事？还口口声声光耀祖宗呢，你们，简直要令我笑死！”诗人说罢仰天大笑。

“他可算得上是叛逆的一代呢，具有清醒的头脑和毫不妥协的反抗精神，很让我们佩服啊。”右手的一个感叹。

“我早看出来了他背后有人撑腰，八成是要搞和平演变。应该对他的宿舍进行一次彻底大搜剿，看看他究竟是谁派出来的鸟。”

左手的一个声嘶力竭地挥手煽动着。

“你们,也不怕犯法?”诗人忍不住高声喊叫。

“法就是我,我就是法。”众人齐声道。

诗人悲愤地欲言又止,把无助的目光从上到下从左到右,在众人脸上一一掠过。可他看到的,却只是一张张软耷耷垂着的,带着些幸灾乐祸神情的面皮。

诗人的头无力地垂了下去。

“我说,咱们……放过他吧。”高汉镛满怀恻隐地开了口。“我是看着他长大的,他也不过就是童话里那个说皇帝没有穿衣服的孩子嘛……”

“他说了,就是他的错。他必须说他没有说。”女老姜面无表情地回答。

“咱们……就原谅他的少不更事吧……”高汉镛嗫嚅着说。

“啪!”一声惊堂木响,吓得诗人猛一激灵,抬起头来,只见老姜正襟危坐在太极图下,兰花指直点向高汉镛,尖着嗓门高声喝道:

你以为你是准?
你知道你在干什么?
你是不是有病?
你到底想干什么?

高汉镛一听,脸色大变,哆哆嗦嗦地慌忙回答:

我不，不是谁

我不，不想干什么

我身体是不，不大好

我没，没想干什么

“啪！”又是一声惊堂木响，接着是老姜恼羞成怒的声音：

“你竟然还敢说话！我并没有翘盼你的回答。”

说着，她一纵身，“嗖”地跃到桌子上，从贴身内衣口袋里抽出那面从不离身的小镜子，在阳光里对了对焦距，聚起大太阳的光，直向高汉镛照射过去。

晌午的大太阳火辣辣地从镜子里反映出来，高汉镛的脸上霎时一片惨白。毒热的光焰烧灼着他的肌肤，令他痛苦不堪。他浑身抽搐着闭上了眼睛。

望着角落里缩成一团的高汉镛，诗人觉得他万分的可怜，不由自主地挺起胸来，坐直腰杆，对着女老姜大声叫喊：

“这事跟别人没关系，你就冲我来好了！”

正在瞅着高汉镛狞笑的老姜听到诗人的喊叫，恶狠狠地转过脸来申斥道：

“你还在说！你也该懂事了。”

说着，她重新调整了一下镜子的角度，转向诗人射来。

诗人只觉得白光一闪，无数根燃烧着的钢针直刺双眼，有如乱箭穿透了心坎。一枚枚的火钎子牢牢地把诗人钉在椅子上，直扎得五脏六腑鲜血淋漓。诗人不能动，也不能想，瞳仁深处烙上了一团白亮亮的大太阳。诗人的眼睛伤了。他痛楚地用双手捂上。

恍惚间,诗人听得女老姜在自己的耳边粗重地喘息:

“这下你感觉舒服了吧？我要让你彻底舒服舒服。”

那种声音带着一股潮乎乎的气息,很黏,也很有诱惑力。接着诗人感觉到短裤被一把撕开,几根热乎乎的手指头生硬地探了进来。

“啊不,不……”

诗人惊恐地叫着往后退去。可背后就是一堵巨大的白墙,诗人根本无路可逃。

“你不能！……”

诗人声嘶力竭地大喊,挥舞着双手推挡着逼近来的一座热烘烘的、直要把人压扁的肉山。

“老师救救我……”

诗人用尽最后一点力气喊着高汉镛,可是却没有听到回响。大太阳的视觉残留,正让高汉镛“唰唰唰”地痛苦地落泪,他已经动弹不得。其他的人也都装作视而不见,在阳光里兀自闭着眼睛。诗人那模糊的视网膜上所映像的,只有一堆渐渐逼近的白脂肪。诗人张开嘴,还妄想着求救,可是一块肉嘟嘟的东西塞进了他的喉咙,在他的口腔内不停地翻搅,让他恶心得说不出话来。白花花的脂肪裹在了诗人身上。诗人什么都看不见了,只剩眼底深处的大太阳,白花花,明晃晃……

“啊不,不……”

诗人绝望地在心底呼喊着。他的反抗,不但没能阻止脂肪的蠕动，反而激发起她更大的热情，让她猥亵得更加急遽。诗人的心在抗拒着，可是身体的动作却越来越不对劲……受虐的快感一阵一阵凶猛地袭来，恍惚之间他甚至想伸出手去拥抱脂肪……

左右两溜的人站起身来，戴上了各式各样的面具，拉成圈子，围着诗人的躯体扭着腰，跺着脚，跳起了印第安人的草裙舞。大司命敲了一下脸盆，少司命摇了摇拖布，山神高举着条帚，山鬼拍打着撮子，率领群魔一阵乱舞，顺时针转一圈儿，又逆时针转一圈，红口白牙齐声唱着：

天门开，地门开
大鬼小鬼快快来
啾——啾——

天灵灵，地灵灵
老天爷啊快显灵
啾——啾——

群鬼转着转着，如此反复而不已。

灯光转暗。

诗人被噩梦魇着，久久都不能醒过来。

他的眼前总是晃动着一轮明晃晃的白太阳，一堆肥腻腻的白脂肪，烤炙着、围裹着，他越挣扎，就陷得越深，完全跌入到一无所有的存在里，在无穷无尽的变幻之中，他止不住地胀大、胀大，又不断地缩小、缩小……他拖着沉重的翅膀，无着地飘呵飘呵，直升进那诱人的太阳，他又拖着沉重的翅膀，无助地落呵落呵，直坠进那黏稠的脂肪。那一瞬间的浮沉的快乐让他忍不住发出一声最原始的叫喊：

“呜啊——”

诗人被自己的叫声惊醒了，想不起来他究竟是在哪儿。他只觉得脑子空了。连五脏六腑也空了，仿佛排出去的不是体液，而是把命也排空了。

诗人披衣下床，想找点食物来填充自己生命的虚空。他翻箱倒柜，却没能找出一粒米来，他不由得谴责自己平日里的粗心大意，竟然没想到为今日做下一点储备。

架子上的一大排闪光发亮的线装书引起了他的注意。他抽出来翻了翻，密密麻麻的黄字儿很像喂鸟的谷子。诗人把它一张张撕了，扔进盆子里用加热器熬成一碗粥喝。稀粥坚硬无比。

敲门声响了。

诗人心惊肉跳，迅速跳上床去，将被子扯过头顶，把自己紧紧裹住，扑簌簌的发抖。

敲门声还在响。

诗人拉下被子，露出两只眼睛，死盯着那扇不足以作为屏障的门板，有上千种猜测迅速掠过他的脑海。

敲门的可能是绿，这么些日子没去见她，她也应该感到奇怪，来看看的。可是自己还有什么脸面去见她？又怎么对得起她？相见争如不见。他不能开门。

也许是老姜又来骚扰了吧？他厌恶，他恐惧，他眼底的一片白晃晃的印记还没有散去。她要了诗人的命还不够，还要摄了他的魂去吗？他不能开门。

“是我啊，孩子，开开门吧。”

推门进来的是高汉镛。

“你现在这副样子，很有几分像我呵。”高汉镛一看见诗人便说。

诗人不经意地朝桌上的镜中瞟了一眼，果然，蔫头耷脑的自己，的确跟高汉镛很像。

“我知道你一定伤得不轻，特地过来帮你调整。”高汉镛关切地说。

然后，他便端坐在地上，并示意诗人也坐下，摆出和他同样的姿势。

诗人盘腿在对面坐下了，并且像他一样，双手扶膝，二目微阖，慢慢地运气，不住地调整呼吸。

渐渐地，诗人的呼吸理顺了，气也调匀了。有一种熟悉的幸福感慢慢涌遍了全身……诗人感到无数红光又在眼前飞动，他看到自己又坐在那条中轴线上，又坐在那座平展展的祭台中心，脸上露出心满意足的笑容。那红光仿佛变成一束跳跃的火苗，“滋溜”一声从诗人的脑门子钻进去，渐次游遍他的全身，撩拨起他每一个细胞的幸福感，然后悄悄地从他的鼻孔退了出去。诗人的身体不由自主地在一片红光里浮上来，又沉下去……

“住!”高汉镛一声断喝,诗人正在浮沉的身体猛地在半空中打住,跌落进现实中来。

“怎么样,接住我向你发的功了吧?”

“噢,原来是您…”

“不不,是你自己的功力已经达到了一定程度,有了某种交感。你应当继续练下去。”

“我对气功可是一窍不通,而且也没什么兴趣。”

“哎,话可不能这么说。功到行时自然通,不通也得通。通则在天,不通则在人。况且你已经通了。”

“这话我可就不大懂。老师,您看我这个样子,是不是成了废人……”

“不必说了,不必说了。”高汉镛挥手打断诗人的话头,“刚才我已经将气走遍了你的全身,你的各处思想和感觉我无不洞悉。我只能告诉你,都是这么过来的,慢慢就好了,就没有感觉了。”

“为什么?”诗人不解地问。

“到时候你自然就明白了。”

高汉镛走了。诗人仔细琢磨着他的话,一个人默默地打坐。不知坐了多久,疼痛果然减轻了许多。诗人活动了一下手脚,觉着又可以挪动步子了,于是慢慢地踱着,一跛一拐地走进了校园。

校园跟十年前并无多大差别。树还是树,湖还是湖,只是诗人已不是诗人,只是灰色的塑像已给炸平了两座,上面新立起一幢语音实验楼。

减去十岁。减去十岁又将如何?

诗人漫无目的地走着，一抬头，不知不觉已经站到了绿的小屋前。

灯光通明。

沙龙聚会正在绿的房间里热烈地举行。绿开门把诗人迎进门去，对诗人面目的变化竟没表示出一点惊讶。

绿的不惊讶反倒让诗人感到惊讶。

诗人捡了一个角落悄悄坐下。举目四望，见满屋子坐的仍是从前文化哲学讨论会上的那拨人，依旧群情激昂、滔滔不绝地表演着口才和形体，只是演讲的题目已有所改变。大家首先痛斥一番排队分房过程中的某种加塞现象，然后话题一转讨论如何下海创收。

“我们这些人再怎么折腾也脱离不了文化战线，不如就找些书来编一编赚钱吧。”绿建议说。

座下诸位于是七嘴八舌议论开了，有人说眼下研究古久大师的东西很受欢迎，我们大家手里的材料都很现成，只要把过去那些批判的动词换成赞美的形容词就行了，真是省时又省工。众人听后一致说好，决定来它一个古久学丛书系列，第一丛先编《古久本纪》、《老姜列传》等五本。谈到分工时大家想起诗人曾在编辑部任职，接触到的真迹最多，最有资格编一本《古久真迹鉴赏》，而且出版社肯定会用最好的纸张印刷，肯定会付最优的稿酬。

“怎么样啊，诗人？有兴趣没有？”众人的目光一齐投向角落里的诗人身上。

诗人却理也没理，站起身来，扭头就进了隔壁绿的卧室，弄得客厅里的气氛好不尴尬。

绿赶忙撇开众人追了过来，见诗人正对着窗子喘粗气，忙关切地问：

“怎么，你还在想着老姜那件事？”

“这么说，我的事你……全知道？”诗人疑惑地盯着绿，艰难地开口问道。

“唔……”绿似是而非地回答，“我劝你别再想了，过去也就过去了，慢慢就没感觉了，都是这么过来的。”

“怎么，你也这么说？”诗人更加疑惑了。

“本来就只有这一种说法。”绿散淡地说。

“不不，这绝不该是你说的，你应该有另外的说法，你有。”诗人执拗地反驳。

“别犟了。也别再想，再想也是徒劳的。过去的，也就成了历史。”绿似乎有些漫不经心。

“可是……他们也太轻易就把一个活人变成了一段历史！”诗人激愤地嚷，“我不相信！我不相信！”他大叫，“我不相信！”

外间客厅的说话声戛然而止，一个人敲门问：“绿，你没事吧？”

“没事没事。”绿走过去把门关紧，然后转过身来温柔地搂住诗人，“听话，别再挣扎了。历史本来就是一个个活人变的。你活过一天，就多了一页历史。”

“这么说，历史……从来就没有断过代？”诗人怀疑地问。

“历史，是断不了代的。”绿肯定地回答。

“哦！上帝！”诗人此时如梦方醒，“可你为什么不早告诉我？”

“早告诉你？”这回轮到绿疑惑了，“你本来就活在历史里，难道你不知道？干吗还要别人特地告诉你？”

诗人无言以答。他完全被自己从前的无知给震惊了。原来他每天每天都活在历史里，可他自己竟是浑然不觉。诗人一时语噎，完全不明白自己所做的一切究竟还有什么意义。

诗人呆坐桌前，默默无语地垂下头去，无意间瞥见桌上放着的一大堆信笺，一行“古久先生尊启”字样让诗人心里一动。诗人犹豫了一下，还是忍不住伸手拿起来，依稀见上面有几行字迹：

……先生功德无量，学富五车……后学感愧，蚍蜉撼树，不自量力。而今猛醒……如仰日月于中天，若蒙先生不弃，愿拜于门下，以补前生之无知……奉上拙作，敢求先生指正……顿首顿首。

诗人有点不敢相信自己的眼睛。

“这真是你写的吗？”诗人犹疑地问绿。

绿瞟了一眼信笺，点了点头，表情有些不大自然。

“你……会写这个？”诗人依旧不敢相信。

绿调整了一下表情，尽量用一副平淡的语气说：

“哦，没什么。这批评职称竞争非常激烈，古久先生的力量非同小可，我如果能得到他的几句评语，别人是不敢不退避三舍的。”

“所以你就顿首了？”诗人紧追不放。

“唔……不过是讨几个字而已。”绿不太自在地捋了一下头发。

“当初,你可是因为与古久抗击才一举成名的……”

“可是,人……总得活下去呵……”绿打断诗人的责备,语气中分明透出几分无奈。

诗人心头袭上一阵悲哀,大口大口费力地喘着粗气,觉得吸进肺里的竟全是历史。历史果真就是包裹着我们的这层空气吗?诗人疑惑地想。自己曾经挎着长枪,骑着瘦马,那样张牙舞爪地跟历史作战,费劲巴拉总算是击出了“啪”的一声响,结果那不过是自己的左手和右手在相撞。并且,愤怒的击掌竟给蒙太奇组接成了喝彩的巴掌。

那么,自己所做的一切究竟还有什么意义呢?

诗人毫无知觉地走出来,机械地挪动着双脚。他又恋恋不舍地回头向小屋望了一眼。翠绿色的窗帘早就在太阳光经久的曝晒下褪色了,变淡了,淡得灰蒙蒙的,跟窗外广大无边的灰色融成了一片。

阳光真毒。诗人想。灰色真暗。

诗人觉得自己的血液也流成了灰色。

诗人木然地在大街上遛着。太阳光依旧明晃晃的。不知从什么时候起,满世界忽然多了许多跟诗人一般大的小青年,也在百无聊赖地逛着,还魔魔怔怔地边走边唱:我曾经问个不休,你啥时候才跟我走哇……这种无主题变奏很上口,也很新鲜。诗人情不自禁地对着他们的口型张开嘴,发出来的声音竟跟他们很合拍。

哈！诗人高兴了，毕竟是有了同道。哈哈！诗人乐了，到底是有了知音。

诗人一路唱着、蹦着、跳着，欢天喜地地跑回自己的宿舍。他急急忙忙拿过镜子，用袖口抹了几下镜片上的积尘，美滋滋地往里一照，看见里面出现的竟不是自己，而是高汉镛的脸。诗人已经跟高汉镛一模一样了。

这下诗人明白了，强奸和阉割其实并没有什么区别，就像诗人和高汉镛其实并没有什么区别。

诗人总算是明白了满大街的小青年为什么要魔魔怔怔地唱。原来他们也跟诗人一样，诗人也跟他们全都一样。

诗人不禁仰天大笑，哈哈！

诗人且笑且唱，且唱且舞：舍生以取义，杀身以成仁，把人当成人……镜子摔碎的声音、书架翻倒的声音噼里啪啦在诗人耳旁作响，那是合唱、合唱，它们都在幕后跟诗人一道合唱哩……

一件东西绊了诗人一下，他扑倒在地上。诗人捡起来一看，是老托尔斯泰编的一本瞎话：怎样把玛斯洛娃还原成喀秋莎。答案：复活。

这个答案很有诱惑力。诗人急切地看下去，却发现满篇都是在穷扯淡。老托只是在自我的幻觉里自己跟自己扯着良心发现的淡。

“都给我滚开吧，你们！”诗人一声怒吼，把所有印满字儿的东西一脚踢开。然后，诗人操起他的那把破吉他，连跑带颠地来到大街上，跟那一伙小青年一齐扯着嗓子唱：你为什么总是笑我一无所有，我现在就铁了心地跟着你走……

诗人已经转世了，谁也不认识诗人了。

可是诗人还认得诗人自己。

诗人边走边唱，又回到了那条中轴线上，又坐到了那个祭台上，盘腿而坐，双手扶膝，两眼微阖。

那种没有感觉的感觉就叫作舒服。诗人想。

诗人又看见了他自己。

诗人又看见了日食。

真的是你消逝了吗
多么匆匆的瑰丽
有限与无限的轮回
世世代代，生生不息

诗人又跻身在广场熙熙攘攘的人群里，又跟他们一道，把茫然无着的目光投向天上。

就这么望呵望呵……

直看得眼球都飞离了眼眶，一个个地悬浮在空中，粘紧在璀璨的日食上……

一阵腐朽的气息从背后逼来。诗人睁开眼，见身后正密集着一大群史家，他们叽叽喳喳，闹闹嚷嚷，纷纷挥动手中长短不一的如意金箍棒，争争抢抢在诗人的背上狠命刻着：

“斯人——想掀起自己头发上天的人。”

“斯人——一个充满刻骨铭心的孤独感、绝望感、失落感和荒谬感的多余的人。”

“诗人——不学无术、半瓶子醋的骗子。”

“斯人——知识分子中的小丑、败类。”

“诗人——乱搞男女关系的无聊文人。”

“斯人——一个隐藏很深的阶级敌人。”

……

诗人的背给刺得流了血。可他却丝毫感觉不到疼。

啐。

## 浪　荡

小姜跟诗人又是一层什么关系？难道只是简单的 playmate（玩伴）或是 lover（情人）不成？可为什么在小姜出走后的几天里诗人便迅速地消失？《S(h)iren》的作者们对此一直没有一个明确的解释。

小姜的视野里总是晃动着诗人那充满魅力的臀部。那个把牛仔裤紧紧绷牢的、轮廓鲜明而又富有力度的臀部，只有打坐修行的诗人才能够具有。如果能允许诗人继续不断地坐下去的话，说不定他还会练出一个舍利子真身。

一切因袭的重担我全都不要
翻着彩色眼珠儿但愿我是一个杂交
我不愿活得累，也不想跟谁作对
为什么你总像条疯狗东嗅西嗅没完没了地乱咬

诗人美好的臀部随着节奏激昂地前后摆动，每一个音符的振荡都通过臀部剧烈地后甩而得到强有力的表现，小姜敲出的每个鼓点都在这个摇摆着的臀部上激起了强烈的回响。

我宁愿走来走去干来干去做一个浪，荡，鬼，
也不想缩头缩脑没头没脑当一个窝，囊，废！
什么他妈这个那个你少跟我扯臊
我只要自由自在无所依傍随心所欲地逍遥
Wo cao！ Wo cao！！ Wo cao！！！

臀部优稚的摇荡形成了诗人独特的舞台演唱风格。它决不同于猫王普莱斯列那种发情似的把大腿根一个劲地往前耸动，也区别于迈克尔·杰克逊那种手淫般的一把一把地往下腹部抓挠。盯着诗人那深厚且又富有弹性的尾巴骨，小姜情不自禁地陷入某种遐想。

你的臀部多情而执着
How I love your sitzfleish！

（我多么热爱你的坐臀！）

小姜神思飞扬，心到手起，鼓槌上自然而然落下一连串句子。等到她意识到自己已经走了神，又连忙用一连串鼓点的敲击把心思掩盖过去。

而此时诗人的正面也正陷入一种物我两忘的迷狂。诗人双眼紧闭，眉头紧锁，脸上的肌肉以鼻子为轴心层层向上拉紧。人类内心一旦丰富以后，表情就往往会变得十分单一。

诗人此时在乐队里公开的艺名叫作“蚯蚓”，就是那种随便给剁掉哪一截都还能继续生存下去的东西。而诗人却永远在心里记着自己只是一个诗人，而不是什么他妈的蚯蚓。就像他们的乐队公开的名字是“学人”，仿佛成员本身都个个不是人，而他们却在心里牢牢记着自己真正的名字是“Scholar”，属于学者或是书生那一类，翻译成大众化的现代汉语后才有了茹毛饮血的土腥味。

既然是“学人”，就必然应该是“雅人”“高人”或者“超人”，在意识形态领域和美学观念上绝对率先超前独领风骚，他们想。因而“学人”便努力使自己区别于一切正宗和野鸡摇滚乐队，他们率先敢在方块汉字的缝隙中硬性塞入一个个的洋文单词儿，唱就唱它一个洋泾浜的不伦不类。其次他们还把自己的活动范围严格规定在向西不出八大处，向东不入西直门，在大学城里走的是一条Poem-pop-rock（诗—流行歌曲—摇滚）的亦雅亦俗半雅不俗非雅非俗的光荣与梦想的路径。

从本质上说，蚯蚓只是诗人的惟妙惟肖的赝品，就如同从外观上讲小姜只是女老姜的一模一样的复印件一样。但眼下当诗人在床上肆意和小姜亲热时，还并不知道她和女老姜的血缘关系。而小姜在频频领受诗人的爱抚过程里，由始至终也不晓得，她眼前的这个主唱蚯蚓，就是当年那个差一点得了诺贝尔文学奖的赫赫有名的诗人，并且正是她自己的母亲及其一伙把一个才华横溢的诗人变成了狂吼怪叫的一条蚯蚓。小姜只觉得这个年轻人苍白阴郁得有几分特别，床上动作温柔细腻得相当感人。同时她还依稀觉得他歌声的背后隐藏着某种说不出来的诗的底蕴。

当然当然，此时的学院路已经不再流行诗人，也不再流行什么什么文化哲学大讨论，而是流行麦当娜汉堡包泰森、TOEFI-GREEPT、流行爱的就是心跳玩你没商量过完瘾就离，还流行他们这个“学人”乐队的蚯蚓蜈蚣蟑螂蚂蚁，从八大学院九小技校直到燕园清华园，总有《浪荡》的歌声满天浪荡随风飘扬。

诗人觉得他和小姜之间，一直都存在着或说是暗含着某种精神上的较量。尽管在肉体上他们是配合得最为默契的亲密伴侣，但是在心灵上却总有着一种看不见的陌生距离。在意乱情迷的胶着状态里，小姜的两片粉嘴里各种欢情的呓语都吐出来了，唯独她不说“爱”这一类字眼，从来不曾说过诸如“我爱你”什么什么的。

诗人却最渴望听到这样的话，明知是虚情假意、逢场作戏，却也要听，仿佛由一个“爱”字便可以撇开赤裸裸的肉体，而在彼此心灵深处确立某种诗情画意的联系，仿佛因此便能让他从丑陋的蚯蚓，返归到诗人美好的本真。

诗人已经数不清，有多少个蚯蚓的歌迷崇拜者，她们或是激于情欲或是为了讨他的喜欢，嗲声嗲气毫不费力地将“我爱你”“爱死你了”“爱惨了你了”“好爱你好爱你”从鼻腔或牙缝里一一滑落，直哼唧得他五迷三道信以为真。

唯独小姜还不曾屈服。不管诗人使出什么解数，小姜就是不肯让步，就是不用那三个字配合他进入忘怀一切的诗境，而只以娇情的呻吟让诗人在难以承受的现实当中滞留。

诗人为此倍觉痛苦。他真的有些恼怒了。他用周到细致的手法把小姜摩擦得浑身起电，眼见得一触即发。诗人这时却戛然止住，盯着小姜那张姣好的粉脸阴郁地问：“要吗？”

小姜乖顺地倒伏着，像一只温情的猫，她从喉咙里发出急切的呜咽：“唔……”

诗人却缓缓坐起身子，“要，就说。”

小姜听了，反倒咬紧牙关缄默不语，浑身起伏颤抖得更加急剧。

诗人忍不住一头扑到小姜身上，疯狂地摇撼着小姜：“你是个妖精！你是个娼妓！你让我在炼狱里熬煎，你一定不得好死你！”

小姜暗自怀着一份战胜的得意，伸出双手拢在诗人背后，不停地温柔地爱抚……

诗人的肉体渐渐沉沦，而灵魂却依旧警醒着。小姜到底是谁呢？诗人问自己。小姜想要干什么？自己又是谁？自己又想干什么？诗人不停地问自己。沉浸在情欲中的小姜，就像一枚浸泡在酒中的新鲜的醉枣。而绿呢？绿已经旧了，跟小姜相比，绿真是显得很斑驳了。

“但是不,不不……”诗人在心底嘶哑地喊着,“绿是我的唯一,是我生命中刻骨铭心的一段情结,谁也不能把她抹去,谁也不能将她代替……”诗人的眼睛湿润了。“小姜你是谁?”他问,“醉枣,你是什么?”

醉枣你在那秋天的枝头招摇
殷红的成熟如今有多么美妙
醉枣你的一切多么虚无缥缈
根本不知道地多厚天有多高

诗人在排练场上听着小姜跟键盘手蚂蚁贝司手蜈蚣肆意调笑,觉得小姜无论跟谁上床都相当合适,都能配合得完美无缺。诗人转而又责备自己的阴险刻薄,这种念头真是十分荒唐可笑。他又没有爱上小姜,小姜愿跟谁好就跟谁好,犯不着他去揪这份心。诗人劝着自己。

但小姜瞅着乔时的那种含情脉脉的目光,着实令诗人想上去抽她一耳刮子。

“我干吗要让小姜认识乔呢?”诗人后悔地想。

乔是诗人那个托福恶补班的口语外教。上课第一天诗人便发现,高大健壮的乔原来是常在电视晚会中唱中国民歌的那个家伙,而乔也认出诗人就是常在他们学生三食堂摇滚的那个蚯蚓。于是两个喜欢唱对方国家歌曲的人就成了莫逆之交,除正式上课外,每星期两人还要互相去对方住处一次,诗人在乔那里练英语,乔再到诗人这里来练中国话。在某个季节的某一天乔就在诗人的屋里与小姜相遇了。

小姜的出现,令乔眼里闪出兴奋的亮光,乔的话题也变得滔滔不绝异常丰富,从流行歌曲总统竞选已经引申到女权运动及其性解放。每次原定的只讲两节课的时限,也在不知不觉中无限延长。乔的汉语几乎成了与小姜的单练。见他们叽里呱啦讲得热闹,诗人也乐得待在一边闭上嘴偷懒。诗人去乔宿舍练英语时,小姜也闹闹嚷嚷跟在后边,还时不时地在他俩的谈话中简单插上几句。插不上嘴的时候,小姜就用脉脉含情的目光在一旁痴痴注视着两个男人。诗人扭头不小心撞上这种目光时,还踏踏实实地认为这只是向自己发送的特快专递。等到看过那场球赛归来之后,诗人才发现事情已远非自己最初想象的那么简单。

那次三人一块儿去看世界杯小组预选赛,乔作为一家《球迷快讯》“老外说足球”专栏的特约撰稿人,倾向完全倒向了中国队这一边。那天场上的气氛十分热烈紧张,看台上主副教练的脑门子都油光锃亮,主教练秃,副教练也不好意思不秃,足见其为中国足球事业呕心沥血的程度。上半场踢过去了,对方在四十二分钟时踢进一个球,中国队却始终没有什么建树。诗人他们三个人都急出了一身的汗,中场休息时三人都呆坐着,谁都不理谁。观众也都懒得挪地方,个个丧气得不行。

下半场开始后中国队稍稍有了点生气,开场还不到三分钟便有一球破门入网，场上顿时炸了油锅似的沸腾，憋了半晌的锣鼓惊天动地地擂响，藏在怀里的各种旗帜也都扯出来，呼啦啦地展开飞扬。满场子里都在狂呼乱喊："中国队，争口气！""谁谁谁，我爱你！"诗人也站起来激动地挥着拳头向天大叫："中国队，好样的！好样的，中国队！"喊着喊着，诗人感到背上局部有了一股压力，扭头一瞧，却见小姜和乔正隔过他，呼喊着忘乎所以地将上半身拥抱在一起。诗人见状急了，不假思索迅速从二人中间插了进去，一边一个把他们拥抱在怀里，共同跳着脚欢呼叫喊。

庆祝的声浪刚刚平息不久，不料对方乘隙又踢进一球。场上一片泄气的唏嘘。中国队屡屡想把比分扳平却一直没能实现。场上这时已显出明显的烦躁不安。中方队员犹犹豫豫地带着球，一停二看三倒脚，几次沉底传中和中路直传都因接球人起脚慢给耽误了战机，不是丢球就是正射入守门员怀里。比赛临近尾声，中国队仍然连攻不破，看台上的观众都急坏了，不知是谁先站起来，大喊了一声"傻×"，众人立即接上，恼怒地齐声喊"傻——×！傻——×！"诗人张大了嘴却怎么都不好意思喊出口，耳边却听得小姜的女高音尖锐得无所顾忌，右边的乔也正憋红了脸，曲里拐弯音调不准地跟着大叫"厦——×！"这情景倒像是小姜和乔是中国人，而诗人是从外路上来的。于是诗人赶紧鼓足勇气加入到叫喊的声浪里边去。

第二天，诗人和小姜去乔宿舍时，乔请他们帮着审定他刚写完的通讯稿。诗人拿过来，见上面工整地写着：

在昨晚的世界杯小组预选赛中，中国队在一片“傻×”声中痛失出线权。究其原因，绝不是中国人的体质较之其他国家差，而是其射的欲望不甚强烈。

众所周知，中国是孔夫子的国家，几千年的传统文化告诫他们，要“发乎情，止乎礼仪”，许多一触即发的机会他们不能够很好地把握，该射不射，使劲憋着，勃起的机能遭到抑制，在临门一射的紧要关头，还在四平八稳地调整体位。压抑的结果不是猛烈地怒射，而是绵软地流淌，最后当然也就无法过瘾。这不能不让人感到遗憾。

看罢稿子，诗人默不作声，脸色阴沉得仿佛要滴下水来。小姜则在一旁兴奋地拍着巴掌，崇拜之情溢于言表：

“OK，乔，写得真精彩。你可真不愧是个中国通啊！”

乔听了得意地一笑。

“乔，你不能这么写。”诗人冷冷地开口说道。

“为什么？难道我说的不是事实吗？”乔一时丈二和尚摸不着头脑。小姜也不解地看着诗人。

“是事实你也不能这么说。”诗人执拗地回答。“那是不该你说的，你却说了，所以就是你的不对。你必须说你没有说。”

话一出口，诗人慌忙惊异地捂住了自己的嘴，“这是我说的话吗？”诗人问自己，“我并没想这么说，”诗人想，“那么这究竟是谁说的？这是我说的吗？我还是我吗？”诗人奇怪地想。

“蚯，这到底是怎么一回事？”乔摊开双手不解地问诗人。

“老乔,如果你不撤掉这篇稿子的活,我和 Miss 姜立即就与你绝交。”

说完,诗人真就扯上小姜往外走,乔一看急了,忙上来把他们俩拦住:

“得,哥们儿,就算我这篇稿子白写了,我这场球也白看了,还不行吗?我希望,不要因为它影响了我们之间的好朋友关系。”

“唔,这还差不多。”诗人返回来,友好地在乔肩上拍了一巴掌。

往回走的路上,小姜埋怨诗人中了什么邪了,凭什么为一篇稿子生那么大的气,是不是成心欺负人家外国人?

“你说,乔究竟怎么得罪你了嘛?”小姜噘起嘴质问诗人。

诗人一脸不屑地看着小姜:

“你懂什么?打个比方说,你妈妈,或者是你家里人出了毛病,你自己说说劝劝也就算了,外人也跟着骂骂咧咧指指戳戳,而且句句都往心口窝上捅,你心里头能乐意吗?”

“哼,我才不管呢,谁爱说谁说,谁叫他们自己有毛病呢,有毛病还怕人说,哼。”小姜不以为然地甩着面条似的长发。

诗人不会想到,小姜的妈妈便是女老姜。他更没有想到,球场上的那次无意间的欢呼拥抱后,小姜与乔之间身体接触的障碍已经打开,以后无论遇到一个多么细小的情节,也不管值不值得喝彩,小姜都会大呼小叫着把自己投进乔的怀里。

托福考试的日期日渐临近。诗人发现跟乔在一起的这些日子还真就没白待,自己的听力有了长足进步,词汇量也正以不可遏制的速度向上增长。

学院路地区的托福分数，是以五道口的铁路为界来划分的。能过六百分的，基本上都在铁道西边，清华、北大及中科院各个研究所的地界内。铁道东边，稍微惨了点，地质、石油、矿业、林业、农业、钢铁、邮电……一连串的学院破名，直接影响了莘莘学子的考试成绩，一般来说能过五百五就相当不错了。学院里头的小白脸子们眼巴巴地盼着，什么时候老美也能和我国一样，制订一个农林牧副渔专业的第一批优先录取规则。

诗人租住的这所民房正位于铁道边上，稍微使点劲儿就有可能归入铁道西边那一群，一不留神也许就跌到铁道东头这一堆里。考托在这一带如今就跟吃饭睡觉一样平常。学院区外的人见面就同“吃了吗您”，学院区里的人见面则寒暄“考了吗您”，其实质都是一样的。

月光如水。诗人和“学人”乐队的成员隐在学二食堂的一角，悠然弹奏着。诗人把一双熬夜累红的倦眼漫无目标地瞟向跳舞的人群。烛光里一张张年轻稚嫩的面孔显得十分微渺，胶鞋、旅游鞋、高跟鞋在水泥地上踢踢踏踏拖泥带水地滑动着，不很协调。可这又有什么关系呢？诗人想，别看他们现在还是一副懵懵懂懂水里水汤的样子，可那一个个不协调的四肢支撑着的大脑袋里，都至少装着一本刘毅编的托福一万五词汇，至少装进去了三打字缀、六打字根及1985年以来的二十几套托福试题，他们都有本领快速准确地把试卷上的圆圈涂黑。

诗人不由得叹息一声，在闪闪烁烁的烛光中忽觉心中十分寂寥。他顺手拨了一串简单的和弦。蜈蚣和蚂蚁紧跟着把音符接住，小姜的鼓点随后轻轻地敲响。

托福，托福
脱离幸福，也脱离痛苦
脱离亲朋，也脱离故土
多少次潮涨潮退日落又日出
猛醒后才知道生活在别处
没有雨哪还有这片湖这棵树
还怎能悠然敲响手中这面鼓
彷徨中匆匆踏上一条不归路
不再问苍茫大地谁去主沉浮
托福，托福
托你的福托他的福我们究竟托谁的福

无人喝彩。静寂得让人心酸。烛光一点点熄灭了，人群慢慢散去，只剩一曲“托福”在苍白的月光下舒缓地空响……

小姜缠住诗人，一定要跟着去听临考前的托福试题串讲。据说是由一位学成归来的博士进行带功大串讲，已经讲过两次，凡是去听讲并接到博士发功的人，分数至少都提高了三十分左右。

“凑什么热闹嘛，有时间回校好好复习你自己的功课去。”诗人不想带她去。听讲的票非常不好弄，他那个托福恶补班散伙前，九折优惠每个学员一张票，外面根本就买不着。

小姜不满意地嘟囔着:“听听有什么了不起,我准备考下一批的托,就当这回是事先预习一下还不成吗?”

“不是我不带你去,我的确是搞不到票了。”

“哼,得了吧你。你不管我,我找乔去。”

诗人听了一愣,一把没抓住,小姜已经跑出去了。

第二天一大早诗人和小姜来到海淀俱乐部,见乔果然已经等在那里了。俱乐部门前人头攒动,不少人手里举着人民币来回走着,嘴里不住念叨“谁多票谁多票”。两块巨大的电影广告牌子临街耸立,上面并排醒目地写着:

巩俐——昔日一颗闪
烁之星“秋菊”开后方
显出你横溢的才华;
张艺谋——“菊豆”结
果“红灯笼”高挂“秋
菊”是你目前心境;
人到无求品自高

英雄儿女志在四方
拥有一片美国地
海派硬功屡试不爽
回回都到六百七
特邀托坛大腕
美籍华人约翰·张
托福带功大串讲

乔手里捏着几张美元,他们三人站在广告牌下,焦急地吆喝着等票。

美元终于战胜了人民币。开场前五分钟,乔花高价买到两张,三人顺利地走了进去。

场内早已座无虚席。铃声响过两遍之后,嘈杂的人声逐渐减